KIMBERLY KNIGHT   RACHEL LYN ADAMS

EXPOSTO

Traduzido por Allan Hilário

1ª Edição

2023

Direção Editorial:	**Arte de Capa:**
Anastacia Cabo	Bianca Santana
Tradução:	**Preparação de texto e diagramação:**
Allan Hilário	Carol Dias
Revisão Final:	**Ícones de diagramação:**
Equipe The Gift Box	Rochak Shukla/Freepik

Copyright © Kimberly Knight e Rachel Lyn Adams, 2022
Copyright © The Gift Box, 2023

Todos os direitos reservados.
Nenhuma parte do conteúdo desse livro poderá ser reproduzida em qualquer meio ou forma – impresso, digital, áudio ou visual – sem a expressa autorização da editora sob penas criminais e ações civis.

Esta é uma obra de ficção. Nomes, personagens, lugares e acontecimentos descritos são produtos da imaginação da autora. Qualquer semelhança com nomes, datas ou acontecimentos reais é mera coincidência.

Este livro segue as regras da Nova Ortografia da Língua Portuguesa.

CIP-BRASIL. CATALOGAÇÃO NA PUBLICAÇÃO

K77n

    Knight, Kimberly.
        Exposto / Kimberly Knigt, Rachel Lyn Adams ; tradução Allan Hilário. - 1. ed. - Rio de Janeiro : The Gift Box, 2023.
        248 p. (Fora de Campo ; 2)

    Tradução de: Outed.
    ISBN 978-65-5636-241-0

    1. Ficção americana. I. Hilário, Allan. II. Título. III. Série.

        CDD: 813
        CDU: 82-3(73)

GLOSSÁRIO

Arremessador: jogador que fica no meio do campo e arremessa a bola para o rebatedor.

Bola (grito): é quando o arremessador não acerta a zona do *strike* e o rebatedor tem a opção de não tentar acertar a bola. O juiz atrás do receptor entende que de fato o arremesso foi fora do retângulo, é contabilizado uma bola.

Bullpen: espaço de aquecimento dos arremessadores reservas.

Bunt: técnica de rebatidas no beisebol.

Campo externo: área que compreende a parte externa do campo onde ficam as bases. No campo externo estão: campo esquerdo, campo central e campo direito.

Círculo on-deck: local em que o próximo rebatedor da ordem ou rebatedor *"on-deck"* se aquece, esperando pelo jogador que está com o bastão encerrar sua vez.

Cutoff: usado quando uma bola é lançada para o campo externo e um corredor está tentando avançar para outra base.

Defensor externo central (CF; center field): jogador que cobre a área central do campo externo.

Dribbler: termo usado para descrever uma bola que é batida suavemente no chão no campo.

Dugout: uma espécie de banco de reservas no jogo de beisebol, onde também ficam os titulares que não estão atuando e a comissão técnica.

Duplo leadoff: ocorre quando o primeiro batedor, da entrada, atinge um duplo para iniciar as coisas. Acertar um duplo *leadoff* aumenta muito as chances de a equipe marcar na entrada.

Fechador ou closer: é o jogador especializado em certos arremessos e situações, e entra para finalizar os jogos.

EXPOSTO

Grand Slam: no beisebol, é uma rebatida de *home run* com todas as três bases ocupadas por corredores, assim marcando quatro corridas, o máximo em uma jogada.

Home plate: base em que o jogador fica quando está atuando como rebatedor, e também é a base considerada como a base final, a base "lar", quando os jogadores conseguem passar por todas e marcar ponto para suas equipes.

Home run: quando o rebatedor consegue fazer uma rebatida que manda a bola para fora do campo, possibilitando que ele percorra todas as bases e volte para o *home plate*.

Home Run Derby: competição entre os melhores rebatedores de *home runs* da Major League Baseball, disputado antes do All-Star.

Homer: é o que um rebatedor recebe depois de bater a bola e correr ao redor das bases até o *home plate* sem ser marcado para fora.

Interbase (shortstop): Posicionado entre a segunda e terceira base, é o jogador responsável pela parada rápida das bolas da defesa, quem conecta o campo e recebe as bolas que o segunda base vai buscar, além de cobrir falhas nas defesas das bases em que está próximo.

Jogo Interleague: na MLB, são as partidas de times entre as duas ligas, um da Americana e um da Nacional.

Rebatedor: jogador que fica no *home plate* e rebate a bola jogada pelo arremessador.

Rebatedor líder (leadoff): O primeiro rebatedor da escalação.

Rebatida simples ou single: é o tipo mais comum de rebatida, conseguido pelo ato de o rebatedor chegar salvo à primeira base por acertar uma bola válida e chegar à primeira base antes que um defensor o elimine.

Rebatida dupla: é o ato de o batedor chegar salvo à terceira base por rebater a bola e alcançar a terceira com segurança, sem nem o benefício de um erro do defensor nem outro corredor sendo eliminado numa escolha do defensor.

Receptor: jogador que fica agachado atrás do rebatedor no *home plate* e recebe a bola do arremessador.

Strike ou Strikeout: contagem feita quando o rebatedor erra a rebatida e não acerta a bola. Ele é eliminado após três *strikes*.

Tag out: jogada em que um defensor encosta a bola no atacante durante uma corrida de uma base para outra ou simplesmente quando o corredor perde o contato com a base durante uma jogada.

Wild Card: Três equipes da MLB são intituladas como *"wild card"*, em cada uma das duas ligas (americana e nacional), que se classificaram para a pós-temporada, mesmo sem vencer sua divisão. São times que possuem as três melhores porcentagens de vitórias na liga, após os vencedores da divisão.

World Series: nome dado à final da liga de beisebol dos Estados Unidos. Uma série de campeonatos anuais da Major League Baseball nos EUA e no Canadá, disputada pelas equipes campeãs da Liga Americana e da Liga Nacional.

CAPÍTULO 1
DREW

— Ei, Rockland.

Minha cabeça estalou, e meus passos vacilaram quando ouvi meu nome e vi Matthewson parado na porta de Aron. O pânico tomou conta de mim, dizendo-me para voltar ao meu quarto, mas ele já tinha me visto, e seria estranho se eu simplesmente me virasse e fosse embora. Em vez disso, respondi:

— Ei — e continuei caminhando na direção dele.

Observei enquanto Matthewson virava a cabeça para olhar para Aron e perguntava, apontando com o seu polegar na minha direção:

— Baby?

Meus olhos se arregalaram, ouvindo-o usar o apelido que Aron e eu usamos um com o outro — ou usávamos um com o outro. Eu estava sem palavras, sem saber ao certo o que tinha levado o termo carinhoso a ser o assunto dessa conversa.

Entrando no corredor, Aron abriu seus braços na minha direção e riu.

— Querido, você está em casa.

Engoli em seco, ainda sem conseguir dizer nada.

Quando eu estava a poucos metros deles, Aron esbofeteou o braço de Matthewson, brincando.

— Cara, você deveria ver seu rosto agora mesmo. Você nos zoava tanto quando estávamos vivendo juntos, que Rockland e eu começamos a brincar sobre sermos os velhos casados do time.

Sabendo que Aron estava sendo o Aron, entrei na encenação com ele e disse:

— Sim, o velho aqui e eu vamos sair e pegar alguma comida, já que Parker não comeu no hospital. Quer se juntar a nós?

KIMBERLY KNIGHT   RACHEL LYN ADAMS

O olhar de Aron desviou para o meu, mas, pela primeira vez, ele não disse nada.

Matthewson negou com a cabeça.

— Obrigado, mas eu comi com os caras. Só queria checar o Parker antes de ir para a cama. — Ele olhou entre nós mais uma vez, um sorriso de conhecimento ainda em seus lábios. — Vejo vocês dois pela manhã.

Foi em direção aos elevadores enquanto eu seguia Aron até seu quarto e fechava a porta atrás de nós.

Ele se sentou no sofá e olhou para o celular.

— Ainda preciso pedir nossa comida. Matthewson passou por aqui antes que eu pudesse pedir.

— Certo, mas primeiro, que diabos acabou de acontecer? — Gesticulei em direção ao corredor.

Ele encolheu os ombros.

— Ele bateu na porta, e eu pensei que era você. Eu chamei de baby por engano... porque pensei ser você.

Maldição. Odiei ouvi-lo recuar ao me chamar de "baby", porque eu queria que ele dissesse intencionalmente. Para saber que ainda significava algo para ele. Que *eu* ainda significava algo para ele, e não porque havia se tornado um hábito e tinha escapado sem querer.

— Ah, bem, você acha que ele vai dizer alguma coisa para os outros caras?

— Não há nada a dizer a eles. Não está acontecendo nada, certo?

E os golpes continuavam chegando.

— Você está certo. — Suspirei.

— Porra, Drew. Eu não quis dizer nesse sentido. Sei que temos algumas merdas para conversar, mas foi um dia longo. Deveríamos ter saído para comemorar nossa vitória. Ao invés disso, você esteve no hospital comigo por algumas horas. Não sei o que você quer, mas eu realmente só quero comer e dormir um pouco.

Eu entendi porque ele estava mal-humorado. Diabos, eu tinha agido da mesma forma quando uma bola me atingiu, e minha lesão tinha sido leve em comparação com a dele.

— Certo — eu disse, decidindo que falar sobre qualquer outra coisa não seria produtivo. Aron precisava descansar para poder se curar rapidamente. — Vamos comer alguma coisa.

Navegamos pelo aplicativo de entrega e escolhemos pedir em um restaurante vinte e quatro horas nas proximidades.

EXPOSTO

— Quer tomar um banho enquanto eu espero pela comida? — perguntei, e nos sentamos no sofá na área da sala de estar de sua suíte.

— Sim, isso soa bem. — Ele ficou de pé e foi para seu quarto, depois voltou com a roupa no braço e entrou no banheiro.

— Está se sentindo bem? — perguntei, preocupado com ele de pé em um chuveiro escorregadio sozinho.

— Sim, estou bem. — Ele fechou a porta atrás de si.

Quando ouvi o chuveiro sendo ligado, peguei o controle remoto e comecei a passar pelos canais da TV, tentando esquecer que Aron estava nu no cômodo ao lado. Ao me oferecer para ficar com ele, não tinha pensado em nada além de me certificar de que ele estava bem. Mas, estando no mesmo espaço, eu não queria nada mais do que apenas abrir meu coração pra ele. Dizer-lhe o quanto sentia sua falta dele. Dizer que não importava o que o teste de paternidade revelasse, que eu queria estar com ele, e apenas com ele. Mas tínhamos concordado em esperar até voltarmos para casa para conversar e, embora fosse difícil, eu esperaria.

Quinze minutos depois, nossa comida foi entregue. Antes que eu pudesse verificar se o Aron estava bem, a água foi desligada. Alguns minutos depois, a porta do banheiro se abriu.

— A comida está aqui. — Olhei por cima do ombro apenas para ficar distraído enquanto ele caminhava em minha direção usando apenas um par de calças de moletom cinzentas.

— Cara, meus olhos estão aqui em cima. — Ele sorriu, meu olhar se movendo para o dele.

— Cale a boca. — Tentei parecer irritado, mas não pude deixar de rir da tentativa dele de brincar.

Quando terminamos de comer, peguei as sobras e embalagens e levei para a pequena lixeira.

— Você precisa de ibuprofeno ou qualquer outra coisa?

Ele balançou a cabeça.

— Não, eles me deram um pouco antes de sairmos. Eu devo ficar bem por um tempo.

Aron mudou de canal em um episódio da série *Night Court*, a única coisa que valia a pena assistir, já que era tão tarde e o hotel tinha canais limitados. Antes que eu notasse, ele adormeceu no sofá. Observei-o por alguns minutos, sentindo falta dos momentos que tínhamos juntos e pensando em como as coisas teriam sido diferentes se eu não tivesse lhe contado sobre

Jasmine. Se eu tivesse esperado até saber o resultado do teste de paternidade antes de dizer qualquer coisa.

— Ei. — Balancei o ombro dele gentilmente. — Você deveria ir para a cama. Vai ficar mais confortável lá do que no sofá.

— Eu não estava dormindo — resmungou, com os olhos mal abertos.

— Cara, você estava roncando.

— Eu não ronco, porra. — Ele sorriu.

Eu ri.

— Como quiser.

Ele ficou de pé e se arrastou em direção ao quarto; eu segui atrás dele. Não tinha intenção de ficar lá, mas queria ter certeza de que ele se instalasse. Então, esperei enquanto ele tirava a roupa e subia na cama. Foi preciso tudo o que estava ao meu alcance para não olhar o corpo nu dele, mas ele estava testando meus limites e nem mesmo notava isso.

Aron aconchegou-se debaixo das cobertas e fechou os olhos.

— Boa noite, Drew.

— Boa noite, Aron.

Em segundos, ele estava dormindo novamente. Voltei para a sala de estar de sua suíte e peguei uma garrafa de água da geladeira e o vidro de analgésicos antes de colocar ambos em sua mesa de cabeceira, caso ele precisasse deles. Antes de sair, peguei uma almofada e um cobertor extra do armário, depois desliguei sua luz, deixando a porta aberta para o caso de ele precisar de algo no meio da noite.

Arrumei o sofá, peguei meu celular da mochila e despi os boxers antes de me deitar. O sofá era muito curto para minha estrutura de 1,93m, então até mesmo enrolado de lado, meus pés pairavam sobre a borda. As almofadas não eram muito confortáveis, mas funcionavam por uma noite. Puxando o aplicativo do relógio no meu telefone, criei um par de alarmes. Mesmo que o médico tivesse dito que não precisávamos acordá-lo por causa de sua concussão, eu sabia que me sentiria melhor se o verificasse a cada poucas horas, pelo menos.

Mas, quando estava deitado no sofá, com Aron no outro quarto, pensei em como poderia consertar as coisas entre nós e sabia que não ia conseguir dormir muito.

Meu alarme tocou e tentei desligá-lo antes de acordar Aron. Liguei o abajur ao lado do sofá e fui para o quarto dele. Com a luz que brilhava no outro cômodo, pude ver seu peito subindo e descendo enquanto estava ao lado da cama. Ele parecia estar dormindo tranquilamente, então me virei, mas ele falou antes que eu pudesse sair.

— Sabe, você pode dormir aqui se quiser.

Parei de andar, voltando-me para enfrentá-lo.

— Não acho que seja uma boa ideia.

Ele se apoiou em seu cotovelo.

— Por que não? Você não pode estar confortável no sofá.

Ele estava certo. Meu pescoço e minhas costas já estavam doloridos pelo pouco tempo em que fiquei naquela coisa. Ainda assim, deitado ao lado dele na cama, quando não podia segurá-lo e estar com ele do jeito que eu queria, parecia uma tortura.

Ele suspirou.

— Apenas suba na cama, Drew.

— Tem certeza?

— Eu não teria oferecido se não estivesse certo disso. — Ele se deitou, puxando as cobertas para que eu me deitasse ao lado dele.

— Está bem. — Escorreguei debaixo das cobertas, mas fiquei perto da borda. Pelo canto do meu olho, vi-o rolar para me encarar.

— Você vai cair da cama se ficar aí. — Ele riu.

Eu me movi alguns centímetros em direção ao centro.

— Feliz agora?

— Na verdade, não, mas é bom o suficiente para esta noite. — Falou as palavras tão baixo que eu não tinha certeza se queria que eu ouvisse.

— Boa noite, Aron.

Enquanto eu tentava adormecer, meu corpo doía para alcançá-lo e envolvê-lo em meus braços. Ele estava tão perto, mas um enorme espaço permaneceu entre nós. Um que eu esperava, mais do que qualquer outra coisa, que pudéssemos superar.

Quando a luz do sol passou pela janela e me despertou antes que meu último alarme soasse, fiquei chocado ao descobrir que, em algum momento, enquanto dormia, eu tinha feito exatamente o que desejava fazer. Meu braço estava abraçado ao peito duro de Aron e minha perna estava jogada sobre a parte superior de suas coxas nuas. Eu não poderia ter me aproximado mais dele se tentasse.

Sem ter certeza de como ele reagiria à nossa posição, rolei para o meu lado da cama e verifiquei a hora no telefone. Tínhamos duas horas para a saída dos ônibus, o que me dava tempo suficiente para me encontrar com minha mãe e tomar um café da manhã.

— Que horas são? — Aron perguntou, se esticando ao meu lado.

Eu não soube dizer se ele sabia que estávamos nos abraçando na cama até pouco tempo, mas ele não pareceu incomodado, então deixei quieto.

— Nove. Tudo bem se eu tomar um banho bem rápido?

— Você não precisa perguntar. — Ele rolou para fora da cama.

Eu o observava nu enquanto deslizava para dentro das calças de moletom cinza em que eu adorava vê-lo.

— Como você está se sentindo? Dormiu bem?

— Eu estou bem e dormi muito melhor quando você se juntou a mim. Estava com saudades de ter seus braços ao meu redor. — Ele me mostrou um sorriso por cima do ombro.

Então, ele sabia. Sorri de volta e, pela primeira vez em semanas, parecia que as coisas poderiam realmente se acertar entre a gente. Uma vez de volta a Denver, poderíamos terminar de resolver tudo.

Eu saí da cama e fui em direção ao banheiro. Ao passar por Aron, sussurrei:

— Também senti sua falta.

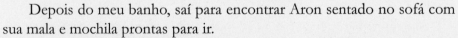

Depois do meu banho, saí para encontrar Aron sentado no sofá com sua mala e mochila prontas para ir.

— Eu vou sair e ver como está minha mãe. — Fui buscar minha mochila. — Tem certeza de que está bem?

Ele sorriu.

— Sim, Drew, eu estou bem.

— Está bem, então te vejo no ônibus.

Ele ficou de pé e me seguiu até a porta. Quando estiquei o braço para abri-la, ele o agarrou para me deter.

— Obrigado por ter ficado comigo ontem à noite.

— Você não precisa me agradecer.

— E você não precisava ficar.

— Eu faria qualquer coisa por você, Aron.

Ele fechou os olhos brevemente e depois perguntou:

— Vem para minha casa hoje à noite?

Sem hesitar, respondi:

— Estarei lá.

Ele soltou meu braço, e senti falta do seu toque instantaneamente. Sem outro pensamento, eu me inclinei para ele e gentilmente pressionei meus lábios nos seus. Foi manso em comparação com os outros beijos que havíamos compartilhado, mas prometia muito mais.

— Te vejo no ônibus — eu disse e finalmente abri a porta.

— Até mais. — Ele tocou seus lábios com os dedos como se ainda pudesse sentir os meus lá.

Andei pelo corredor em direção aos elevadores com mais esperança em meu coração do que vinte e quatro horas antes. Assim que o elevador chegou, desci alguns andares até onde minha mãe estava hospedada. Para um dia de viagem, notei que o hotel estava relativamente tranquilo. O mais provável era que os caras tivessem se divertido na noite anterior e estivessem lidando com algumas ressacas.

Quando cheguei ao quarto da minha mãe, bati e esperei que ela respondesse. A porta se abriu e ela sorriu.

— Olá, querido. Entre. Estou só arrumando as malas.

Eu a segui até o quarto.

— Então, já resolveu as coisas sobre o seu voo?

— Resolvi. Meu voo decola de tarde. Mas isso não é importante. Como vai o Aron?

Sentei-me no canto da cama dela, que pegava algumas roupas do armário.

— Ele disse que se sentia bem, e não parecia estar sentindo dor.

— Ai, estou tão feliz em ouvir isso. Joel estava fora de si no jogo e sei que ele estava grato por você ter ficado com ele. — Ela me olhou de relance. — Você é um bom *amigo*, Drew.

Havia algo em suas palavras que me fez pensar que ela queria dizer mais. Assim como na noite depois do jantar com o time.

— Mãe... — comecei, sem ter certeza do que deveria dizer.

Ela deve ter notado algo na minha voz, porque misericordiosamente mudou de assunto:

— Seu ônibus parte logo, não é mesmo? Quer tomar o café da manhã lá embaixo?

— Sim, isso soa bem.

O restaurante do hotel não estava muito lotado. Meus olhos examinaram as mesas para ver se Aron tinha descido, mas não o vi. Um punhado de meus colegas de time estavam terminando suas refeições com suas famílias, e depois de cumprimentá-los, seguimos a recepcionista até uma mesa no canto.

Fizemos nossos pedidos e começamos a fazer planos para que minha mãe assistisse à próxima série.

— Se os Nationals vencerem, os dois primeiros jogos serão em D.C. Se os Giants vencerem, nós jogaremos em Denver. Assim que soubermos o que está acontecendo, eu ligo para você para que possamos preparar tudo.

Minha mãe esticou o braço sobre a mesa e pegou minha mão.

— Caso eu não tenha dito isso recentemente, estou muito orgulhosa de você. Ver seus sonhos se realizarem me faz feliz.

Minha garganta se apertou.

— Obrigado, mãe. Eu não teria conseguido sem você.

Depois que terminamos de comer, caminhei com ela de volta para o seu quarto.

— Tem certeza de que estará bem para chegar ao aeroporto? — Senti-me mal em deixá-la sozinha no hotel.

— Sou uma garota crescida, Drew. Acho que posso lidar com isso.

Eu sorri e me inclinei para abraçá-la.

— Amo você. Ligue quando chegar em casa, para que eu saiba que você está em segurança.

— Ligarei. Agora saia daqui antes que você se atrase.

Não demorou muito para o time lotar o ônibus. Ellis passou por mim, usando óculos escuros e uma careta no rosto.

— Você está bem, cara?

Ele gemeu.

EXPOSTO

— Parece que minha cabeça vai explodir.

Eu lhe entreguei a garrafa de água que havia comprado no saguão.

— Beba isto antes de entrarmos no avião.

— Obrigado — resmungou, continuando a descer pelo corredor.

Alguns dos outros também pareciam estar mal, mas fiquei surpreso com quantos pareciam bem. Ganhar um dos dois campeonatos da National League Division Series foi um grande feito, e não culparia ninguém por ter exagerado um pouco com a comemoração.

Quando Aron pisou no ônibus, todo o time aplaudiu.

— Aww, caras, estou emocionado — ele disse ao receber uns *high fives* e alguns tapas nas costas.

Uma vez que se sentou no banco paralelo ao meu, peguei meu celular e enviei-lhe uma mensagem:

> **Eu:** Até mesmo nossos colegas de time são um bando de groupies de Aron Parker.

Levou apenas alguns segundos para que uma resposta fosse recebida:

> **Aron:** Você pode culpá-los?

Olhei para o outro lado do corredor e quando nossos olhos se encontraram, ele piscou.

CAPÍTULO 2

ARON

Quando entrei no quarto, ainda podia sentir os lábios do Drew nos meus. Pegando o celular da mesa de cabeceira, recebi uma mensagem do meu pai perguntando se eu estava acordado e que ele estava vindo ao meu quarto para me ver antes de todos sairmos do hotel. Enviei-lhe uma resposta de que estava acordado, e enquanto esperava por ele, pensei nas palavras de Drew...

"Eu faria qualquer coisa por você, Aron."

Fechei meus olhos brevemente. *Vem para minha casa hoje à noite?*, tinha perguntado. Acordar em seus braços me dava esperança de que poderíamos estar juntos de novo. Precisávamos apenas de uma oportunidade para conversar sobre tudo.

"Estarei lá."

E então nos beijamos, e meu coração doía porque eu não queria que ele fosse embora. Ele me disse que se importava comigo e que faria qualquer coisa por mim, mas será que isso significava que colocaria em risco a vida familiar com a qual sempre sonhou para estar comigo? Fui eu que dei um fim no nosso relacionamento e me arrependi desde então, mas estava pronto para dizer-lhe que não me importava se ele seria pai com sua ex? O que importava era se ele queria estar comigo ao invés de estar com ela.

Será que ele queria estar comigo ao invés de Jasmine? Suas ações diziam que sim, mas será que seu senso de dever o faria escolhê-la?

Perdido em pensamentos, uma batida soou na minha porta e olhei através do olho mágico antes de abrir a porta, já que eu tinha aprendido minha lição na noite anterior.

— Filho — meu pai me cumprimentou. — Como está sua cabeça?

— Bem — respondi, dando um passo para trás para que ele pudesse entrar no meu quarto. — Conseguiu resolver tudo com o seu voo?

— Consegui. — Ele fechou a porta e pousou sua mala.

— Vai ao jogo amanhã à noite? — Os Giants e Nationals estavam empatados em um jogo cada e estavam voltando para São Francisco para dois jogos.

— A água é molhada? — Ele sorriu, usando a fala que peguei dele.

— Espero que os Giants ganhem sua série, então poderemos chutar o traseiro deles na próxima rodada.

Meu pai ergueu as mãos.

— Eu sou a Suíça.

— Sim, sim. — Eu lhe entreguei o menu do serviço de quarto que havia pegado da mesa. — Vamos tomar o café da manhã antes de precisarmos sair.

Pedimos nossas refeições e, enquanto esperávamos no sofá que fosse entregue, meu pai perguntou:

— Rockland ficou aqui ontem à noite como disse que ficaria?

Parei de olhar para a mídia social em meu celular e olhei para ele.

— Ficou sim.

— Isso foi legal da parte dele, dada a bagagem que vocês têm.

— Águas passadas. — Entre outras coisas. Chegaria um momento em que ninguém se referisse à nossa história como algo horrível? Eu queria que o mundo inteiro soubesse que duas pessoas poderiam trabalhar além de sua animosidade e se tornar algo mais.

Ou *eram* muito mais.

Nossa comida foi entregue e, enquanto eu e meu pai comíamos, falávamos sobre os Giants e os Nationals. Falamos sobre querermos que os Giants ganhassem, mesmo sendo eles os "azarões", já que eles eram o Wild Card.

— Se eles forem aos cinco jogos, você ainda perderá os dois primeiros da próxima rodada. — Meu pai declarou.

Esse era o melhor cenário possível. Na noite anterior, o time e eu tínhamos dito que esperávamos não perder nenhum tempo de jogo, mas meu pai estava certo, e isso é uma merda.

— E se eles ganharem amanhã e na noite seguinte, eu perderei os três primeiros jogos.

A Division Series, rodada das quartas de final da pós-temporada da MLB, foi decidida por uma série de cinco jogos, então era possível que tanto os Giants quanto os Nationals pudessem ficar com a série se ganhassem os dois jogos seguintes e não precisassem ir a cinco jogos.

Eu nunca havia perdido um jogo da pós-temporada antes, e foi tudo por água abaixo, porque dei um jeito de me machucar. Algum idiota achou que seria uma boa ideia me atingir na cabeça com uma bola rápida, porque não conseguia lidar com o fato de eu ter acabado com ele, rebatendo seus arremessos pela cerca várias vezes.

— Então você volta durante o quarto jogo e arrasa — disse meu pai, e enfiou um pedaço de bacon na boca.

— Ah, eu planejo fazer isso.

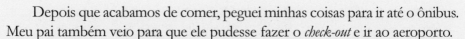

Depois que acabamos de comer, peguei minhas coisas para ir até o ônibus. Meu pai também veio para que ele pudesse fazer o *check-out* e ir ao aeroporto.

— Acho que nos veremos na próxima cidade — eu disse, o elevador descendo para o saguão.

— Descanse o máximo que puder para que sua cabeça fique melhor.

— Eu estou bem. — Minha cabeça era a menor das minhas preocupações. Estava doendo quando acordei, mas o ibuprofeno ajudou.

— Sei que você está em excelentes mãos com os treinadores, mas não esconda nada. Se estiver com dor de cabeça, diga a eles.

Eu acenei, sabendo que ele estava excessivamente preocupado, dada a morte de minha mãe.

— Eu direi.

— E nada de sair e festejar. Apenas descanso.

— Eu não vou. Vou direto para o meu apartamento quando voltarmos para Denver. — *Esperar por Drew, que já foi meu namorado, para que possamos falar sobre o que vamos fazer a partir daqui.*

— Ótimo.

As portas do elevador se abriram, e nós saímos. Paramos no meio da entrada, e nos abraçamos.

— Te amo, filho.

— Também te amo.

Nós nos separamos, e me virei para sair pelas portas da frente, só para vacilar, olhando por cima do ombro quando meu pai disse:

— Bom dia, Francine.

Ela sorriu calorosamente.

— Bom dia, Joel. Está indo para o aeroporto?

— Estou indo. Você?

— Eu também.

— Que tal irmos juntos? — meu pai perguntou.

— Eu adoraria.

Sem saber o que pensar sobre eles se tornarem amigos, continuei saindo pelas portas e entrando no ônibus que esperava. Entrando, o ônibus inteiro explodiu com aplausos, felizes por me ver andando novamente, eu suponho.

— Aww, caras, estou emocionado. — Dei uns *high fives* e levei alguns tapas nas costas enquanto ia para o meu assento habitual, no espaço paralelo ao de Drew.

Quando me sentei, vi que Matthewson não estava no ônibus, e me perguntei se ele iria fazer um de seus estúpidos discursos sobre mim e Drew fazendo as pazes quando entrasse. Será que ele diria a todos que eu chamei Drew de "baby", porque fingíamos sermos casados? Eu não sabia o que dizer quando Matthewson me questionou, mas tinha que tentar cobrir meus rastros. Felizmente, ele havia desistido e seguiu seu caminho, mas isso foi antes, e eu não tinha ideia se ele havia comprado a mentira que lhe contamos na noite anterior.

Meu celular tocou com uma mensagem de texto, e o tirei do bolso.

> Drew: Até mesmo nossos colegas de time são um bando de groupies de Aron Parker.

Eu sorri e respondi:

> Eu: Você pode culpá-los?

Drew olhou para o outro lado do corredor, e quando nossos olhos se encontraram, pisquei um olho.

> Drew: Não, porque eu meio que gosto dele também.

Meu fôlego ficou preso quando li suas palavras. Eu tinha dito a mim mesmo que não iria ficar buscando sinais em suas ações, mas a mensagem tinha que significar algo.

Antes que eu pudesse enviar uma mensagem de volta, Matthewson entrou no ônibus. Olhei novamente para Drew e então observamos enquanto Matthewson cumprimentava nossos colegas de time e seguia para a parte de trás do ônibus. Quando ele passou por mim e por Drew, olhou entre nós dois com um aceno lento de cabeça, como se soubesse que algo mais estava acontecendo.

O que aconteceria se ele tentasse nos expor? Nossos colegas de time acreditariam em nossa mentira se Drew e eu disséssemos que era uma brincadeira cumprimentar um ao outro como um casal? Foi estranho, e eu sabia, mas era tudo o que eu tinha no momento. Deveria ter dito algo sobre minha concussão, dizendo que eu pensava que Matthewson era uma mulher ou alguma merda assim. Deveria ter me elaborado mais, porque tinha a sensação de que ele não acreditava em nós, e isso me assustou. Eu não estava pronto para que ninguém soubesse sobre mim e Drew antes de resolvermos nossas merdas.

Em todo o tempo em que o ônibus nos levou ao aeroporto, Matthewson nunca proferiu uma palavra sobre o meu deslize. Nem quando entramos no avião e voamos quase três horas ou quando fomos até o portão. Nem mesmo quando o ônibus nos deixou no estádio e os caras e eu seguimos nossos caminhos separados. Talvez Drew e eu estivéssemos livres.

Ou talvez Matthewson estivesse dando seu tempo até que as eliminatórias terminassem para nós, para não prejudicar a moral e o entrosamento do time.

Enquanto esperava a chegada do meu carro, peguei o celular e enviei uma mensagem para o Drew.

> Eu: Você ainda vai para minha casa?

Enquanto esperava por uma resposta, Drew saiu pelas portas duplas para onde eu estava.

— Ei — cumprimentei, não tenho certeza se ele recebeu minha mensagem.

— Ei — ele disse de volta. Olhou em volta e depois baixou a voz. — Eu vou até lá agora, se não houver problema.

— Está bem. Trouxe o seu carro?

Ele balançou a cabeça.

— Eu não queria deixá-lo aqui porque não tinha certeza de quanto tempo ficaríamos na estrada.

— Quer vir no mesmo carro que eu pedi?

EXPOSTO

— Claro.

Ficamos a vários metros de distância enquanto esperávamos pelo carro. Nenhum de nossos colegas de time estava por perto. Alguns deles foram pegos por suas esposas, alguns foram em seus próprios carros, e outros já tinham entrado em carros que tinham pedido para levá-los para casa. Os fãs ficaram do lado de fora do portão, tirando fotos de nós e querendo autógrafos. Tive comichão para estender a mão e tocar a de Drew enquanto esperávamos, desesperado para senti-lo novamente.

Quem diria que a primeira pessoa com quem eu gostaria de estar em público seria alguém com quem eu não poderia estar em público até que certas medidas fossem tomadas? Porque nem todos aceitariam tranquilamente dois colegas de time namorando, e o que a MLB pensaria? Eu não acreditava que eles teriam um problema porque éramos dois homens, porém, se algo acontecesse entre mim Drew — mais do que brigar no campo — seria uma merda, porque éramos do mesmo time.

Limpei a garganta.

— Só pra você saber, eu meio que gosto um pouco de você também.

Drew me deu um pequeno sorriso.

— Vai ficar tudo bem então.

— Sério?

— Sério. — Ele acenou com a cabeça.

Meu coração errou uma batida. Eu sabia que estava apaixonado por ele, mas será que lhe diria assim que estivéssemos a sós novamente? Seria uma droga se eu dissesse aquelas três grandes palavras que nunca havia dito a alguém antes, só para que ele não as dissesse de volta.

Porra, eu estava nervoso.

O carro chegou e Drew e eu entramos na parte de trás. O motorista nos olhou com um sorriso de conhecimento, mas não disse nada.

— Como está sua cabeça? — Drew perguntou ao sairmos do estacionamento dos jogadores.

— Bem.

— Só bem?

Virei a cabeça para olhar para ele e pisquei o olho.

— Sim, pai.

— Ei, eu fui designado como seu médico, então não me venha com essa merda.

Designado como meu médico? Que porra é essa?

22   KIMBERLY KNIGHT   RACHEL LYN ADAMS

Ele apontou com sua cabeça em direção ao motorista e eu entendi. Ele queria que eu fingisse que estava vindo para minha casa porque tinha que cuidar de mim. Eu odiava isso, porra.

— Então você vai usar um uniforme? — brinquei.

Seus olhos se alargaram, e ele balançou a cabeça em descrença.

Eu falei:

— Relaxe.

Drew me olhou fixamente e disse:

— Vou usar um uniforme se me deixar fazer a chuca em você.

Eu ri. Este era o Drew que eu amava.

— Continue sonhando.

O motorista limpou a garganta.

— Fico feliz em ver que você está indo bem, Sr. Parker. Fiquei preocupado quando vi o jogo ontem à noite.

— Obrigado — respondi.

— Espero que cheguem até a final — disse ele.

— Nós também.

— Especialmente com você arremessando, Sr. Rockland.

— Obrigado, cara.

O motorista nos falou mais sobre beisebol e merdas assim. Foi um bom adiamento e Drew poderia ser ele mesmo, não tendo que se preocupar com o fato de sermos vistos juntos. Notei porque ele estava nervoso, mas ele tinha que perceber que não havia problema em sermos vistos juntos, já que éramos colegas de time.

Depois que o carro parou no meu apartamento, Drew e eu assinamos um autógrafo para o motorista e depois saímos e entramos no meu prédio de três andares.

— Quer pedir pizza? — perguntei, e apertei o botão para o último andar.

— Claro.

O elevador subiu para o meu e depois fomos para o apartamento. Destranquei e abri a porta.

— Sinta-se em casa.

Drew pousou sua mala, fui para meu quarto e coloquei minhas coisas perto da cama. Tirando o celular do bolso, disquei para a pizzaria da qual eu costumava pedir. Depois de desligar, peguei duas cervejas Coors da geladeira e entreguei uma ao Drew.

— A pizza estará aqui em trinta minutos.

EXPOSTO

— Tudo bem.

Abrindo a lata, tomei um longo gole.

— Devemos só começar isso então?

— Sim. — Drew abriu sua cerveja e tomou um gole enorme.

Eu pedi que ele se sentasse no sofá e, uma vez lá, eu disse:

— Posso ir primeiro?

— Por favor.

Como fui eu quem terminou, achei que deveria ser eu a dizer a ele como estava me sentindo primeiro. Ele precisava saber que eu tinha mudado de ideia sobre ter uma família porque, no final das contas, foi isso que acabou com a gente.

Respirando fundo, olhei para o lado e depois voltei para encontrar seu olhar castanho-claro.

— Estas últimas semanas foram uma merda. — Ele acenou com a cabeça, como se sentisse o mesmo. — De todas as pessoas do mundo para eu… — parei, sabendo o que estava prestes a escorregar dos meus lábios. Meu coração acelerou no peito e minhas palmas das mãos ficaram suadas. Senti-me como se estivesse prestes a abrir meu peito para que ele pudesse ver dentro de mim. — Foda-se. — Respirei, tomei outro gole da minha cerveja e confessei: — Eu amo você, está bem?

Drew piscou os olhos.

— Você está apaixonado por mim?

— Sim. — Acenei com a cabeça. — Estas semanas foram horríveis, porque estou apaixonado por você e, em vez de ser um homem, fui um menino, porque tinha dito a mim mesmo que nunca poderia deixar alguém se apegar a mim caso eu morresse, mas a verdade é que todos nós vamos morrer em algum momento, então por que não estar com a única pessoa que me faz feliz, sabe? — Eu estava divagando, e sabia disso, mas Drew estava me encarando em vez de dizer qualquer coisa, então continuei: — Eu posso ser pai. Tenho um bom pai e sempre quis ser como ele. Posso ensinar meu filho ou minha filha a jogar beisebol. Eu poderia…

Ele se inclinou para frente e me silenciou com sua boca.

— Você fala tanto, porra.

Eu sorri contra os lábios dele.

— Não posso evitar.

Ele foi para trás e olhou nos meus olhos.

— Eu também te amo, baby.

CAPÍTULO 3
DREW

— O que está passando nessa sua cabeça? — Aron perguntou, beijando minha mandíbula e descendo pelo meu pescoço.

Inclinei minha cabeça para trás, dando-lhe mais acesso.

— Só pensando em você me fodendo.

Ele foi para trás, seus olhos se alargaram.

— Tem certeza?

Acenei e escorreguei do sofá para me ajoelhar entre as pernas dele.

— É tudo em que tenho pensado cada vez que me masturbo.

Ele sorriu.

— Você pensou em mim enquanto se tocava? Conta mais.

Puxei a camisa dele sobre a cabeça e a joguei no chão. Inclinando-me para frente, passei minha língua por cima de seu mamilo, puxando-o com meus dentes, fazendo-o gemer. Beijando o peito dele, dei a mesma atenção ao outro lado.

— Vou lhe dizer uma coisa. Você estava certo quando disse que eu estava perdendo muita coisa por não usar meus dedos.

— Merda. — Ele deitou a cabeça no sofá, e me perguntei se ele estava me imaginando acariciando meu pau enquanto dedilhava meu traseiro.

Eu estava.

Depois de desabotoar seus jeans, puxei ele e seus boxers para baixo, e os joguei para trás de mim. O pau de Aron estava duro e longo, e não perdi tempo antes de levá-lo para minha boca quente. Ele agarrou meu cabelo quase ao ponto de doer e se segurou, mas me deixou controlar o ritmo à medida que eu levava o máximo dele pela garganta.

Balançando a cabeça para cima e para baixo, acrescentei minha mão à mistura, acariciando cada centímetro dele que não conseguia colocar na boca.

— Caralho, baby. Isso é incrível, porra.

Suas palavras me estimularam, e aumentei meu ritmo, lambendo e chupando e provando seu pré-gozo salgado. Quando olhei para ele, seus olhos estavam fechados, e sua mandíbula estava cerrada.

— Foda-se, preciso que você pare — ele advertiu, com os dentes cerrados.

Puxei para trás.

— Por quê?

— Porque eu vou gozar na sua garganta se você continuar, e realmente quero gozar quando estiver no seu traseiro.

Levantei-me do chão, tirei minhas roupas e, em seguida, sentei nas pernas de Aron antes de beijá-lo. A barba por fazer dele arranhou levemente meu rosto e aprofundei o beijo, minha língua se entrelaçando com a dele. Nossos paus se esfregaram juntos enquanto eu balançava meus quadris para frente e para trás e ficamos assim, moendo um no outro pelo o que pareceu uma eternidade.

Mas eu precisava de mais.

Interrompendo o beijo por apenas um momento, descansei a testa contra a dele, e implorei:

— Por favor, me fode logo.

Ele rosnou baixo em sua garganta.

— Preciso pegar um preservativo e o lubrificante.

Saí de seu colo e me coloquei na almofada do sofá.

— Apresse-se.

— Você está terrivelmente impaciente — ele provocou, caminhando em direção ao seu quarto.

— Só se apresse, está bem?

— Sim. Acho que estão na minha mesa de cabeceira.

— Você acha?

— Já faz um tempo que não uso — ele gritou do quarto.

— Você não usou nenhum preservativo nas últimas semanas?

Ele balançou a cabeça, voltando para a sala de estar, com o pau duro batendo na barriga.

— Não precisei delas.

— Espere, eu o vi sair do bar com uma garota depois que chegamos às finais. Você está dizendo que não transou com ela, ou que não usou camisinha?

Ele se aproximou de mim e se inclinou para colocar um beijo nos meus lábios.

— Eu não transei com ninguém.

Aliviado por saber que ele não tinha estado com mais ninguém desde que estivemos juntos, sorri enquanto o puxava para baixo no sofá e o abraçava de novo. Nos beijamos, e me aproximei, acariciando seu eixo algumas vezes; depois, arranquei o preservativo de sua mão, rasguei o pacote e o desenrolei pelo seu comprimento. Ele segurou o lubrificante para mim, e derramei uma quantidade generosa em minha mão antes de espalhá-lo sobre seu pau. Preocupado que talvez não fosse suficiente, derramei mais um pouco e alcancei atrás de mim para ter certeza de que estava o mais pronto possível.

— Você está tão sexy agora. Parou de ficar pensando em tudo e está só agindo — ele declarou.

— Estive pensando nisso durante semanas — admiti, e joguei a garrafa de lubrificante ao nosso lado. — Eu queria ir ao seu quarto todas as noites e dizer que precisava de você.

Os olhos azuis de Aron perfuraram minha alma.

— Eu também precisava de você.

Levei meus lábios para os dele novamente antes de agarrar sua ereção e me abaixar sobre ele. A sensação dele me esticando foi mais intensa do que quando ele me dedilhou há algumas semanas. Respirei fundo e relaxei meus músculos para que pudesse descer mais.

Uma vez que ele estava completamente dentro de mim, ele começou a acariciar meu pau a um ritmo agonizantemente lento.

— Tome seu tempo, baby. Então se mova quando se sentir pronto.

Acenei com a cabeça e, após alguns segundos, senti meu corpo relaxar o suficiente para poder começar a montá-lo. Tê-lo dentro de mim foi uma sensação deliciosamente estranha. Uma sensação que fez meus batimentos acelerarem.

Eu me apoiei em seus ombros e quiquei mais rápido contra ele. Ele gemeu e levantou seus quadris, me fodendo com golpes duros e poderosos, agarrando as bandas do meu traseiro em suas mãos fortes. Era quase demais, meu corpo precisava se desmanchar enquanto eu sentia meu orgasmo se aproximando.

— Eu vou gozar — grunhi.

— Eu também.

Aron me bombeou mais duas vezes, antes de eu gemer obscenamente alto e me derramar por todo o estômago dele. Não demorou muito para que ele me seguisse, seus quadris sacudindo ao gozar no meu traseiro.

EXPOSTO

— Isso foi incrível — eu disse, descansando a cabeça contra seu ombro.

— Deus, eu senti sua falta — suspirou.

Ficamos nos braços um do outro enquanto nossos batimentos cardíacos voltavam ao normal. Quando senti que podia ficar de pé, sai dele e tirei minhas roupas do chão.

A campainha da porta tocou.

— Deve ser a pizza — Aron disse, do banheiro próximo onde estava descartando o preservativo.

— Merda. Esqueci que tínhamos pedido comida.

— Ainda bem que eles demoraram mais de trinta minutos. Você é um pouco barulhento quando está gozando. — Ele riu, entrando no quarto e pegando suas calças jeans. — Quer pegar um par de pratos e mais cerveja enquanto eu pego a comida?

— Sim, claro.

Fui até a cozinha e encontrei os pratos enquanto ele vestia suas calças e ia até a porta para pegar a pizza. Estando com ele em seu espaço, senti-me bem. Eu podia facilmente imaginar que passaríamos nosso tempo juntos em casa, vivendo em êxtase doméstico. Maldição, eu estava seriamente apaixonado pelo cara, mas ele me fazia feliz e isso era tudo o que importava.

Depois que cada um de nós colocarmos um par de fatias em nossos pratos, nós nos acomodamos de volta no sofá. Aron percorreu os canais da TV antes de parar em um filme de ação. Era seguro dizer que estávamos definitivamente juntos novamente, mas havia algumas coisas que ainda precisávamos conversar.

— Então, o que mudou sua opinião sobre querer ser pai? — perguntei.

Demorou alguns segundos, e ele soltou um suspiro profundo antes de responder.

— Percebi que estava tomando decisões para meu futuro por medo. Não quero deixar que essas preocupações me impeçam de aproveitar a vida, uma vida que posso imaginar com uma ou duas crianças correndo por aí. Além disso, eu realmente quero estar com você, para ver onde isto vai dar.

— Eu também quero ver onde isto vai dar. — Eu sorri. Não importa o que aconteceu com Jasmine, foi bom saber que o futuro que vi com meus próprios olhos poderia um dia ser uma possibilidade com Aron. Eu não teria que decidir entre estar com ele ou ter a família que sempre quis.

— Eu realmente espero que o bebê não seja meu — sussurrei, olhando para o meu colo, e quase me sentindo culpado por dizer as palavras em voz alta.

— Qual a previsão para você receber os resultados?

— A qualquer dia agora. Enviei minha amostra há algum tempo.

Ele colocou seu prato sobre a mesa de café e estendeu a mão, unindo nossos dedos ásperos.

— Aconteça o que acontecer, *nós* vamos resolver juntos, está bem?

Acenei com a cabeça.

— Está bem.

Quando terminamos de comer, pegamos tudo e seguimos para a cozinha. Enquanto eu colocava as sobras na geladeira, ele enxaguou os pratos e os colocou na máquina de lavar louça.

Eu gargalhei.

— Você acabou de limpar nossos pratos sujos?

Ele se virou e sorriu para mim.

— Sim, acho que peguei uma das suas manias.

Puxando-o na minha direção, sussurrei no ouvido dele:

— Posso pensar em outra coisa que você pode pegar.

— Isso pode ser facilmente resolvido. Vamos tomar um banho.

Depois de nosso banho — onde nos fizemos gozar novamente antes de nos limparmos —, subimos na cama de Aron, sem nos preocuparmos em nos vestir. Ainda não era noite, mas eu não podia imaginar uma maneira melhor de passar o resto do dia do que me aconchegar na cama com o homem que eu amava.

Nós nos inclinávamos ao mesmo tempo, pressionando os lábios juntos. Eu não conseguia me cansar quando se tratava de beijar Aron Parker. Quando estiquei o braço para agarrar o pau dele, ouvi meu celular tocando na sala de estar.

— Porra. Deve ser a minha mãe. Eu deveria ir atender — eu disse, saltando da cama. — Ela sempre liga para me avisar que chegou em casa.

O celular parou de tocar antes que eu pudesse atender, e verifiquei minhas ligações perdidas para confirmar que tinha sido minha mãe. Enquanto estava na sala de estar, peguei um par de moletom da mala antes de ligar de volta para ela. Nenhum homem queria falar com seus pais — especialmente com sua mãe — enquanto estava nu. Era simplesmente estranho.

EXPOSTO

Assim que eu estava vestido, meu celular começou a tocar novamente.

— Ei, mãe — respondi, depois de ver o nome dela no identificador de chamadas.

Ao invés de ela dizer oi, eu só conseguia ouvir algumas vozes abafadas.

— Oi? — disse, voltando para o quarto do Aron. — Mãe?

Aron levantou uma sobrancelha em uma pergunta muda enquanto eu parava dentro de seu quarto.

Encolhi os ombros.

— Mãe, você está aí?

Eu estava prestes a desligar, assumindo que ela tinha me ligado por engano, quando a ouvi dizer:

— Ah, Joel. A vista é linda.

Mas. Que. Porra. Era. Essa?

CAPÍTULO 4
ARON

Os olhos de Drew se alargaram, e prendi a respiração, pensando imediatamente que algo havia acontecido com sua mãe.

— O que aconteceu?

— Apenas... — Ele me entregou seu celular e acenou com a mão no ar. Sem saber o que fazer, levei o celular ao ouvido, pronto para assumir o controle se precisasse fazer perguntas importantes.

— Vim muito aqui depois que minha esposa morreu — disse uma voz masculina familiar. Não soou como se ele estivesse falando ao telefone, mas ao fundo. — Esta é minha hora favorita da noite. A maioria das pessoas a acha muito fria e você pode ficar sozinho e caminhar ao longo da água.

Meus olhos se viraram para Drew, que estava andando para frente e para trás no final da cama.

— Eu amei. Não temos nada como isto em Nebraska — disse Francine. Também não me pareceu que ela estivesse falando ao celular.

— Bem, uma coisa é certa, você está muito longe do oceano — respondeu o homem.

— Por que você não está surtando? — Drew sussurrou.

Eu pisquei, meu olhar se movendo para ele, e sussurrei no caso de sua mãe poder ouvir:

— Surtar pelo o quê?

Ele parou de andar e balançou os braços.

— Que seu pai está com minha mãe agora mesmo.

Eu pestanejei.

— O quê?

E então eu percebi. *"Vim muito aqui depois que minha esposa morreu"*.

EXPOSTO 31

— Ai, merda — suspirei.

— Sim — Drew concordou.

Joguei o celular dele na cama e agarrei o meu.

— O que você está fazendo? — ele perguntou.

— Eu vou ligar para meu pai.

— E dizer o quê?

Dei nos ombros.

— Perguntar o que ele está fazendo com sua mãe.

— Então eles saberão que estamos juntos.

Olhamos um para o outro enquanto eu processava o que ele tinha dito. Drew estava certo. Se eu ligasse e perguntasse por que meu pai estava com Francine, eles saberiam que eu e Drew estávamos juntos. Talvez não juntos, mas pelo menos no mesmo lugar que o outro e não voltando para casa sozinhos e descansando como eu havia levado meu pai a acreditar.

— Muito bem, o que fazemos? — perguntei.

Ele pegou o celular e o desligou antes de jogá-lo de volta na cama.

— Eu não sei. Minha mãe deveria ter me ligado quando chegou em casa, mas, claramente, ela não está em casa.

— Ela está em São Francisco.

Ele piscou os olhos.

— O quê?

— Pelo menos eu acho que é onde eles estão. Meu pai estava falando em ir a algum lugar na água depois que minha mãe morreu.

Drew esfregou as mãos na cara.

— Isto é demais.

Eu me ajoelhei, me movi até o fim da cama e agarrei seus ombros para que ele olhasse para mim.

— Está tudo bem. Nossos pais estão passando tempo juntos. E daí?

— E daí? — ele explodiu. — Nossos pais podem estar fodendo e tudo o que você tem a dizer é "e daí"?

— Eu gosto da ideia de foder meu irmão postiço — brinquei, sorrindo, tentando aliviar o maldito resmungão.

Eu tinha tido meu Drew de volta mais cedo. Aquele que riu e brincou e não era um pau no cu vinte e quatro horas por dia, sete dias por semana. Aquele que não ficava se preocupando com tudo, mas se deixou sentir e liderar com o coração. Eu queria impedir que ele voltasse a se preocupar com tudo.

— Este não é o momento para brincadeiras, Aron. — Ele se afastou de mim.

Segurei o celular que ainda estava na minha mão.

— Tudo bem. Que tal eu ligar para meu pai e ver se ele me diz com quem está? Eu finjo que só estou ligando para avisá-lo que consegui voltar para casa.

— Que bem isso vai fazer?

— Se ele mentir, então saberemos que algo está acontecendo com certeza.

— E se ele não mentir?

— Então talvez eles sejam apenas dois amigos que andam por aí. Sua mãe não disse que nunca esteve na Califórnia? — Eu me lembrei vagamente de ela mencionar algo assim depois do jantar do nosso time, antes do início do primeiro jogo contra os Cubs.

— Sim, durante o mesmo jantar em que eles estavam flertando — ele rosnou.

— Certo, garotão. Acalme-se.

— Eu não consigo me acalmar, Aron. Minha mãe mentiu pra mim.

— Talvez algo tenha acontecido no caminho para o aeroporto — sugeri.

— O que você quer dizer com "a caminho do aeroporto"?

Eu me sentei nos meus calcanhares.

— Eles se viram no saguão do hotel e decidiram ir para o aeroporto juntos.

— Como você sabe disso?

— Quando eu estava me despedindo do meu pai, ele a viu saindo. Eu me afastei, mas os ouvi falar sobre irem juntos.

— E você não me disse?

— Quando eu deveria ter dito a você? Quando você tinha meu pau na boca ou no traseiro? — Ele rolou os olhos e balançou a cabeça. — Deixe-me ligar pro meu pai, está bem?

— Está bem.

Desci da cama, peguei um par de boxers e os coloquei. Drew sentou-se na ponta da cama e esperou, enquanto eu procurava o nome do meu pai no celular e pressionava o botão para ligar para ele. Tocou três vezes antes de ele atender.

— Filho, está tudo bem?

Eu estava planejando tentar pegá-lo em uma mentira, mas, em vez disso, me vi perguntando:

EXPOSTO

— Me diz você. Está com alguém neste momento?

— Eu... O quê?

— Deixe-me ir direto ao assunto. — Drew se virou e olhou para mim, e fiz uma pequena careta. — Você está com alguém agora mesmo?

Meu pai parou um momento antes de responder:

— Estou.

— Quem?

— A mãe de Rockland.

— Vocês dois estão namorando ou algo assim?

Drew inclinou a cabeça para trás e respirou fundo. Eu não estava preocupado com isso, apesar de meu pai não namorar desde minha mãe. Bem, isso eu sabia. Talvez eu me sentisse diferente se fosse minha mãe querendo namorar com alguém.

— Não que seja da sua conta, mas nós não estamos namorando.

— Então, ela acabou de mudar o voo para visitar a Califórnia?

— Como vocês derrotaram os Cubs, ela tinha algum tempo livre e eu decidi mostrar-lhe a cidade por alguns dias. Isso é um problema?

— Não para mim — esclareci. — Mas acho que Drew tem um problema.

Drew falou:

— Que porra é essa?

Levantei um ombro quando meu pai respondeu:

— Por que isso?

— Porque... ah... — gaguejei. Não podia dizer ao meu pai que namorava um homem por ligação. — Bem, ele veio me ver e acho que Francine ligou para ele por engano. Ele me perguntou se eu sabia o que estava acontecendo.

— Não tem nada acontecendo. Só estou lhe mostrando a área da Baía por alguns dias até sabermos quando vocês vão jogar a seguir.

— Está bem. — Acenei com a cabeça.

— Drew está com você agora?

— Sim.

— Diga para ele ligar para a mãe dele então.

— Farei isso. Amo você. Adeus. — Dei um pequeno sorriso para Drew. Ele parecia que queria esmurrar alguém. Uma vez que soubesse que nada estava acontecendo, eu esperava que ele se acalmasse. — Ligue para sua mãe — eu disse, desligando o celular.

— O que está acontecendo? — Drew perguntou.

Voltando para a cabeceira, respondi:

— Acho que sua mãe tem algum tempo extra nas mãos, já que derrotamos os Cubs, e eles mudaram o voo dela para que pudesse ir a São Francisco fazer um passeio turístico. Meu pai é o guia dela.

— É só isso?

— Ele disse para ligar para sua mãe. Talvez ela possa explicar a você. Eu não sei. — Encolhi os ombros.

— Você não se importaria se eles estivessem namorando?

Abri a boca para responder, mas parei. Eu deveria me importar? Antes de Drew, namorar não estava em discussão, e assumindo que meu pai estava transando com garotas aleatórias como eu, estava tudo bem por mim. Mas será que a única pessoa que ele finalmente queria namorar depois que minha mãe morreu era a mãe do homem com quem eu finalmente queria estar para sempre?

— Ele disse que nada está acontecendo — reiterei.

— Sim, está bem.

— Ligue para sua mãe e veja por si mesmo.

— Tudo bem — ele rosnou e arrancou o celular da cama. Ele o levou consigo ao sair do quarto. Eu não o segui, deixando-o ter privacidade, já que ele estava tão preocupado com a situação.

Enquanto ele estava no outro cômodo, fui pra debaixo das cobertas e joguei um jogo de Texas Hold'em no telefone, porque não tinha certeza do que mais fazer. Quando ele voltou, cinco minutos depois, deu um pequeno sorriso.

— E aí?

— Ela disse que nada está acontecendo.

— Está vendo?

— Eu sei. Foi só um choque. — Ele puxou os lençóis do lado dele da cama e rastejou para o meu.

— Eu entendi, mas meu pai estava falando da minha mãe quando escutei. Acho que sua mãe não iria querer transar com um cara que ainda está falando de sua falecida esposa.

Ele suspirou.

— Você pode, por favor, não mencionar minha mãe e transar na mesma frase?

Nós nos mexemos até estarmos ambos debaixo dos cobertores e de frente um para o outro. Eu sorri.

— Muito bem. Mas ainda podemos fingir que somos irmãos postiços durante a noite e foder enquanto mamãe e papai estão no quarto ao lado?

EXPOSTO

— Você é um filho da puta perverso, não é?

— Isso é um sim?

Ele sorriu.

— Sim, mas seu traseiro é meu.

O meu Drew estava de volta.

Sem hesitar, abri a mesa de cabeceira e tirei um preservativo.

— Cubra-se enquanto eu pego o lubrificante.

No dia seguinte, Drew foi para casa lavar roupa ou qualquer outra coisa que precisasse fazer antes de começar a próxima rodada e fizemos planos de nos encontrarmos na Draft House com os caras para assistir ao jogo dos Giants contra os Nationals.

Quando me vesti para ir até o bar, comecei a ficar nervoso. Matthewson não tinha dito nada no caminho de volta de Chicago para Denver sobre toda essa coisa de "baby", mas será que ele deixaria escapar alguma coisa quando estivéssemos todos bêbados por conta da cerveja? A possibilidade de ser excluído estava virando meu estômago, porque nunca tinha estado nessa posição antes, onde importava com quem eu namorava. Diabos, não deveria importar com quem eu queria dividir minha cama. Eu só tinha que esperar que se nosso relacionamento fosse exposto, que isso não afetasse o time. Com certeza não era algo com que Drew e eu precisássemos lidar no meio da disputa pelo campeonato.

Depois que o serviço de carro me deixou e eu entrei, senti como se estivesse entrando em um episódio de Cheers quando o local irrompeu em gritos do meu nome. Acenei um olá bobo e fui em direção às mesas, onde meus companheiros de time estavam. Drew já estava lá, e eu sorri para ele, não conseguindo me conter.

— Como está sua cabeça? — Santiago perguntou, entregando-me um copo de cerveja.

Peguei o jarro e derramei a cerveja no copo.

— Está bem.

— Rockland está cuidando bem de você? — Matthewson perguntou, sorrindo.

Meu olhar se moveu brevemente para Drew antes de eu responder:

— Ele podia trabalhar nas suas habilidades de enfermeira.

Os caras riram enquanto eu piscava o olho para o Drew. Ele rolou os olhos.

— Sem banho de esponja? — Matthewson provocou.

— Eu pedi um, mas Rockland está tão nervoso que jogou aspirina em mim e me disse para permanecer vivo.

— Vejo o suficiente do pau dele no clube. Não preciso me aproximar e ficar íntimo dele — Drew mentiu. Ele estava muito bem familiarizado com o meu pau e extremamente íntimo.

Tomei um gole do líquido âmbar.

— Sim, assim vocês poderiam ao menos ter contratado uma stripper para ser minha enfermeira. Levei uma bola de beisebol na cabeça por vocês, filhos da puta.

— Se ganharmos o World Series, vamos comemorar com algumas *strippers*. — Fowler agarrou meu ombro e apertou.

— Combinado — respondi.

Encontrei o olhar de Drew novamente e pisquei o olho. Foi bom podermos brincar com os caras e não o ter assustado.

Tirando o celular do bolso, mandei uma mensagem para ele enquanto mantinha o aparelho embaixo da mesa.

> Eu: Você sabe que ama meu pau.

Assisti enquanto ele agarrava seu celular e grunhi uma gargalhada. Uma resposta veio segundos depois.

> Drew: Sim, e se você pedir gentilmente, eu lhe darei um banho de esponja.

Sorri e comecei a digitar uma resposta quando Fowler disse:

— Aí está seu pai.

Olhei para cima e vi que ele estava apontando para a TV. Quando vi a tela, era uma foto do meu pai, mas ele não estava sozinho.

— Rockland, aquela é sua mãe? — perguntou Matthewson.

EXPOSTO

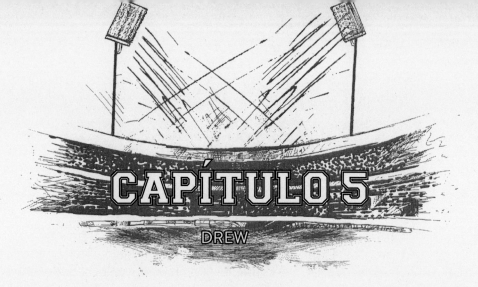

CAPÍTULO 5
DREW

A semana de folga que tivemos em Denver passou como um borrão. Os Giants e Nationals foram aos cinco jogos e, no final, foram os Nationals que conseguiram a vitória, o que significava que estávamos indo para Washington, D.C.

Enquanto estávamos em casa, Aron e eu passamos um tempo no ginásio com o time. Ele trabalhou com Campbell, o treinador dos Rockies, que montou um plano de treino rigoroso para garantir que ele não se esforçasse demais após sua concussão. Enquanto isso, fiz algumas sessões de *bullpen* e acompanhei meus treinos diários para estar pronto para arremessar no primeiro jogo contra os Nationals. À noite, saímos com os rapazes para assistir aos jogos, e depois seguimos para um de nossos apartamentos e gostamos de estar sozinhos sem a preocupação de alguém batendo à nossa porta.

A preocupação de que Matthewson pudesse dizer algo foi desaparecendo mais a cada dia que passava, porque ele não tinha dito nada a ninguém. Talvez porque, quando viram minha mãe sentada ao lado do pai de Aron durante o jogo dos Giants e Nationals, eles nos provocaram sobre sermos irmãos postiços.

Se eles soubessem.

Segui meus colegas de time no ônibus que nos levava do estádio ao aeroporto com um enorme sorriso no rosto, pensando no início da manhã quando o que era para ser uma rapidinha se transformou em muito mais. Isso fez com que Aron e eu quase nos atrasássemos para o ônibus, mas tinha valido a pena.

Tomando meu assento habitual, peguei o celular para verificar meus e-mails, já que ainda não tinha ouvido notícias do teste de paternidade e estava esperando algo a qualquer dia da Jasmine ou do laboratório com um link seguro sobre os resultados. Antes que eu pudesse abrir o aplicativo, meu celular vibrou com uma mensagem recebida.

> Aron: Se você continuar sorrindo assim, todos saberão que fez sexo esta manhã.

Eu ri e digitei uma resposta:

> Eu: Não posso evitar. Foi uma transa muito gostosa.

Acrescentei uma berinjela e um emoji de pêssego ao final da minha mensagem, sabendo que isso o pegaria desprevenido.

Ele se engasgou com uma risada e, quando olhei em sua direção, ele me encarou e negou com a cabeça.

Em nossa primeira noite juntos novamente, ele tinha dito que eu ficava sexy quando não estava preso na minha cabeça e simplesmente fazia o que queria. Ele não percebeu que ele era a razão pela qual eu podia fazer isso. Trouxe à tona um lado de mim que eu não sabia que existia, encorajando-me a relaxar e a não levar tudo tão a sério. Era algo que eu estava tentando abraçar.

Enviei-lhe outra mensagem:

> Eu: Você vai ficar no meu quarto hoje à noite, certo?

> Aron: Sim. Mas, já que você lança amanhã, vamos encerrar a noite cedo hehe. Você precisa dormir bem.

> Eu: Durmo melhor com você ao meu lado.

Quando eu e meus colegas de equipe chegamos ao hotel em Washington, D.C., vários deles estavam fazendo planos para sair para jantar mais tarde. Mas tudo o que eu queria era chegar ao meu quarto, pedir serviço de quarto e passar o resto da noite com Aron. Ele estava certo; eu precisava ter uma boa-noite de sono para que pudesse jogar no meu melhor. Eu também tinha razão sobre dormir como um bebê quando estávamos enrolados juntos.

Entre nosso time, a família e os amigos que estavam na cidade para o jogo, o lobby estava lotado. Do canto do meu olho, vi alguém correndo para onde eu estava parado. Não percebi quem era até que me abraçou e disse:

— Ai, meu Deus. Senti tantas saudades suas.

Mas que diabos?

Meus olhos se viraram para Aron, quando ele estava a alguns metros de distância, e parecia tão confuso quanto eu. Rapidamente tirei as mãos de Jasmine de cima de mim e dei um passo atrás, tentando evitar chamar qualquer atenção para nós. Baixei minha voz.

— O que você está fazendo aqui?

— Vim ver seus jogos e pensei que podíamos conversar.

Tinham chegado os resultados do teste de paternidade? Se sim, por que ela pensou que eu iria querer falar pessoalmente quando ela poderia ter me ligado?

— Rockland, aqui estão suas chaves — disse nossa coordenadora de viagem ao me entregar o pequeno envelope branco com as chaves dentro.

— Obrigado — respondi, antes de voltar para Jasmine. — Falar sobre o quê?

Ela rolou os olhos.

— Sobre nós, bobo.

— Não existe nenhum nós — eu disse.

— Drew, por favor — ela choramingou.

Olhei ao redor do salão lotado e soltei um suspiro.

— Muito bem. Podemos conversar no meu quarto. Dê-me só um minuto, e depois subiremos.

Seus olhos se iluminaram e ela sorriu muito, mas ela estava para ficar bem decepcionada se estivesse achando que algo iria acontecer no meu quarto. Afastei-me dela e peguei o meu celular, enviando uma mensagem para Aron:

> Eu: Jasmine quer conversar, então vamos para o meu quarto. Eu ligo assim que conseguir me livrar dela.

> Aron: Seu quarto? É sobre os resultados da paternidade?

> Eu: Não sei, mas não posso falar sobre nada com todas essas pessoas ao redor.

Coloquei meu celular de volta no bolso e peguei minha mala.

— Vamos — eu disse, passando por Jasmine e indo em direção aos elevadores.

Não me surpreendeu quando Aron nos seguiu até o elevador. Ele ficou num canto, e eu no outro, com Jasmine ligeiramente na minha frente. Olhei para ele e murmurei as palavras "sinto muito". Ele acenou com a cabeça com um sorriso sombrio.

Quando as portas começaram a fechar, uma grande mão as obrigou a abrir novamente. Matthewson pisou no elevador, um sorriso se formando em seu rosto ao olhar para nós três. Ele levantou uma sobrancelha.

— Planos divertidos para hoje à noite?

— Na verdade, não — resmunguei.

Jasmine virou-se para mim e correu o dedo pelo meu peito.

— Não seja assim. Não nos vemos há semanas e temos muito o que conversar.

Meu olhar se moveu para o Aron. Ele parecia querer tirar a mão dela de mim. Em vez disso, eu o fiz.

— Bem, se você tiver algum tempo livre, alguns de nós vamos jantar mais tarde. Mande uma mensagem e eu informarei para onde vamos. — Matthewson virou-se para Aron. — Você está dentro, cara?

— Talvez. — Ele encolheu os ombros. — Estou com um pouco de dor de cabeça. Vou tomar alguns remédios e avisarei você.

Aron não tinha tido dor de cabeça a semana toda, então eu esperava que ele estivesse usando-a como desculpa para não sair com os caras. Mesmo assim, eu me preocupava com ele e precisava saber que ele estava bem. Nossos olhos se encontraram e ele me deu um sutil abano de cabeça, me fazendo saber que estava bem.

O elevador parou no andar do Matthewson.

— Espero vê-lo mais tarde — ele disse ao sair e eu e Aron nos despedimos com um aceno de cabeça.

A porta do elevador fechou e nós três ficamos em silêncio até o oitavo andar, onde meu quarto estava localizado.

EXPOSTO

— O meu é aqui — eu disse, mantendo a porta aberta para que Jasmine pudesse sair primeiro.

Uma vez que saí, virei para Aron.

— Te vejo depois, cara.

— Sim — ele respirou, e lhe dei um pequeno sorriso. Ele acenou com a cabeça em resposta, as portas se fechando.

Conduzindo o caminho até meu quarto, Jasmine disse:

— Você poderia ter me apresentado a seus companheiros de time.

Eu parei e olhei para ela, minha sobrancelha se arqueando.

— Sério? E como eu deveria ter feito isso? Deveria ter explicado que você é minha ex que eu não fazia ideia de que ia aparecer aqui hoje?

— Você está agindo como um idiota. — Ela cruzou os braços sobre o peito.

Sacudindo a cabeça, não respondi e continuei a andar pelo corredor em direção ao meu quarto. Uma vez lá, destravei a porta e a mantive aberta para que Jasmine pudesse entrar. Seguindo por trás dela, levei minha mala até o armário e depois joguei minhas chaves e telefone na cômoda, enquanto ela se sentava no sofá, colocando a bolsa na pequena mesa de café na frente dela.

Encostei-me à parede e cruzei os braços sobre o peito.

— Então, você vai me dizer porque você está realmente aqui?

Ela olhou para mim e respirou fundo.

— Eu quero que estejamos juntos novamente. Preciso de você, Drew. Você disse que poderíamos conversar quando os resultados voltassem, mas não posso esperar até lá. — Ela ficou de pé e caminhou em minha direção. — Você não sente minha falta?

Estendi minhas mãos para impedi-la de se aproximar mais.

— Olhe, Jasmine. Acho que não posso tornar isto mais claro. Se você estiver grávida do meu filho, farei o que puder para participar da vida dessa criança. Mas qualquer esperança de um relacionamento entre mim e você morreu quando você dormiu com outra pessoa. Eu segui em frente.

Não tinha a intenção de lhe dizer nada sobre estar com outra pessoa, mas não sabia mais o que dizer. Não havia nenhuma chance de voltarmos a ficar juntos, e ela precisava perceber isso.

— Você seguiu em frente?

Eu acenei.

— Sim, e você deveria fazer o mesmo.

— Eu não quero seguir em frente. — Lágrimas brotaram em seus olhos. — Nós éramos bons juntos. Poderíamos ter isso novamente, se você me desse outra chance.

— Você e eu nunca mais estaremos juntos, porque você me enganou. Lealdade e confiança significam algo para mim.

Ela começou a soluçar, e eu não conseguia entender porque ela estava tão chateada. Se tivesse realmente se preocupado comigo, nunca teria estado com Zane em primeiro lugar. Também não foi como se fosse um erro único de sua parte. Ela andava fodendo pelas minhas costas há meses.

Não querendo continuar me repetindo com ela, fui até a porta e disse:

— Acho que está na hora de você ir.

Ela olhou para mim, com os olhos bem abertos.

— Você está me expulsando?

— Sim.

— Posso usar o banheiro primeiro? — ela perguntou, enxotando as lágrimas em seu rosto.

Meus ombros caíram.

— Claro.

Enquanto ela entrava no banheiro, peguei meu celular e caminhei até a janela. Olhando para fora, tomei fôlego para tentar me acalmar. Eu deveria ter sido o cara mais feliz do mundo, porque estava com a pessoa que amava e meu sonho de infância de ganhar uma World Series era uma possibilidade real, mas, ao invés disso, a situação inacabada que eu tinha com Jasmine pairava sobre mim.

Enviei uma mensagem para Aron:

> Eu: Ela está se preparando para partir. Quer descer em 10?

Demorou apenas alguns segundos para que sua resposta fosse recebida:

> Aron: Finalmente, porra. Sim, estarei aí em breve.

— Certo, bem, eu vim até aqui. Quer ir jantar ou algo assim? — Jasmine perguntou.

EXPOSTO

Virei-me para vê-la de pé ao lado da cômoda e abanei a cabeça. Eu não a tinha ouvido sair do banheiro.

— Podemos mandar um e-mail um para o outro quando os resultados chegarem, mas acho que não precisamos mais conversar hoje à noite.

Ela olhou para mim por um momento antes de voltar para a sala de estar e pegar sua bolsa.

— Você quem sai perdendo, Drew. — Ela caminhou até a porta e a abriu. —Toneladas de caras adorariam estar comigo.

Eu não pude deixar de rir.

— Bem, espero que você encontre um em breve. — Fechei a porta atrás dela.

Enquanto esperava pelo Aron, desfiz minha mala e troquei de roupa para uma camiseta e um par de calças de moletom pretas. Eu estava faminto, mas queria esperar para ver o que ele queria antes de pedir comida. Felizmente, não precisei aguardar muito.

Quando ouvi uma batida na porta, verifiquei pelo olho mágico para ter certeza de que não era Jasmine novamente e depois a abri quando vi Aron do outro lado.

— Você está bem? — ele perguntou, entrando, e fechei a porta.

— Sim, estou bem. — Envolvi meus braços ao redor do pescoço dele e o beijei.

Ele puxou um pouco para trás.

— E o teste de paternidade?

— Nada ainda. Ela mal falou do bebê. — Ele levantou uma sobrancelha, e eu abanei a cabeça. — Vamos pedir comida e lhe conto a respeito.

Liguei para o serviço de quarto para fazer nosso pedido, enquanto Aron pegava algumas garrafas de Jack e uma lata de Coca-Cola do minibar.

— Vou pegar um pouco de gelo. — Ele ergueu o balde.

— Certo, as chaves estão na cômoda.

Ele andou alguns metros até a cômoda e depois segurou uma chave.

— Você só tem uma?

Inclinei um pouco a cabeça. Nós sempre temos duas.

— Pensei que fossem duas.

— Só há um aqui.

— Estranho.

Usei o banheiro enquanto ele saía para pegar o gelo. Quando ele voltou para o quarto, fizemos nossas bebidas e nos sentamos no sofá onde o inteirei sobre minha conversa com Jasmine.

— Então ela disse que queria voltar e chorou quando você disse que tinha seguido em frente?

— Basicamente. Ela me traiu e teve a audácia de agir como se não entendesse porque eu não queria estar com ela.

Tudo isso era estranho, e eu estava ficando cada vez mais desconfiado, especialmente quanto mais tempo os resultados de paternidade levavam para voltar. Talvez ela pensasse que ainda podíamos ser uma grande família feliz quando obtivéssemos os resultados e estivesse tentando me amolecer.

— Acha que ela sabe que você não é o pai e está esperando que vocês voltem a ficar juntos, de qualquer forma? — Aron perguntou, ecoando meus próprios pensamentos.

— Honestamente, não tenho a menor ideia. Mas eu não esqueceria fácil assim. — Passei os dedos pelo meu cabelo, puxando as pontas. — Tudo o que sei é que sempre quis ser pai, mas cada vez que interajo com ela, isso me faz esperar que os resultados do DNA mostrem que o bebê não é meu.

Ele enrolou o braço em torno de meus ombros e me puxou para perto de si.

— Tudo vai dar certo e eu estarei com você a cada passo do caminho.

— Obrigado — respondi, assim como houve uma batida na porta. Eu o beijei rapidamente antes de me levantar para responder, assumindo que era nossa comida.

Depois de olhar pelo olho mágico para ver que era serviço de quarto, abri a porta e tirei a bandeja de comida do cara. Entreguei-a ao Aron e depois assinei o pedido para que fosse cobrado no meu quarto. O cara saiu e nós atacamos nossos hambúrgueres e batatas fritas.

— Então, antes eu estava pensando… — hesitei, enquanto Aron olhava para mim.

— Pensando em quê? — ele questionou.

Esfreguei a parte de trás do pescoço e respondi:

— Acho que talvez devêssemos contar aos nossos pais sobre nós.

Com uma batata frita suspensa no ar, Aron me olhou com curiosidade.

— Você acha?

Acenei com a cabeça.

— Sim. Estou cansado de esconder nossa relação. Você significa muito para eu continuar fingindo que somos apenas amigos, e conto quase tudo para minha mãe.

EXPOSTO

45

Ele me olhou fixamente, sem dizer nada. Eu entendi que era incerto. Diabos, estava mais preocupado com Matthewson do que Aron, mas passar os últimos dias com ele só confirmou que ele era a pessoa destinada a mim. Esconder nosso relacionamento me fez sentir como se tivesse vergonha dele — e isso não podia estar mais errado. Mesmo assim, eu não queria forçá-lo a contar aos outros se ele não se sentisse à vontade com a ideia.

— Quero dizer, se você não estiver pronto...

— Não, não é isso. Eu nunca contei coisas assim ao meu pai.

— Ah. — Meus ombros caíram.

Ele se aproximou e colocou sua mão sobre meu joelho.

— Eu nunca namorei antes, lembra? Mas também nunca me senti assim por ninguém e, como você é importante para mim, quero contar a ele.

— Está bem — concordei.

— Você só quer dizer aos nossos pais ou a todos os outros também?

— Quer contar a todos os outros?

— Eventualmente.

— Não sei se agora é o momento de anunciar nossa relação ao mundo, enquanto estamos no meio das eliminatórias, mas talvez depois... — Encolhi os ombros como se não fosse uma grande coisa, mesmo tendo a sensação de que seria uma grande coisa quando as pessoas descobrissem.

— Certo. Não quero nada mais do que estar com você sem me preocupar com quem poderia descobrir. Devemos contar aos nossos pais em breve para que a gente não fique mentindo para eles. E, concordo, devemos esperar até depois de terminarmos de jogar nesta temporada para contar a mais alguém.

— Parece um plano pra mim. — Eu me inclinei e o beijei suavemente. — Mal posso esperar para dizer ao mundo que você é meu.

Ele sorriu contra meus lábios.

— Eu também.

CAPÍTULO 6
ARON

Eu não podia acreditar que estava perdendo um jogo da pós-temporada. O início da segunda rodada contra os Nationals era tão vital quanto o jogo final para o troféu da World Series.

E eu estava perdendo.

Porra!

Antes que estivesse pronto para sair da cama, Drew se desenrolou de mim e saiu debaixo dos lençóis.

— Aonde você está indo? — perguntei.

— Preciso pedir café da manhã e me preparar para o jogo. — Ele vestiu uma cueca boxer.

— Baby. — Eu ri. — O ônibus não sai por mais umas quatro horas.

Ele mirou seus os olhos em mim e ficou espantado.

— Uau. — Eu me levantei de joelhos. — O que te fez acordar tão cedo?

— Apenas… — Ele suspirou. — Eu tenho a minha rotina.

— Sim, mas você precisa se acalmar. Nós temos tempo.

Ele caminhou em direção à mesa para o menu do serviço de quarto.

— Esta pode ser a última vez que eu arremesso nesta temporada. Preciso fazer o meu melhor lá fora.

— Parece que preciso te foder até que o seu humor melhore, seu resmungão. — Eu sorri para que ele soubesse que estava provocando. Bem, não sobre a foda.

— Ou, em vez disso, eu poderia foder você.

— Que tal você poupar suas energias e me deixar fazer todo o trabalho? — Sentei nos meus calcanhares. Eu entendia. Drew estava nervoso com o jogo. Um jogo no qual eu não jogaria, mas poderia ajudar meu homem de outras maneiras.

Ele finalmente sorriu.

— Tudo bem, mas me deixa pedir comida primeiro.

— Tudo bem, mas depois volte para esta cama e me deixe cuidar de você.

— Não vou deixar passar uma oferta como essa. — Ele finalmente sorriu.

Encostei-me à cabeceira quando Drew ligou para o serviço de quarto. Ele pediu sua omelete vegetariana de clara de ovo, e ovos mexidos, bacon e frutas para mim. Desligou o telefone.

— Agora, tire seus boxers e suba na cama. — Meu pau endureceu enquanto pensava no que queria fazer com ele.

— Tudo bem, mas o cara do serviço de quarto disse que só deveria demorar uns vinte minutos.

— Eu posso fazer você gozar em menos de cinco minutos.

Drew escorregou seus boxers pelas pernas.

— Ontem pensamos a mesma coisa e quase perdemos o ônibus para o aeroporto.

Eu me levantei e o segurei.

— Temos horas, querido. Horas.

Ele subiu na cama onde eu estava sentado e se colocou de costas contra a cabeceira. Sem hesitar, agarrei seu pau e corri a mão pelo eixo macio. Começou a endurecer no meu aperto e me inclinei para frente, beijando seus lábios suavemente. Ele gemeu contra minha boca à medida que eu aumentava o ritmo para que ele endurecesse mais rápido. Percorrendo meus lábios por seu pescoço e até seu peito duro, chupei seus mamilos algumas vezes com a língua antes de continuar meu caminho até seu abdômen.

Drew apertou meu cabelo com os punhos.

— Você está me matando.

— Paciência, baby. Paciência.

À medida que me movia para me colocar entre as pernas dele, minha boca continuava seu caminho, lambendo cada gominho enquanto eu viajava cada vez mais pra baixo até meu destino. Cada ondulação era como um obstáculo, tentando me atrasar, mas não o fez. Agarrei seu pau novamente e beijei a ponta. O sabor salgado de seu pré-gozo me recompensou.

— Você está pronto para gozar? — Olhei para ele e corri minha língua sobre a cabeça de seu pau novamente.

— Deus, sim.

Levando-o à boca, esvaziei minhas bochechas e movi minha cabeça pra cima e pra baixo algumas vezes. Drew gemeu, sua mão se apertando mais contra o meu couro cabeludo. Rodando minha língua em torno da cabeça de seu pênis novamente, lambi o pré-gozo e depois os lados de seu pau, certificando-me de provar cada pedaço dele. Minhas mãos e boca trabalharam juntas até que seu corpo se esticou e, como eu havia dito antes de começarmos, seu esperma quente escorregou pela parte de trás da minha garganta menos de cinco minutos depois de termos começado.

Sentei-me de volta nos calcanhares, limpei meu lábio inferior e perguntei:
— Tudo bem?
— Por enquanto.
Eu ansiava por mais, porém podia esperar até depois de comermos.

Depois de tomarmos o café da manhã, Drew me comeu por trás em outra rodada, e depois adormecemos. A soneca não foi planejada, e isso ficou evidente quando ele acordou.
— Merda! — ele gritou.
Eu indaguei.
— O que aconteceu?
— O ônibus sai em quinze minutos.
— Porra! — Saltei da cama e peguei meu jeans.
Estávamos em um frenesi, correndo pelo quarto do hotel para buscar nossas roupas, escovando os dentes e agarrando nossas coisas. Tínhamos minutos de sobra quando saímos do quarto do Drew.
— Você entra primeiro no ônibus — disse ele.
— Tudo bem. — Passei pelas portas automáticas do hotel e fui direto para o ônibus. Um minuto depois, mais ou menos, Drew entrou. Fomos os últimos a chegar, e Matthewson assistiu enquanto cada um de nós tomava seu assento.
— Noite longa com a loira bonita? — ele perguntou.
— Porra, não — respondi muito rápido, mas, diabos, eu não tocaria Jasmine por nada nesse mundo. Acrescentei rapidamente: — Ela era problema do Rockland.
Matthewson olhou para Drew, que respondeu:
— Eu a mandei embora. Além disso, se você realmente precisa saber, eu fui para a cama a uma hora decente. — O que é verdade. — E tive uma boa noite de sono. Só perdi o horário hoje.

— Nervoso sobre começar? — Matthewson parecia preocupado enquanto o ônibus saía do estacionamento do hotel.

— Não mais — Drew respondeu. — Tive uma manhã muito relaxante e só dormi demais.

— E você, Parker? — Matthewson voltou-se para mim.

Os outros caras no ônibus não prestavam mais atenção na gente, mas eu ainda tinha que mentir.

— Estava em uma ligação com o meu pai.

— Ah, legal. Ele vem para o jogo?

— Sim.

— Com a sua mãe? — Matthewson abanou as sobrancelhas para Drew.

Drew olhou para mim e encolhi os ombros. Na verdade, não tínhamos tido notícias de nossos pais para confirmar que eles tinham chegado a Washington D.C., mas eu sabia, ao falar com meu pai antes de sair de Denver, que eles vinham de São Francisco, porque Francine tinha passado a semana lá. Quando falei pela última vez com meu pai, ele me garantiu que nada estava acontecendo entre eles, que era apenas seu guia turístico.

— Não tenho certeza de onde vai ser o assento dela — Drew respondeu.

Matthewson acenou levemente e se virou em seu assento. Meu olhar encontrou o de Drew, e ele bufou:

— Esqueci meu celular.

Eu acenei ligeiramente para que ele soubesse que havia entendido o que ele havia dito. Mandar mensagens de texto era como nos comunicávamos quando não estávamos sozinhos, mas tudo bem porque, depois do jogo, sabíamos que íamos para o quarto dele. Ou comemoraríamos o quão bem ele arremessou, ou eu teria que animar o maldito mal-humorado.

Normalmente, cada um de nós sentava ao lado da janela, mas, desta vez, eu me mudei para o corredor e entreguei ao Drew um lado do meu fone de ouvido, que ele pegou com um sorriso de gratidão. Enquanto percorríamos o caminho até o estádio, coloquei algumas de minhas músicas de pré-jogo para que ele se animasse, incluindo X Ambassadors, LSD e T.I. Tínhamos várias horas até que fosse hora do jogo, mas eu sabia que meu homem ficava cada vez mais nervoso conforme nos aproximávamos do estádio.

Quando o ônibus chegou ao estádio, todos nós saímos e seguimos para o clube de visitantes. Enquanto o time fazia o aquecimento e Drew jogava com Barrett e Raineri, eu treinava na academia. Depois de trocar de uniforme, encontrei um pedaço de papel e escrevi um bilhete para o Drew encontrar antes de sair em campo para começar o jogo.

> *Você vai arrasar lá essa noite.*
>
> *Quando ganharmos, vou mostrar o quanto estou orgulhoso de você.*
>
> *Amo você,*
>
> *-A*

Estava ruim.

Bem, não estava horrível, mas eu podia dizer que Drew pensava que era o fim do mundo. No início da quarta, estávamos perdendo por 2-0. Ele eliminou o rebatedor líder na terceira, mas o próximo cara conseguiu um *home run.*

Ele tinha andado com o rebatedor líder no terceiro, roubou o segundo, e o cara seguinte fez um *home run.*

Drew teve um entrada ruim e não havia nada que eu pudesse fazer a não ser dizer a ele que estava tudo bem. É claro, ele não queria ouvir isso.

Home runs aconteciam.

Eu sabia, porque os acertava com frequência.

Exceto durante os jogos em que não estava jogando.

Nossos colegas de time não fizeram nada durante as batidas e antes de os rapazes voltarem para o campo no fundo, agarrei o pulso de Drew para detê-lo. Ao lado dele, eu disse:

— Sei que você não quer me ouvir, mas vai ficar tudo bem. Você consegue dar conta disso. Eu acredito em você. — Dei-lhe um tapa no traseiro só manter as aparências.

Ele acenou com a cabeça uma vez, sem olhar para mim, e depois tomou as escadas para o campo.

Senti-me mal, mas não havia nada que eu pudesse fazer a não ser dizer palavras. Se estivesse jogando, talvez houvesse uma chance de eu ter marcado e aquelas duas corridas que ele perdeu não importariam.

EXPOSTO

Antes de Drew arremessar seu primeiro lançamento, ele olhou para onde eu estava inclinado para frente contra a grade. Dei-lhe um piscar de olhos e então ele recebeu seu sinal de Barrett. Ele se posicionou e arremessou, lançando um *strike*. Aplaudi uma e outra vez, e então, logo que ele eliminou todos os três rebatedores, eu vibrei e gritei.

— É disso que estou falando! — Agarrei o ombro de Drew enquanto ele descia para o banco de reservas. — Eu disse, você deu conta.

E ele conseguiu.

Na entrada seguinte, ele bateu em dois e o outro sobrou para Miller.

No início da quinta, finalmente conseguimos nos recompor. Matthewson e Barrett fizeram um *home run* cada, Fowler acertou uma rebatida dupla e em seguida Santiago acertou uma simples para o campo da esquerda. Eu estava louco para chegar lá e acertar um por cima da cerca, mas não podia. Felizmente, era o último jogo que eu perderia. Assumimos a liderança quando Blackford acertou um triplo, permitindo a Santiago marcar, e depois Blackford marcou em uma batida de Miller. Rodriguez acertou uma *dribbler* para o arremessador para terminar a jogada, mas estávamos em 5-2.

Drew arremessou na sétima antes de ser trocado, e Littleton entrou. Eu queria abraçá-lo e beijá-lo, mas não podia. Em vez disso, dei-lhe uma bofetada novamente, porque era tudo que eu podia fazer sem levantar suspeitas. Não tinha certeza de como planejávamos dizer ao público que estávamos namorando. Durante os jogos da pós-temporada não eram o momento, porque todo o foco precisava estar no jogo e não na minha vida pessoal e na de Drew. Mas eu mal podia esperar pelo dia em que não precisaríamos mais nos esconder.

No resto da sétima e das outras entradas que se seguiram, Drew ficou ao meu lado e de alguns outros caras que não estavam jogando, enquanto nos encostamos na cerca e assistimos ao jogo.

— Estou orgulhoso de você — sussurrei, para que só ele pudesse ouvir.

— Obrigado. — Ele me deu um pequeno sorriso.

Eu me inclinei para mais perto e disse baixinho:

— As coisas que eu quero fazer com você agora...

Drew limpou a garganta exatamente quando aquele tempo terminou e Avila, nosso fechador, eliminou o último batedor.

Acabamos ganhando com o placar de 5-2. Uma vez que estávamos no vestiário, os caras tomaram banho enquanto eu jogava Texas Hold'em no celular. Chegou uma mensagem e olhei para ela, esperando pela minha vez no jogo.

> **Pai: Parabéns pela vitória. Lamento que você não estivesse jogando. Mal posso esperar por amanhã.**

Rapidamente escrevi uma resposta:

> **Eu: Obrigado. Estou orgulhoso dos caras.**

Meu primeiro pensamento foi dizer que estava orgulhoso do Drew, mas resolvi mudar. Dobrei minhas cartas no jogo e depois deixei a mesa. Meu pai mandou outra mensagem.

> **Pai: Que tal nos encontrarmos para o café da manhã?**

> **Eu: Claro, isso seria ótimo.**

> **Pai: Nos encontramos no restaurante do hotel às 10?**

> **Eu: Beleza.**

Uma vez que todos estavam prontos para ir, embarcamos no ônibus e voltamos para o hotel.

— Você vai sair conosco, Parker? — perguntou Santiago.

Tentei não olhar para Drew, porque sabia que ambos queríamos voltar para o seu quarto como planejado e apenas estar juntos.

— Talvez. Meu pai me mandou uma mensagem antes e quer se encontrar comigo para uma bebida — menti.

Senti Drew me encarando, mas ainda não me virei para olhar para ele.

— Tudo bem. Te mando uma mensagem quando a gente escolher um lugar.

— Legal.

— E quanto a você, Rockland? Precisamos comemorar a sua vitória.

Finalmente olhei para o Drew enquanto ele dizia:

EXPOSTO

— Sim, talvez. Mande uma mensagem também, mas preciso passar no meu quarto e pegar o celular primeiro.

Isso significava que ele queria sair com os caras? Tínhamos feito isso no passado, mas esta noite tínhamos planos de passar a noite sozinhos, só nós dois. Se ele estivesse com o celular, eu lhe enviaria uma mensagem para confirmar, mas em vez disso, olhei pela janela e vi as luzes da cidade passarem até chegarmos ao hotel.

Todos saíram, mas Drew e eu esperamos um pouco para podermos entrar em um elevador sozinhos e não ter que nos preocupar com ninguém se perguntando por que eu estava descendo no andar dele. De alguma forma, eu precisava avisar aos coordenadores de viagem para me dar um quarto que estivesse conectado ao de Drew para as próximas viagens, mas, claro, isso levaria a perguntas.

— Você realmente fez um bom lançamento hoje à noite. Sei que ainda está chateado por causa da terceira entrada, mas você jogou bem — eu disse, enquanto estávamos dentro do lobby, longe das pessoas. Nossos colegas de time estavam todos nos elevadores esperando que eles descessem.

— Estou feliz por ter dado a volta por cima e conseguido lançar até a sétima entrada.

— Da próxima vez que você arremessar, não será um jogo tão acirrado como esse. Vou me certificar disso.

— Ah, é? E como você vai fazer isso? — Ele sorriu.

— Estarei jogando, por exemplo.

— Você acha que essa é a chave?

— O meu taco é a chave, baby.

Drew deu uma gargalhada.

— Você tem sorte de eu adorar esse seu orgulho besta.

— Você tem sorte de que amo seu pau — murmurei.

Ele se aproximou de mim e abaixou a voz.

— Ainda bem, porque precisa estar dentro de você nos próximos dez minutos.

— Só se eu conseguir foder você hoje à noite. — Ele foi o ativo antes de termos saído. Era o certo.

Ele espreitou nos elevadores para ver que nenhum de nossos companheiros de equipe estava mais esperando e tinha ido até seus quartos.

— Sim, vamos.

Caminhamos até os elevadores, e apertei o botão para subir. Uma vez que chegou, entramos.

— Você realmente vai encontrar o seu pai para uma bebida? — Drew perguntou, pressionando o botão para o andar dele.

Neguei com a cabeça.

— Não, mas ele quer se encontrar para o café da manhã.

— Sério?

Acenei com a cabeça.

— Ele me mandou uma mensagem enquanto você estava no chuveiro, no estádio.

— Certo. Então, você vai dizer a ele? — Drew não precisou elaborar a pergunta.

— Eu deveria? Ou devemos fazer isso juntos?

— Não sei. — Ele esfregou a parte de trás de seu pescoço.

Pensei por um momento enquanto o elevador subia.

— Que tal se eu só for levando a conversa numa boa e, se contar a ele, eu mando uma mensagem para você descer para conversar conosco?

— Ou eu poderia ligar para minha mãe e levá-la a algum lugar para o café da manhã e dizer-lhe ao mesmo tempo.

O elevador parou no andar do Drew, e nós saímos correndo em direção ao seu quarto.

— Isso funciona também.

Chegamos ao quarto, ele rapidamente destrancou a porta e nós escorregamos para dentro. Eu o empurrei contra a porta fechada, atacando sua boca e finalmente o beijei depois do que me pareceu ser uma eternidade.

— Tire suas calças — pedi, enquanto paramos para respirar.

Ele não hesitou em soltar o cinto, enquanto tirei minha camiseta sobre a cabeça e a joguei no chão. Fui novamente à sua boca, esperando que ele deixasse cair o jeans. Um clique no que parecia ser a câmera de um celular me fez parar e dei um passo para trás. Olhando por cima das costas, vi a ex-mulher de Drew nua na entrada da porta do quarto, apontando seu celular para nós.

— Não pare por minha causa — zombou.

EXPOSTO

CAPÍTULO 7

DREW

Minha mão congelou no zíper quando ouvi a voz familiar falar por trás do Aron.

O que diabos ela estava fazendo aqui?

Passei por Aron para confrontar minha ex, mas parei de andar quando a vi completamente nua na entrada da porta.

— Jesus Cristo, Jasmine, coloque algumas roupas, porra, e depois me diga como diabos você entrou aqui.

— Parece que temos muito o que conversar. — Ela sorriu maliciosamente, seu olhar indo para Aron antes de girar e voltar para o quarto.

Ele olhou para mim e sussurrou:

— Ela tirou uma foto nossa.

— O quê? — Rosnei.

— Ouvi o clique do celular dela com a câmera. Foi por isso que me virei.

Caralho.

Aron pegou sua camiseta e caminhou até mim.

— Quer que eu vá embora?

Balancei a cabeça.

— Não. Eu quero você aqui.

Ele soltou um fôlego.

— Ótimo. Eu realmente não queria deixar você para lidar com a psicopata sozinho.

Um pequeno risinho escapou dos meus lábios com sua descrição precisa de Jasmine. Antes que eu pudesse dizer qualquer outra coisa, ela saiu do quarto totalmente vestida como se não tivesse nenhuma preocupação no mundo e sentou-se no sofá.

— Fique à vontade — Aron resmungou atrás de mim, se inclinando contra o armário.

Jasmine rolou seus olhos antes de sorrir para mim.

— Então, rapazes, esta tem sido uma noite de grandes revelações.

— Por que você está aqui? — Suspirei, cansado de brincar com ela.

— Bem, eu ia tentar seduzi-lo, mas, claramente, isso não ia funcionar. Você sabe, Drew, se tivesse me dito que também gostava de pau, poderíamos ter nos divertido um pouco com isso. Na verdade, ainda podemos — afirmou.

Gemendo de frustração, puxei meu cabelo.

— Por que você está lutando tanto para que a gente reate? Eu já disse que farei tudo para ser um pai envolvido se o teste de paternidade disser que você está grávida do meu bebê, mas nunca mais seremos um casal.

Ela riu.

— Sim, então, não estou grávida.

— O quê? — Aron explodiu, se aproximando.

A sala começou a girar e eu me sentei na cadeira ao meu lado, precisando de um minuto para que meu cérebro registrasse a bomba que ela havia lançado. Aron andou atrás de mim e colocou suas mãos sobre meus ombros. Fiquei tenso por um segundo. Ainda estávamos sendo cuidadosos em mostrar qualquer forma de afeto na frente dos outros até estarmos prontos para ir a público, mas ela já nos tinha visto aos beijos na porta. Assim, ao invés de me preocupar, relaxei e encontrei conforto em seu toque.

— Você precisa começar a se explicar. Agora! — exigiu, e pude sentir a raiva vibrando através dele.

— Aron Parker, certo? Você fica sexy quando está irritado. Isso te excita, Drew?

As mãos de Aron se apertaram em meus ombros, enquanto ambos permanecemos em silêncio.

Quando minha ex maluca percebeu que nenhum de nós ia responder, ela continuou:

— De qualquer forma, pouco antes de Drew me flagrar com o Zane, um estúdio de produção tinha me abordado sobre estrelar num *reality show* sobre esposas e namoradas dos jogadores de beisebol da liga principal. Eu já havia assinado o contrato quando ele terminou comigo, o que fodeu tudo. — O olhar dela se moveu para mim. — Eu sabia que ter você de volta depois de ter te traído seria quase impossível, mas um bebê era uma vantagem que eu poderia usar.

EXPOSTO

— E como isso teria funcionado quando eu descobrisse que você não estava grávida?

— Parei de tomar meu remédio e achei que você poderia me engravidar de verdade quando estivéssemos de novo juntos. Claro, os produtores teriam adorado essa merda.

— Você percebe o quanto parece maluca? — perguntei.

— Gosto de pensar nisso como sendo engenhoso. — Ela sorriu.

— Bem, é uma pena que seus planos tenham sido atrapalhados — Aron disse, soltando uma fração do seu controle sobre mim.

Ela rolou os olhos novamente.

— Você é engraçado. Eu não preciso de uma gravidez falsa para conseguir o que quero agora. Como serão o resto dos jogos da pós-temporada se souberem que dois dos jogadores dos Rockies estão fodendo.

Senti como se meu coração parasse de bater no peito. Aron e eu já tínhamos planejado tornar nosso relacionamento público eventualmente, mas era preciso que fosse de acordo com nossas condições. Não porque alguém estivesse tentando nos chantagear.

Estreitei meus olhos para ela.

— Você está nos ameaçando?

Ela encolheu os ombros.

— Se você concordar em fazer o show comigo, então ninguém precisa saber sobre vocês dois.

Disparei do meu lugar.

— Se você pensa por um minuto que vou concordar…

— Ele aceita.

Girando ao redor para enfrentar Aron, olhei para ele. Eu não podia acreditar no que estava ouvindo.

— O quê? — perguntei.

Ele se moveu para ficar na minha frente, fora da linha de visão de Jasmine, e gesticulou com a boca: "confie em mim".

Ele se voltou a se dirigir a ela.

— Eu disse que ele vai fazer isso. Se você prometer apagar a foto que tirou e não contar a ninguém, ele fará o show.

— Espere um minuto. Estamos no meio dos jogos da pós-temporada. Não posso simplesmente começar a filmar um programa de TV agora.

Aron tinha me pedido para confiar nele, e eu queria, mas precisava de respostas antes de concordar com qualquer coisa.

— As filmagens não começam até dezembro. A baixa temporada lhes dará algumas filmagens dos jogadores em casa com suas famílias — explicou Jasmine. — O momento é perfeito.

Fechei os olhos e respirei fundo.

— Certo, bem, não posso assinar um contrato sem que meu agente o examine e obtenha a aprovação da MLB.

— Outros jogadores já assinaram, portanto, não deve ser um problema. — Parecia que ela tinha uma resposta para todas as desculpas que lhe dei. — Agora, você vai fazer isso, ou devo enviar a foto para cada tabloide que existe?

— Acho que sim — eu disse.

Jasmine sorriu como se tivesse acabado de ganhar na loteria.

— Estou feliz que você veja as coisas do meu jeito. Vou mandar uma mensagem para o meu agente para que ele possa fazer a bola rolar com o seu contrato. — Ela pegou o celular e presumivelmente digitou uma mensagem. Uma vez terminado, ela se levantou, pegou sua bolsa da mesa e caminhou em direção à porta. — Você deve ouvir algo deles em breve.

Quando ela passou por nós, estendi a mão e agarrei seu braço, parando seus passos.

— Apague a foto.

Jasmine levantou o telefone e buscou a foto, inclinando a tela para que Aron e eu pudéssemos vê-la clicar no ícone da lata de lixo e confirmar que queria apagá-la.

— Tudo feito.

Ela abriu a bolsa para deixar o celular cair dentro e depois procurou algo por lá. Quando puxou a mão para fora, segurava um cartão-chave para que eu pudesse ver.

— No futuro, você provavelmente não deveria deixar as chaves de seu quarto por aí. Nunca se sabe quem pode pegar uma.

Que se foda minha vida. Eu sabia que tinha duas chaves quando Aron me interrogou na noite anterior. Deveria ter descido e feito com que eles recodificassem a fechadura. Poderíamos ter evitado a situação inteira.

Peguei a chave da mão dela, caminhei até a porta e a abri para apressá-la. Ela saiu sem outra palavra e, assim que a porta se fechou, eu me virei para o Aron.

— Que porra você acabou de fazer? — Ele estendeu a mão para me tocar, mas dei um passo atrás. — Se eu tenho que fingir estar com ela em algum programa de TV idiota, isso fode tudo entre nós. Eu escolhi você, e agora estamos de volta ao ponto em que estávamos quando terminamos.

O plano que fizemos para não esconder nossa relação depois da pós-temporada não importava mais se eu sairia com Jasmine para um maldito *reality show*. Irritou-me que ele tivesse tomado a decisão por nós dois sem falar comigo primeiro.

— Drew, sente-se.

Olhei para ele, mas me atirei no sofá de qualquer maneira. O cansaço do que tinha acabado de acontecer e do jogo anterior estava se infiltrando. Esfregando a mão no rosto, inclinei a cabeça para trás e fechei os olhos.

— Tudo está fodido, e agora você quer conversar? Eu não entendo.

Senti o sofá afundar ao meu lado, enquanto ele entrelaçava os dedos com os meus.

— Baby, olhe para mim. — Virei minha cabeça para ele e abri os olhos. — Você não vai fazer o show.

— Mas você disse…

— Eu sei o que disse, mas também lhe pedi que confiasse em mim. Precisávamos que ela apagasse a foto para que não pudesse nos divulgar para a mídia antes de estarmos prontos.

— Mas…

Ele se inclinou para frente e me silenciou com um beijo suave.

— A pós-temporada terminará em menos de três semanas. Acho que você pode prolongar as negociações contratuais para o programa pelo menos por esse tempo. Assim que formos campeões do World Series — ele piscou o olho para mim — podemos deixar todos saberem de nós como planejamos, e você não ficará preso fazendo nada.

Foi uma boa ideia e tinha chances de funcionar. Fiquei grato por pelo menos um de nós ter sido capaz de pensar na hora enquanto Jasmine dizia as suas besteiras.

— Está bem.

— Está bem?

Eu sorri.

— Sim. Acho que pode funcionar. Parece que você é mais do que só um rosto bonito, Aron Parker.

Ele riu, e nós dois ficamos sentados ali por alguns minutos. Ele estava me dando a força que eu precisava para superar a situação fodida em que me encontrava com Jasmine e, enquanto tivéssemos um ao outro, eu acreditava que as coisas ficariam bem.

Tão confortável quanto eu estava relaxando no sofá com ele ao meu lado, sentia meus olhos ficarem pesados. Esticando os braços acima da cabeça, eu soltei um bocejo.

— Cara, estou exausto. Vamos para a cama.

Aron ficou de pé e estendeu a mão para me puxar para cima. Uma vez no quarto, tiramos nossas roupas e subimos na cama.

Rolando para me encarar, Aron segurou a lateral do meu rosto.

— Você está bem?

— Sim, estou bem.

— Quero dizer, sobre ela não estar grávida.

Tomei um momento para pensar em minha resposta e depois acenei com a cabeça.

— Eu realmente quero uma família um dia, mas estou definitivamente aliviado que não será com ela. — Ele ficou em silêncio por alguns segundos, então tive que perguntar: — Isso te assusta?

— O que me assusta?

— Que eu ainda quero uma família?

Ele balançou a cabeça contra o travesseiro.

— Como eu disse quando conversamos em casa, acho que um dia eu poderia ser um pai. Será que já pensei que uma criança faria parte da minha vida? Não, não pensei. Mas isso não me assusta.

— Certo, ótimo. — Eu sorri.

Ele se inclinou para frente e pressionou seus lábios nos meus. Beijar Aron era viciante, e eu não conseguia me fartar, o que explicava o bufo que passava pelos meus lábios quando ele se afastava muito cedo.

— Por mais que eu queira celebrar sua vitória esta noite afundando meu pau dentro de você, sei que está exausto. Durma um pouco, e podemos celebrar pela manhã antes de nos encontrarmos com nossos pais.

Merda. Eu tinha esquecido tudo sobre o café da manhã pela manhã.

— Droga, eu não mandei mensagem para minha mãe para convidá-la para tomar café da manhã comigo.

Já passava da meia-noite, mas se eu enviasse uma mensagem para ela agora, talvez ela a visse logo cedo.

Rolei para pegar meu celular da mesinha de cabeceira, mas ele não estava lá. Sentei-me e acendi a luz.

— O que há de errado? — Aron perguntou.

— Só estava procurando o meu celular — eu disse, ao sair da cama. — Eu poderia jurar que o deixei aqui mesmo em cima da mesa.

EXPOSTO

Enquanto caminhava pelo quarto, eu o vi em cima da cômoda, ao lado da TV. Ao pegá-lo, não fiquei surpreso ao ver algumas mensagens perdidas de minha mãe. Abri o aplicativo e li as mensagens. A primeira foi ela me desejando boa sorte com meu jogo. A segunda me parabenizando pela minha vitória. Mas foi a última que chamou minha atenção.

> Mãe: Quer se encontrar no restaurante do andar de baixo para o café da manhã de amanhã? 10 horas?

Um pequeno gemido saiu dos meus lábios.

— O que aconteceu? — Aron perguntou.

— Minha mãe me pediu para encontrar com ela para o café da manhã.

— Hm, o que que tem? Pensei que você fosse convidá-la de qualquer maneira.

— Ela quer se encontrar no restaurante lá embaixo às dez.

Levou um segundo antes dele levantar uma sobrancelha e perguntar:

— Acha que eles estão vindo juntos?

Encolhi os ombros.

— Eu não acho que seja coincidência.

Ele riu enquanto eu mandava uma mensagem de volta para minha mãe, avisando-a de que estaria lá.

O dia inteiro tinha sido uma loucura e eu tinha a sensação de que as coisas só ficariam mais interessantes.

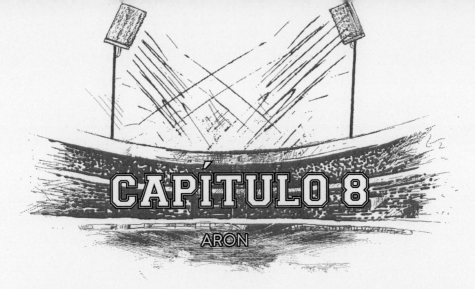

CAPÍTULO 8
ARON

A manhã seguinte chegou rapidamente. Não havia tempo para uma rapidinha antes de Drew e eu termos que nos vestir e ir para o restaurante. Saímos de seu quarto ao mesmo tempo e pegamos o elevador para o andar principal. Tínhamos decidido entrar juntos, porque achávamos que algo estava acontecendo com nossos pais. Ambos queriam se encontrar no mesmo lugar ao mesmo tempo e, mais do que provável, tinham estado juntos na noite anterior no jogo. Se o plano deles não era tomar o café da manhã juntos, Drew e eu faríamos com que fosse assim. Não apenas porque achávamos que algo estava acontecendo entre eles, mas também porque diríamos a eles que éramos um casal.

— Você está pronto para isso? — perguntei a ele, enquanto caminhávamos em direção à entrada do restaurante.

— Sim, você está?

— Estou, mas gostaria que pudéssemos andar de mãos dadas — admiti.

— Eu também.

Pisquei-lhe o olho e caminhamos pelas portas abertas. Meu pai estava de pé ao lado da bancada da recepcionista e eu sorri.

— Ei, pai.

Nós nos abraçamos.

— Bom dia, filho. Você está pronto para voltar para o campo hoje à noite?

— Diabos, sim.

Ter que lidar com a ex do Drew e depois o café da manhã com nossos pais não me deu muito tempo para pensar sobre o jogo. Era estranho não ter mais o beisebol no centro da minha vida. Eu sabia que, uma vez que se aproximasse mais da hora do jogo, meus nervos iriam se desvanecer.

Estar com Drew domava a ansiedade que eu costumava sentir antes e depois dos jogos. Mesmo sem ter sexo pela manhã era bom para a minha apreensão. Talvez fosse por isso que eu não estava nervoso em dizer ao meu pai que estava namorando um homem. O que quer que acontecesse, eu sabia que Drew estaria lá para me abraçar.

— Ah, ei. Bom dia, Rockland — meu pai cumprimentou Drew.

— Bom dia, Sr. Parker. — Eles apertaram as mãos.

Antes de qualquer outra coisa, a mãe de Drew entrou pelas portas atrás de nós.

— Bom dia, mãe. — Drew abriu seus braços.

— Bom dia, querido. — Os dois se abraçaram. — Ah, Joel. Aron. É um prazer ver os dois aqui — disse Francine, com um enorme sorriso, enquanto ela e Drew se separavam.

Ele e eu compartilhamos um olhar. Eles não podiam acreditar que éramos tão estúpidos, podiam? Mas eles também não sabiam que estávamos passando todo nosso tempo livre juntos.

— Estávamos prestes a tomar o café da manhã — meu pai disse. — Vocês dois gostariam de se juntar a nós?

— Sim, por que vocês dois não se juntam a nós? — disse sarcasticamente, com um enorme sorriso no rosto.

— Nós adoraríamos — Drew disse. — Não gostaríamos, mãe?

Era a vez de meu pai e Francine compartilharem um olhar.

A recepcionista aproveitou esse momento para caminhar até nós.

— Mesa para quatro?

— Sim — respondi.

Ela pegou quatro menus, e nós seguimos atrás dela. Meu pai pôs a mão nas costas de Francine e eu sorri para Drew, pensando em nós fazermos sexo de irmão postiço novamente. Foi divertido irritá-lo.

A recepcionista parou em uma mesa de quatro lugares no meio do restaurante, e eu disse:

— Você se importaria se tivéssemos aquela mesa? — Apontei para uma que estava no canto do cômodo e um pouco mais isolada.

— Claro — ela respondeu, e nos levou até lá.

— Isto não é incrível? Nós quatro tomando o café da manhã como uma grande família feliz — zombei.

Drew riu suavemente, revirando os olhos e sabendo que eu estava brincando.

Sentamos e, quando a recepcionista se afastou, meu pai olhou para mim e depois para a mãe de Drew, dizendo:

— Acho que a brincadeira acabou, Francine.

Eu acenei, meus lábios em um fino sorriso.

— Bem, isso acabou de confirmar, então sim.

— Somos apenas duas pessoas que querem passar mais tempo juntas — meu pai disse e segurou a mão de Francine.

— Que dão as mãos? — perguntou Drew. Ele estava lançando um olhar afiado para o meu pai. Quando conversamos sobre nossos pais serem um casal, pensei que o tinha tranquilizado e que ele estaria de boas com isso.

Apertei a coxa dele por debaixo da mesa.

Francine deu um pequeno sorriso e respondeu a seu filho.

— Nenhum de nós namora há muitos anos. É novo para nós, mas esperamos que vocês entendam.

— Quer que eu lhes diga? — perguntei a Drew.

Ele deu um leve aceno de cabeça.

— Dizer o quê? — Meu pai se perguntou.

Abri a boca, mas parei. Minhas palmas das mãos ficaram pegajosas e meu coração bateu com força no peito. Cristo. Eu estava prestes a sair do armário para o meu pai. Antes daquele momento, eu estava confiante, pronto para compartilhar a notícia de que estava apaixonado por Drew. Debaixo da mesa, Drew descansou sua mão sobre minha coxa e eu sabia que estava certo; ele me seguraria se eu caísse. Qualquer que fosse a reação de meu pai, Drew estaria lá para me dizer que estava tudo bem.

Limpei a garganta.

— Drew e eu também estivemos... nos conhecendo.

Quando olhei de relance para Francine, ela estava sorrindo de orelha a orelha. Meu pai, por outro lado, tinha os olhos esbugalhados e estava em silêncio. Um caroço se alojou na minha garganta e eu estava pronto para fugir. Para sair correndo do restaurante e me trancar no meu quarto de hotel.

— Eu sabia — Francine disse, e depois ficou de pé e envolveu seus braços no pescoço de Drew. Ele ficou de pé, e mãe e filho se abraçaram.

Voltei minha atenção para meu pai, desejando silenciosamente e rezando para que ele fizesse o mesmo comigo. O cômodo parecia ter ficado dez graus mais quente enquanto eu olhava para meu pai por vários segundos.

Finalmente, ele disse:

— Então você quer me dizer que, depois de vinte anos, eu encontro

EXPOSTO

alguém com quem gosto de estar e com quem quero dividir a vida, e ela é também a mãe da pessoa com quem você está saindo?

— Eu… sim? — gaguejei.

— Bem, merda, filho. — Ele ficou de pé e abriu os braços. — Parece que nós dois temos bom gosto.

Eu me levantei da cadeira e ele me puxou para um abraço.

— Isso significa que você não se importa que eu esteja com o Drew?

Meu pai se afastou e olhou nos meus olhos, que combinavam com os dele.

— Não me importo com quem você namora, Aron, mas como isso vai funcionar comigo namorando Francine também?

Todos nós sentamos de volta em nossos assentos e Drew disse:

— Aron e eu achamos que vai ficar tudo bem. Já falamos sobre isso, e…

O garçom se aproximou querendo anotar nosso pedido. Nenhum de nós tinha olhado para o menu, então pedimos café e suco de laranja para a mesa antes de ele sair.

— Como eu estava dizendo — Drew falou. — Aron e eu conversamos sobre isso, e não é como se fôssemos parentes.

— Eu acho que é maravilhoso. — Francine brilhava. — Tive minhas suspeitas, especialmente quando Drew se ofereceu para cuidar de você depois de sua lesão na cabeça, Aron. Foi quando começou?

— Não. — Neguei com a cabeça e sorri para o meu homem. — Já estamos namorando há algum tempo.

— Bem, Francine. Parece que estávamos preocupados em contar-lhes sobre nós sem nenhuma razão — meu pai disse, e piscou o olho para ela.

O garçom voltou com nossas bebidas e cada um de nós se apressou para encontrar algo para pedir. Quando ele saiu, Francine disse:

— Estou ansiosa para vê-lo jogar hoje à noite, Aron.

— Obrigado. — Dei um pequeno sorriso. — Faltar ontem à noite foi uma porcaria, mas também me deixou ver Drew lançar sem ter que pensar onde eu precisava estar no campo para salvar a pele dele.

— Ah, sério? — Drew perguntou, sorrindo. — Salvar a minha pele?

— Você sabe, com minhas capturas, mergulhos e merdas assim. — Eu sorri por cima da borda da xícara de café e tomei um gole.

— Sim, está bem. — Ele balançou a cabeça e depois se voltou para sua mãe. — Mas, antes de falarmos sobre o jogo desta noite, há algo mais que preciso lhe dizer.

— Ah, é? — Francine respirou.

Franzi minha testa enquanto silenciosamente questionava o que ele diria.

— Jasmine está aqui — revelou, e entendi o que ele ia dizer à sua mãe.

— Por que ela está aqui? — Francine perguntou.

Eu sorri para mim mesmo com o tom que ela usou. Parecia que Francine também não gostava dela.

— Jasmine é a ex do Drew — informei meu pai, que parecia confuso.

— Ah. — Ele acenou com a cabeça.

— Bem — Drew soltou um suspiro —, para começar, ela não está grávida.

Francine ofegou, a mão dela passando por cima do coração.

— Ela não está?

— Nunca esteve — continuou Drew. — Ela estava tentando me enganar para voltar com ela.

— Aquela vadia — Francine disse e eu sorri de novo. Estava me apaixonando pela mãe do meu namorado. Ela era fantástica.

— Mas há mais — ele disse. — Ela entrou escondida no meu quarto, esperando que eu dormisse com ela. Aron e eu... — Drew olhou para mim e lhe dei um sorriso reconfortante. — Bem, ela nos flagrou.

A sobrancelha do pai se franziu.

— Flagrou?

— Nós estávamos — levantei um ombro — você sabe, prestes a...

— Certo. — Meu pai entendeu.

— E ela está me chantageando — disse Drew.

— O quê? — Francine voltou a respirar.

— Ela tinha roubado uma chave do meu quarto, entrou nele e tirou uma foto de mim e de Aron nos beijando. Conseguimos que ela apagasse a foto, mas somente depois de concordar que eu fizesse um *reality show* para o qual ela foi abordada, que se concentra em torno de esposas e namoradas de jogadores da liga.

Francine estava balançando a cabeça em descrença.

— Então, você terá que fingir que ainda está namorando com ela?

— Ele não vai fazer isso — eu disse.

— Foi ideia de Aron que ela apagasse a foto em troca de eu lhe dizer que vou fazer o programa, mas não vou fazer isso, e planejamos nos assumir depois do fim da temporada. Se formos até o fim, será apenas daqui a cerca de três semanas. Achamos que eu posso atrasar a assinatura do contrato por esse tempo.

— Você já disse ao seu agente? — meu pai perguntou ao Drew.

EXPOSTO

67

— Ainda não. Aconteceu literalmente ontem à noite.

— Vocês dois deveriam informar seus agentes e avisá-los porque, embora ela tenha apagado a foto, ainda pode dar com a língua nos dentes — meu pai aconselhou.

— E ela faria isso — disse Francine.

O garçom trouxe nosso café da manhã, e começamos a comer.

Meu pai estava certo; precisávamos contar aos nossos agentes. Drew precisava contar para o dele imediatamente, caso os produtores enviassem o contrato direto para o escritório. Eu precisava informar Lee que queria fazer um anúncio público no final da temporada.

Algo que seria mais difícil do que qualquer outro jogo de beisebol que já tivesse jogado.

Algo que mudaria minha vida para sempre.

Algo que eu queria gritar do prédio mais alto.

Falamos mais sobre Jasmine e o próximo jogo. Colocamos a conta do café da manhã no meu quarto e depois seguimos para deixar o restaurante, apenas para sermos recebidos por alguns de nossos colegas de time quando passamos pela mesa deles. Todos apertaram a mão do meu pai, amando ter que falar com uma lenda novamente. Ele e Francine desejaram boa sorte aos rapazes no jogo, e vi Matthewson me dar um pequeno aceno de cabeça, como se soubesse que tínhamos acabado de tomar um café da manhã em família. Eu não aguentava mais.

Agarrei o ombro de Drew e me inclinei para perto dele.

— Devíamos falar com Matthewson.

O olhar de Drew se moveu para nosso colega de time, e ele perguntou:

— Tem certeza?

— Você confia em mim?

— Você tem perguntado muito isso. — Ele sorriu. — Claro que confio.

Matthewson ainda não havia dito uma palavra, então eu esperava que pudéssemos confiar nele. Apagar o fogo com Jasmine era uma coisa, mas não saber se ele ia nos expor ainda estava me corroendo.

Segurei meu celular e acenei para ele quando olhei para Matthewson. Seu rosto se franziu por um segundo, e então ele pegou o celular. Enviei a ele uma mensagem que incluía o número do quarto de Drew.

> **Eu: Podemos conversar no quarto do Drew quando você terminar?**

CAPÍTULO 9
DREW

— Acho que correu tudo bem com nossos pais, não acha? — perguntei ao Aron, quando entramos no meu quarto e nos sentamos no sofá.

— Sim, exceto quando você ficava encarando o meu pai — comentou, rindo.

— Ele estava tocando minha mãe.

— E você fode o filho dele regularmente. — Ele sorriu.

— Tanto faz. — Revirei os olhos, apesar de ele ter razão.

Tinha sido um pouco chocante ver alguém segurando a mão da minha mãe, mas meio fiquei tranquilo depois de alguns minutos sentado com eles. Se passar tempo com Joel era a razão pela qual minha mãe estava sorrindo como ela vêm sorrido, quem era eu para ter um problema com isso?

— Matthewson respondeu a sua mensagem?

Ele olhou para o celular e acenou com a cabeça.

— Disse que estaria aqui dentro de alguns minutos.

— Então, o que você planeja dizer a ele? — Confiava no Aron para não pôr em risco nosso plano de esperar até que a temporada terminasse para ir a público, mas estava curioso em saber como abordaria a conversa com Matthewson.

— Quero saber se ele planeja contar a alguém sobre nós. Já temos muita merda acontecendo com Jasmine e não quero ter o trabalho de mantê-la calada se ele vai acabar dizendo alguma coisa.

— Isso faz sentido.

Enquanto esperava, Aron ligou a TV e eu demorei um segundo para mandar uma mensagem para minha mãe.

> **Eu:** Muita coisa estava acontecendo no café da manhã, mas eu queria lhe dizer que você parece feliz. Se Joel é a razão, é tudo o que quero para você.

> **Mãe:** Obrigada, querido. Isso significa muito. Eu te amo.

> **Eu:** Eu também te amo.

Coloquei meu celular no bolso de trás para não esquecer novamente. Alguns segundos depois, houve uma batida na porta.

— Eu atendo. — Aron se levantou e olhou pelo olho mágico da porta antes de abrir a porta e deixar Matthewson entrar. Os dois se cumprimentaram.

— Olá, Rockland. — Apertamos as mãos e Matthewson sentou-se na cadeira do meu lado, deixando o lugar ao meu lado no sofá para Aron.

— Obrigado por ter vindo — eu disse.

Matthewson olhou entre nós e perguntou:

— Então, o que está acontecendo? Sua mensagem não dizia muito além de que você queria conversar.

Aron olhou para mim e dei-lhe um leve aceno de cabeça para que soubesse que eu ainda estava bem com ele falando sobre nós.

— Vou direto ao assunto. — Todos nós rimos, de nervoso, porque a situação pedia mesmo que ele fosse direto. — Nós sabemos que você suspeita que algo está acontecendo entre mim e Drew, e… — Aron fez uma pausa por um momento e colocou sua mão sobre meu joelho. — E nós estamos juntos.

— Beleza — Matthewson respondeu, sem ter nenhum tipo de reação.

— Beleza? — Eu pisquei.

Ele levantou um ombro.

— Quando ele te chamou de "baby", meio que se entregou. Eu teria que ser bem burro para acreditar naquela desculpa idiota que você me deu.

— Está planejando contar a alguém? — Aron perguntou, indo direto ao ponto da conversa.

Matthewson balançou a cabeça, com um vinco se formando em sua testa.

— Não. Não quero começar nenhum drama. — Ambos lhe demos um olhar sério. Ele era o mais fofoqueiro do time. Ergueu as mãos. — Ok, admito que falo muita merda, mas nunca compartilharia algo assim.

Senti alguma da tensão que carregava desde a noite em que ele nos viu derreter lentamente.

— Nós agradecemos, cara — Aron disse, e imaginei que fosse o fim da conversa, mas Matthewson não se moveu na direção da saída.

— Só por curiosidade, e vocês podem me dizer para me meter na minha própria vida, mas vocês dois planejam contar a todo mundo eventualmente? Ou vão manter tudo em segredo?

Aron me deu um sorriso caloroso e então respondeu:

— Acabamos de contar aos nossos pais e, quando a temporada terminar, planejamos ir a público. Mas, por enquanto, não queremos ser uma distração.

Matthewson acenou um pouco.

— Faz sentido.

Ele parecia estar lidando com tudo melhor do que eu esperava, por isso fiz uma pergunta que tinha estado na minha cabeça nos últimos dias:

— Acha que algum dos outros caras terá problemas com isso? — A resposta dele não mudaria meus planos de deixar o mundo saber que eu estava com Aron, mas prefiro estar preparado para o tipo de reação que eles possam vir a ter.

Ele pensou nisso por um minuto, o que não me tranquilizou.

— Vocês provavelmente vão ouvir muita merda de alguns idiotas da liga, mas os caras do nosso time provavelmente não terão problemas com isso.

— Sério? Você acha mesmo? — Aron perguntou, e pude dizer o quanto ele esperava que o que Matthewson disse fosse verdade.

— Bem, nenhum deles jamais disse nada que soasse homofóbico na minha frente e eu normalmente presto atenção a esse tipo de coisa.

— O que você quer dizer com isso? — eu perguntei.

— Vocês não são os únicos que já tiveram um caso com um cara que era seu colega de quarto antes.

Arqueei minha sobrancelha. Não esperava por isso, no entanto, explicava porque ele não ficou chocado com nosso anúncio.

Antes que eu pudesse dizer qualquer coisa, Aron perguntou:

— Você está falando sério?

Matthewson acenou com a cabeça.

—Totalmente sério.

— Você é bi? — perguntei, ainda não estava completamente certo de que o estava entendendo corretamente.

— Não é algo que eu ande anunciando por aí, mas algumas coisas aconteceram com meu colega de quarto da faculdade.

EXPOSTO

— Mas você era casado… com uma mulher — eu balbuciei, antes de conseguir me parar.

— E você acabou de terminar com sua namorada — ele disse, e percebi como minha declaração era estúpida.

— Certo, isso foi idiota.

— Então, se vocês estão juntos, o que estavam fazendo com aquela loira? Nenhum de vocês parecia muito animado por ela estar aqui ontem à noite.

— Aquela era a ex do Drew — Aron respondeu.

Matthewson olhou para mim.

— Aquela com quem você terminou em Nova York? Você sabia que ela estava vindo pra cá?

Eu balancei a cabeça.

— Não. Ela me pegou de surpresa.

— Isso é uma loucura.

— Sim, muita loucura — Aron resmungou, e não pude deixar de rir.

— E você e sua ex se separaram por causa de vocês dois? — ele perguntou, apontando com o seu dedo pra mim e Aron.

Balancei a cabeça.

— Não. Nós terminamos porque eu a encontrei na cama com outro cara. Nós — bati no joelho de Aron — começamos depois disso.

— Quando éramos colegas de quarto — Aron completou.

Sorri quando Matthewson disse:

— Sei como isso é.

— Ou era fodê-lo ou matá-lo. — Sorri para Aron.

— Ai, sério? — Aron bufou.

— Foi a melhor decisão.

— Viu, eu sabia que vocês dois eram mais do que só inimigos. Porra, não pensei que, quando disse para vocês se beijarem e fazerem as pazes, que vocês literalmente fariam isso. — Ele grunhiu uma gargalhada.

— Drew não consegue resistir ao meu charme. — Aron piscou o olho para mim.

— Sim, vamos dizer charme — respondi, brincando com ele. Eu queria beijar Aron, mas não estava pronto para fazê-lo na frente de um colega de time.

— Bem, rapazes, esta conversa tem sido divertida, mas ainda preciso arrumar minhas coisas antes de o ônibus partir, então vou sair.

Ele ficou de pé, e Aron e eu levantamos também.

— Obrigado por ter vindo conversar conosco, cara. Nós estamos gratos, de verdade.

— A qualquer hora. — Ele apertou nossas mãos. — Mas vou dar um conselho pra vocês. Tenho certeza de que querem passar todos os nossos tempos livres juntos e eu entendo isso. Mas talvez queiram manter a rotina de sair com o time depois dos jogos para que ninguém suspeite de nada. Tenho certeza de que se divertem mais trancados juntos no quarto, mas vão acabar ficando sem desculpas plausíveis.

Nós dois acenamos com a cabeça e Aron respondeu:

— Deixa com a gente.

Matthewson saiu e me virei para encarar Aron, rindo.

— Caralho. Isso foi inesperado. Será que ele realmente admitiu ter transado com um homem?

— Foi o que ouvi. As coisas poderiam ficar mais malucas?

— Não diga isso. Temos maluquices o suficiente para lidar agora. Você não precisa ficar pedindo mais.

— Você está certo.

Tirando o celular do bolso para verificar a hora, vi que ainda tínhamos trinta minutos antes de precisar embarcar no ônibus.

— Todas as suas tralhas estão arrumadas para partimos?

Ele acenou com a cabeça.

— Ótimo. — Isso me dava tempo o suficiente para fazer o que eu queria para ter certeza de que ele estava pronto para o jogo. — Tire suas calças.

Levou menos de dez minutos para Aron gozar pela minha garganta, e ainda chegamos ao ônibus com tempo sobrando.

Ele se sentou no lugar habitual no corredor ao lado do meu, com a perna balançando para cima e para baixo. Em circunstâncias normais, eu ficaria desapontado que o boquete que eu tinha lhe dado não tinha sido o suficiente para acalmar seus nervos. Entretanto, sabia que ele estava louco para entrar em campo, e nada ajudaria até que seus pés atingissem a grama. Mesmo que lidássemos com o jogo de maneiras diferentes, o beisebol era igualmente importante para nós. Perder o último jogo tinha sido difícil, mas ele tinha lidado melhor com isso do que eu esperava.

EXPOSTO

Quando o ônibus saiu do estacionamento, me lembrei do que Joel havia dito no café da manhã, e puxei meu celular para enviar uma mensagem de texto ao meu agente:

> Eu: Queria avisá-lo que talvez você receba um contrato para um reality show. É uma longa história, mas não faça nada com ele até que conversemos. Ligarei amanhã quando estiver de volta ao Colorado.

Segundos depois, uma resposta foi dada.

> Barry: Acabei de receber o e-mail. Vou dar uma olhada.

Outra mensagem chegou alguns minutos depois.

> Barry: Você concordou com o que? Ligue quando chegar ao estádio. Eu preciso de mais informações.

Porra.

> Eu: Está bem. Eu te ligo em dez minutos.

Fui no contato de Aron e disparei outra mensagem:

> Eu: Meu agente já tem o contrato do reality show. Ele quer falar agora comigo.

Aron olhou para o seu celular e depois me olhou de relance.

— Porra — ele fez com os lábios, ecoando meus exatos pensamentos.

Depois que o ônibus parou no estádio, meus companheiros de time foram para dentro, e eu fiquei pra trás, perto do veículo.

Aron deu meia-volta.

— Você vai entrar?

Balancei a cabeça.

— Vou ligar para o meu agente primeiro.

— Quer que eu fique aqui fora com você?

Abanei a cabeça novamente. Ele tinha um jogo para se preparar e não havia muito que pudesse fazer ficando comigo.

— Eu estou bem. Vá para dentro e estarei lá em alguns minutos.

— Está bem. — Ele me deu um pequeno sorriso e depois virou, andando pela entrada dos jogadores.

Olhei em volta para garantir que nenhum dos meus companheiros de time ou torcedores estivesse por perto e depois fiz a chamada.

— Drew, o que diabos está acontecendo? Você aceitou fazer um *reality show*?

— Mais ou menos...

— Este é o tipo de merda sobre a qual você deve falar comigo antes de concordar em fazer. Eu folheei o contrato e ele é sobre esposas e namoradas. Na última conversa que tivemos, você me disse que terminou com Jasmine. Juro que se você tiver surtado e se casou com alguma Maria Chuteira...

— Olha, não é algo que eu queira fazer, mas não tenho escolha.

— O que você quer dizer com isso?

— A Jasmine está me chantageando.

— O quê?

Deixando soltar um suspiro frustrado, comecei a explicar:

— Ela tinha uma foto que ameaçou vazar para a mídia se eu não concordasse em fazer o programa com ela. Então, eu disse a ela que faria, e ela apagou a foto.

— Se ela apagou a foto, você não deveria ficar se preocupando com isso. Pode se recusar a participar.

Comecei a andar atrás do ônibus.

— Acho que não vai ser tão simples assim. Ela ainda poderia ir à mídia e dizer o que viu.

— E o que ela viu exatamente? Você não estava fazendo nada ilegal, estava?

— Não, nada disso. — Embora Barry ainda não soubesse, me irritou que tivéssemos que tratar a situação como se eu tivesse feito algo errado ao estar com Aron. — Ela me pegou com outra pessoa.

— Está bem. Não vejo qual é o grande problema. Não é como se vocês estivessem juntos.

Abaixei a voz.

— Ela me pegou beijando Aron Parker. — A linha ficou em silêncio por alguns segundos enquanto eu andava. — Alô? Barry?

— Sim, estou aqui. Desculpe. Eu só... Bem... Ok. Não estava esperando isso.

EXPOSTO

— Nem eu — murmurei.

— Então, acho que você quer manter isto em segredo.

— Sim. Quero dizer, por enquanto. Não planejamos nos esconder para sempre. Só queremos passar pelo resto das finais e, esperemos, pelo campeonato sem nos tornarmos uma distração para o time. Assim que chegarmos à baixa temporada, não planejamos continuar a manter segredo.

— Entendi. Então, o que você quer que eu faça em relação ao programa de TV?

— Bem, eu esperava que você pudesse arrastar as negociações até que terminássemos de jogar. Quando minha relação com Aron for de conhecimento público, direi ao estúdio que Jasmine e eu não estamos juntos, e não quero fazer o programa.

— Parece que a liga já deu aprovação a alguns outros jogadores para estarem no show, então não posso usar isso para nos dar algum tempo, mas verei o que posso negociar para tentar atrasar isso. Vou explicar que você está no meio da pós-temporada e que não pode ser incomodado com os detalhes.

— Obrigado, cara. Eu agradeço.

— Tem certeza disso?

Minha sobrancelha se estreitou em confusão.

— Sobre não fazer o show?

— Não. Quero dizer, sobre ir a público com seu relacionamento.

— Estou.

— Você deveria pensar sobre…

— Eu não vou me esconder — rosnei, fervilhando de raiva. — Estou pouco me fodendo para o que as pessoas acham.

— Você diz isso agora, mas quando as pessoas dissecarem seu relacionamento na TV, você pode se sentir de forma diferente.

— Eu sei e me preocuparei com isso mais tarde. Por enquanto, preciso que você atrase a assinatura do contrato.

— Entendi — respondeu, antes de desligar.

A conversa tinha me irritado, porque não havia razão para que meu relacionamento com Aron fosse uma grande atração, mas a realidade era que seria.

CAPÍTULO 10
ARON

O zumbido da multidão aglomerada quase não era audível em meus ouvidos enquanto eu assistia ao aquecimento do arremessador inicial do círculo *on-deck*. Eu estava na zona, observando cada arremesso para saber exatamente quando rebater. Estava pronto, mas ao chegar ao *home plate*, os flashes do último jogo que joguei tremeluziram em minha mente. Balançando um pouco a cabeça, tentei limpar o pensamento porque o cara que estava lançando não era o que me acertou na cabeça com uma bola rápida. Nunca na minha vida eu havia temido um arremesso, mas enquanto firmava minhas mãos e colocava meus pés onde os queria na caixa, não consegui esquecer a memória.

Respirei fundo, levantei o cotovelo esquerdo e me estabilizei, esperando que o arremessador conseguisse seu sinal. Ele o recebeu, depois começou a dar corda, mandando a bola direto em minha direção.

Eu não me movi.

Era o arremesso perfeito, um que eu podia facilmente mandar pela cerca do campo direito, mas congelei.

— *Strike* — disse o árbitro.

Não me diga, caralho, pensei comigo mesmo.

Estalando meu pescoço, me preparei novamente. O arremessador recebeu seu sinal e, quando a bola deixou sua mão, eu sabia que ela estava vindo. Pulei para trás, temendo que fosse me acertar, mas nem passou perto disso.

— *Strike* — o árbitro disse.

Não conseguia me lembrar da última vez que tive uma contagem de 0-2 contra mim. Ver os *strikes* passarem não era comigo. Diabos, ter medo de uma bola de beisebol não estava em meu DNA.

EXPOSTO   77

Saindo da caixa, bati com o taco no chão algumas vezes, como se isso fosse me ajudar. Meu olhar se moveu para o banco em busca de Drew. Quando o encontrei, ele estava me encarando de volta e me deu um leve aceno, algo que eu sabia que significava que ele acreditava em mim. Na noite anterior, quando ele estava jogando, eu havia acreditado nele. Ele tinha sido capaz de superar o que quer que fosse que o tivesse impedido de dar o seu melhor, e eu sabia que poderia fazer o mesmo.

Respirei fundo, voltei para a caixa do batedor, levantei meu braço, me acalmei e depois observei como o arremessador soltava a bola depois de receber seu sinal. Ainda não me movi, mas apenas porque o lançamento não era um *strike*.

— Bola — disse o árbitro.

Eu me preparei novamente, e quando a bola estava no alcance, rebati. A bola cortou para a direita e entrou em território de falta nas arquibancadas. Mesmo sendo uma falta, foi muito bom ter conseguido acertar a bola e isso foi tudo o que precisava para ser eu mesmo novamente.

Enquanto estava no lado esquerdo da área mais uma vez, olhei para fora do campo, vendo que eles tinham se deslocado para cobrir mais do campo direito. Não era nada de surpreendente, porque eu era conhecido por acertar naquela direção. Meu objetivo era rebater a bola sobre a cerca, dessa forma não importava onde eles estivessem. Mas quando chegou o próximo lançamento, eu rebati tarde demais, e quando a bola se conectou com o taco, ela passou por cima da cabeça do terceira base e entrou no campo da esquerda. Lancei meu taco e corri em direção à primeira. O treinador da primeira base acenou para que eu continuasse, e acelerei, pisando na borda, e me dirigi para a segunda. Enquanto eu percorria a distância, o defensor externo esquerdo ousou pegar a bola que havia rolado para a cerca. Assim que pisei na base, ele agarrou a bola. Não querendo pressionar minha sorte com ele me jogando para fora na terceira base, fiquei na segunda base.

Voltando-me para o meu time, soltei um rugido e bati palmas. Os caras estavam torcendo e me pareceu certo começar o jogo com um duplo. Pisquei os olhos para o meu homem quando nossos olhares se cruzaram e silenciosamente agradeci-lhe por acreditar em mim. Nós nos equilibrávamos 100% e éramos os maiores fãs um do outro, o que era hilário, dada a forma como tínhamos começado.

Santiago apareceu para o centro em seguida. Depois Matthewson rebateu um arremesso, e avancei para a terceira base. Miller rebateu em uma jogada dupla depois disso para terminar a entrada. Mesmo que o meu duplo não tenha nos ajudado a marcar, me senti novamente como eu mesmo quando corri para o campo direito.

Ganhamos por 4-3, e estávamos todos muito empolgados com a vitória, quando embarcamos no ônibus para voltar para o hotel. Eu fiz um *home run* na sétima entrada e acabei com um quatro por cinco.

Meu celular tocou na minha mão e o puxei para fora para ver que Drew havia enviado uma mensagem de texto:

> Drew: Seu quarto ou o meu?

As palavras de Matthewson me vieram à mente enquanto eu hesitava por um segundo para responder.

> Eu: Acho que deveríamos sair com os caras antes que eles comecem a especular, como o Matthewson disse antes.

Drew resmungou e depois uma mensagem chegou no meu celular:

> Drew: Tudo bem, mas não quero ficar muito tempo.

> Eu: Nós só temos que aparecer.

> Drew: Uma cerveja.

> Eu: Está bem. Uma cerveja.

Matthewson sorriu para Drew e para mim quando chegamos ao saguão e esperávamos que todos descessem para caminhar até o bar.

EXPOSTO

— Seguindo meu conselho? — perguntou.

— Celebrando nossa vitória e por estar de volta ao jogo — eu disse.

— Sim, estamos. — Ele sorriu e meu deu alguns tapas nas costas.

Quando todos estavam prontos, caminhamos alguns quarteirões até o bar que os caras tinham ido na noite anterior. Era um que fui quando estava na estrada com o St. Louis. Um onde já havia estado com algumas mulheres.

O grupo entrou no estabelecimento e Matthewson e Santiago se dirigiram ao bar para nos trazer jarros de cerveja enquanto o resto de nós pegava algumas mesas.

— É bom ter você de volta — Fowler disse, escolhendo um lugar ao meu lado. Drew estava do meu outro lado, e eu queria alcançar debaixo da mesa e apertar a mão dele com a minha, mas não o fiz por medo de que alguém visse.

— É bom estar de volta. Juro que perder um jogo pareceu uma temporada inteira.

— Sim, mas graças a Deus foi apenas um jogo — Ellis disse.

Antes de qualquer outra coisa ser dita, a porta do bar se abriu, e olhei para ela por hábito. Meu corpo ficou rígido enquanto eu via a loira entrar. Cutuquei Drew nas costelas e apontei com a cabeça para que ele também olhasse.

— Porra — falou, baixinho.

O grupo de caras à nossa mesa seguiu nossos olhares.

— Quem é a gostosa? — perguntou Rodriguez.

Drew não teve tempo de responder antes de Jasmine sorrir amplamente e se dirigir à nossa mesa.

— Olá, querido — saudou, e enrolou os braços na cintura de Drew.

— O que você está fazendo aqui? — Drew perguntou, seu corpo rígido também.

— Sei que você disse que não demoraria muito, mas eu queria vir celebrar com você e seus amigos antes de nos separarmos amanhã.

Como diabos ela sabia que não estávamos planejando ficar até tarde? Quando tínhamos descido do ônibus, tínhamos ido ao seu quarto para nos trocarmos, já que minha mala estava lá. Não tínhamos visto ninguém, pois eu tinha entrado e saído do quarto dele. Como ela sabia onde estávamos? Será que ela tinha nos seguido até o bar? Senti-me como se estivesse vivendo no *Além da imaginação*.

Matthewson deslizou um jarro de cerveja sobre a mesa e levantou sua sobrancelha enquanto olhava de mim para Drew. Levantei um ombro, sem saber o que diabos estava acontecendo.

Drew escorregou da cadeira em que estava sentado e soltou os braços de Jasmine em volta de sua cintura.

— Podemos conversar lá fora?

— Não seja bobo. — Ela sorriu para ele e bateu em seu peito, brincalhona. — Nós saímos com meus amigos o tempo todo em Nova York e acho que é hora de conhecer seus colegas de time, não acha? Mas, é claro, se vocês não se importarem. — Ela deu uma piscadinha com os olhos.

Eu me importava, mas não podia dizer nada — não podia fazer nada a não ser sentar e vê-la tocar meu homem.

— Eu não me importo — disse Santiago, entregando-lhe um dos copos que ele havia trazido do bar.

— Se você quer estar perto de um bando de homens que só falam de beisebol, isso depende de você — disse Fowler.

— De qualquer forma, é só sobre isso que Drew fala durante a temporada — declarou.

Saí de minha cadeira, não querendo mais estar perto dela.

— Preciso mijar.

Enquanto eu empurrava a porta para o banheiro dos homens, alguém me seguiu até lá. Eu esperava que fosse o Drew, mas, quando me virei, era Matthewson.

— Você está bem? — perguntou.

— Sim — menti.

— O que está acontecendo?

O que estava acontecendo? Eu não fazia a menor ideia.

— Não sei.

— Mas eles se separaram e vocês dois…

— Sim.

— Então…

Peguei meu celular.

— Não sei. Deixe-me mandar uma mensagem.

> Eu: Mas que porra está acontecendo?

Matthewson usou o mictório enquanto eu me encostava à pia e esperava a resposta de Drew, mas, quando Matthewson lavou as mãos, ainda não havia recebido uma resposta dele.

— Alguma coisa? — perguntou Matthewson.

EXPOSTO

— Não. — Balancei a cabeça.

Ele abriu a porta e espreitou para fora.

— Eles foram embora.

Meu coração caiu sobre o chão sujo e pegajoso.

— O quê?

— Quero dizer, não estou vendo nenhum dos dois.

Eu me desencostei da pia e abri a porta para ver que Matthewson estava certo.

— Que porra é essa?

— Tenho certeza de que não é nada. Rockland provavelmente está acompanhando-a de volta ao hotel para garantir que ela volte com segurança.

Drew faria isso, mas não pensei que fosse embora sem me dizer.

— Vamos voltar para a mesa e vou perguntar para onde eles foram — continuou Matthewson e saiu do banheiro.

Eu o segui para fora, não fazendo xixi, porque era uma mentira. Quando voltamos para a mesa, esperei alguns segundos para Matthewson fazer a pergunta, mas antes que ele pudesse abrir a boca, a porta se abriu, e Drew e Jasmine entraram de mãos dadas.

Eles estavam de mãos dadas, porra.

A sala parecia que estava girando, e eu estava prestes a desmaiar. Isto estava realmente acontecendo?

— Ei, cara, aonde você foi? — Matthewson perguntou a Drew, e eu estava grato pelo cara adorar ficar sabendo das coisas, apesar de ter negado.

Os olhos de Drew encontraram os meus, e ele disse:

— Só estou entrando na mesma página que minha namorada.

Engoli minha saliva, que estava com gosto amargo na boca.

Sem uma palavra, levantei do meu assento novamente e fui até o bar onde o barman estava usando uma toalha branca para secar um copo.

— Um shot de tequila, por favor.

Ele acenou e colocou um copo de shot na minha frente antes de pegar uma garrafa de qualquer tequila que ele quisesse me servir. Isso não importava. Eu precisava de algo mais forte do que cerveja. Bebi de uma vez só, a sensação de queimação percorrendo minha garganta e até o meu estômago instantaneamente.

— Outro.

O barman acenou com a cabeça e me serviu outro shot e então moveu sua atenção para a pessoa que tinha parado ao meu lado.

— O que posso fazer por você?

— Um cosmo, por favor.

Virei-me para ver que era Drew, depois entornei o próximo shot.

— Eu te mandei uma mensagem.

— Eu senti meu celular vibrando, mas estava muito ocupado perguntando a Jasmine por que ela está aqui.

— E por que ela está aqui? — Virei-me para enfrentá-lo, encostando meu cotovelo no topo da madeira. O barman estava ocupado fazendo o pedido do cosmopolitan de Drew.

— Ela está jogando a carta do *reality show*.

— O que você quer dizer?

— Ela disse que seria estranho não sermos vistos juntos antes das filmagens ou alguma merda assim.

— E porque ela veio hoje à noite?

— Acho que porque ela sabia que você estaria aqui, e também para agir como um casal na frente de nossos colegas de time.

— E quando partimos?

— Estou me lixando para o que ela faz, mas podemos ir ao seu quarto hoje à noite, se quiser, já que ela sabe qual é o meu.

— Provavelmente deveríamos fazer isso. — Joguei uma nota de vinte no bar enquanto o barman deslizava a bebida de Jasmine para Drew.

Voltando para a mesa, as costas de Jasmine viradas para nós enquanto falava com alguns dos rapazes. Parei atrás dela e sussurrei em seu ouvido:

— Você pode pensar que está ganhando, mas serei eu a foder com o Drew esta noite.

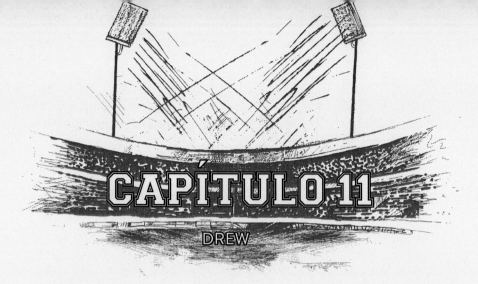

CAPÍTULO 11
DREW

Dois dias depois, estávamos de volta a Denver. O clube estava silencioso depois de termos sofrido nossa primeira derrota para os Nationals. Foi um jogo acirrado, mas não pudemos recuperar a liderança depois de desistir de um *homer* de duas corridas na sexta entrada. Para piorar a situação, tinha sido o primeiro jogo da série em frente à nossa torcida.

Ambos estávamos frustrados com a forma como o jogo tinha terminado, então eu não disse nada enquanto Aron olhava silenciosamente pela janela do carro no caminho para o meu apartamento. Quando estacionei, ele me seguiu até em casa, jogamos nossas coisas no chão perto da porta e depois fomos para o meu quarto.

Aron caiu na beira da cama e abaixou a cabeça.

— Esse jogo me destruiu.

— A mim também. — Subi na cama e me ajoelhei atrás dele. Então, lentamente, comecei a massagear seus ombros, lhe dando beijos ao longo do pescoço. Não queria que ele fosse para a cama com raiva, e o sexo geralmente fazia maravilhas em seu humor.

Indo um pouco para trás, levantei sua camisa sobre sua cabeça e voltei a beijar seu pescoço e seus ombros. Passei minhas mãos pelo peito dele até o abdômen. Seu corpo era firme e definido, e eu não conseguia me cansar dele.

Mordi sua orelha, provocando um gemido dentro dele, e depois sussurrei:

— Vou te foder até o seu humor melhorar.

Aron virou sua cabeça e me beijou por cima do ombro. Sua língua imediatamente procurou entrar na minha boca e se entrelaçou com a minha. Nós nos separamos por tempo o suficiente para que pudéssemos tanto ficar de pé como nos despir.

— Quero você apoiado nos seus joelhos e nas mãos. — Dei-lhe um tapa no traseiro.

— Você é mandão — ele bufou, mas isso não o impediu de rastejar até o meio da cama e ficar em posição.

Abri a gaveta da mesa de cabeceira da cama e peguei um preservativo e a garrafa de lubrificante antes de mais uma vez me ajoelhar atrás dele. Coloquei uma quantidade generosa de lubrificante nos dedos e esfreguei-o em torno de sua entrada. Com a outra mão, peguei na sua ereção e dei um aperto firme. Seus quadris se ondularam, implorando silenciosamente para que eu o masturbasse mais rápido. Ao invés disso, diminuí meu ritmo.

— Se você está tentando melhorar o meu humor, está fazendo um trabalho de merda. Me fode logo.

Rasgando a embalagem do preservativo, enrolei o látex no meu pau e pressionei minha ponta contra o buraco dele.

— É isso que você quer?

— Porra. Sim.

Não consegui conter meu gemido enquanto entrava dentro dele.

— Droga, você é tão gostoso.

— Só me fode com força, Drew — pediu, sem fôlego.

Ele não precisou me dizer duas vezes. Comecei a martelar nele, o esforço causando suor na minha testa.

Estar enterrado dentro do Aron me deixou pronto para explodir, mas me recusei a terminar sem que ele gozasse também. Agarrei seus ombros e puxei eles até que suas costas ficaram pressionadas contra meu peito. Lambendo seu pescoço até a orelha, eu disse:

— Preciso que você goze comigo.

Rodei sua cintura como o meu braço e segurei seu pau com um aperto firme. Ele gemeu em resposta, e adorei ter a capacidade de deixá-lo sem palavras. Só precisei bombear o pau dele mais algumas vezes antes que ele irrompesse ao mesmo tempo em que meu abdômen se contraiu e encontrei meu próprio orgasmo.

Mesmo que ambos tivéssemos tomado banho no estádio, presumi que Aron iria querer outro antes de dormir. Estendi a mão para ajudá-lo a sair da cama.

— Venha tomar banho comigo.

Acordar emaranhado com Aron era a melhor parte de cada manhã. O relógio na minha mesa de cabeceira mostrava que eram quase nove horas. Debati entre levantar para fazer o café da manhã e ficar onde estava para desfrutar de mais alguns minutos deitado ao lado do meu homem quando houve uma batida na minha porta.

— Quem diabos poderia ser — Aron resmungou, me abraçando com mais força.

— Eu não sei — respondi a sua pergunta. — Mas eu provavelmente deveria ir verificar.

Saindo da cama, vesti um par de moletom e fui em direção à entrada, fechando a porta do quarto atrás de mim. Por uma fração de segundo, tive medo de encontrar Jasmine do outro lado da porta da frente. Até onde eu sabia, ela não tinha ideia de onde eu morava, mas não a deixaria entrar sem um convite. Um suspiro de alívio escapou por meus lábios quando vi minha mãe e Joel através do olho mágico. Cada um deles segurava algumas sacolas de supermercado.

— Ei, o que vocês dois estão fazendo aqui? — perguntei, abrindo a porta.

Minha mãe se inclinou e me beijou na bochecha antes de seguir em frente para que Joel pudesse entrar.

— Pensei em fazer um café da manhã para vocês — ela disse, enquanto Joel e eu apertávamos as mãos. — Presumo que Aron esteja aqui.

— Ele está. Vou buscá-lo.

Quando decidimos contar aos nossos pais sobre nós, eu me perguntava se as coisas não seriam embaraçosas quando estivéssemos todos juntos. Mas não era assim, e eu estava grato por podermos ser nós mesmos em torno das duas pessoas mais importantes de nossas vidas.

Aron ainda estava na cama quando entrei no quarto.

— Talvez você queira se levantar e vestir uma roupa. Nossos pais estão na cozinha.

Seus olhos se arregalaram.

— O que eles estão fazendo aqui?

Caminhei até meu armário e peguei uma camiseta.

— Minha mãe queria fazer o café da manhã para nós.

— Incrível. Estou morrendo de fome. — Ele saltou da cama e se vestiu rapidamente.

Fomos juntos para a cozinha, onde minha mãe já tinha algumas coisas no fogão e Joel estava fazendo café.

— Oi, pai. — Aron deu um rápido abraço em seu pai antes de sentar-se na ilha. — Bom dia, Francine.

— Bom dia, Aron. — Minha mãe caminhou e o abraçou brevemente antes de voltar para o bacon que estava fritando. — Espero que bacon e ovos sejam do seu agrado.

— Isso… isso soa muito bem — Aron disse, com um leve engate na voz que eu não tinha ouvido antes.

Ele estava observando minha mãe com atenção e foi aí que me lembrei. Fazia anos desde que ele havia experimentado o amor de uma mãe através de ações simples como fazer o café da manhã. Quando ele finalmente me olhou de relance, eu disse:

— Você está bem?

Ele acenou com um sorriso forçado.

— Perda difícil ontem à noite. — Joel colocou duas canecas de café no balcão na nossa frente. — Mas vocês jogaram bem. Se continuarem jogando como veem jogando, não tenho dúvidas de que conseguirão chegar ao World Series.

— Obrigado — respondeu Aron. — Mas eu deveria ter feito mais ontem à noite.

— Você não pode esperar sempre ser o herói, filho. Não se preocupe com jogos que não pode mudar. Concentre-se no que está por vir.

Nunca em um milhão de anos teria imaginado que estaria sentado na minha cozinha ouvindo Joel Parker dar conselhos sobre como jogar beisebol. Foi um pouco surreal.

Trinta minutos depois, nós quatro estávamos comendo o fantástico café da manhã que a minha mãe tinha preparado. Ela também não tinha parado no bacon e nos ovos. Havia panquecas, batatas *hash browns* e até uma tigela de frutas em cima da mesa.

— Francine, isto parece delicioso. Obrigado. — Aron serviu um monte de comida no prato.

Minha mãe se iluminou com seu elogio.

— Tenho que ter certeza que meus meninos estão prontos para o jogo deles.

Joel estendeu a mão e cobriu a dela com a dele, sorrindo. Droga, quando nos tornamos uma família feliz?

É claro, nem tudo era um mar de rosas.

— Você já conversou com o Barry? — minha mãe me perguntou, não precisando elaborar sobre o que eu precisava falar com ele.

EXPOSTO

Tomei um gole do meu café antes de responder:

— Sim, falei. Ele disse que tentaria atrasar as negociações o máximo de tempo possível. Parece estar funcionando até agora.

— Mas isso não impediu Jasmine de segui-lo até o bar na última noite que estivemos em D.C. — Aron acrescentou.

Minha mãe ofegou.

— O quê?

Olhei fixamente para o meu namorado. Minha mãe não precisava saber tudo o que estava acontecendo. Era de sua natureza preocupar-se comigo, e eu não queria causar nenhum estresse.

— Foi tudo bem. Ela estava tentando encenar com a história de ser minha namorada, mas acabou indo embora.

— Não cedo o suficiente — Aron resmungou, ao comer um pouco mais de ovo.

Eu ri. Adorava o quão possessivo ele ficava.

Era o quinto jogo da nossa série contra os Nationals. Ainda estávamos em casa, e lideramos a série três jogos contra um. Era o início da nona entrada, e se pudéssemos segurar nossa vantagem de 4-5, seríamos os campeões da Liga Nacional e estaríamos a caminho da World Series.

Avila já havia eliminado os dois primeiros rebatedores da entrada, e a multidão estava de pé esperando que conseguíssemos a última eliminação. Durante meus nove anos na MLB, eu nunca havia experimentado nada nem perto do que estava acontecendo. O barulho da multidão era tão forte que não conseguíamos ouvir mais nada. Aqueles de nós no *dugout* estavam de pé na cerca que nos separava do campo, esperando e torcendo por aquele momento em que poderíamos sair correndo para comemorar com nossos companheiros de time.

Avila recebeu seu sinal de Barrett e lançou um *strike* perfeito. O rebatedor nem sequer se mexeu. No lançamento seguinte, bateu uma falta na linha de fundo do campo direito. A multidão gritou ainda mais alto. O homem voltou para dentro da caixa e esperou pelo próximo lançamento. Avila se preparou para lançar, e foi como se tudo ficasse em câmera lenta ao ouvir o som do taco e a bola foi em direção do campo da direita.

Aron correu de volta em direção à cerca e pulou para pegar a bola. Segurei a respiração enquanto suas costas batiam na cerca, assim como a bola bateu em sua luva. Ele caiu no chão e, quando se levantou imediatamente, segurava sua luva que ainda guardava a bola.

Todos nós pulamos sobre a cerca e corremos para o campo, onde o time todo começou a comemorar. Todos estavam se abraçando, facilitando para mim a tarefa de abraçar Aron e agarrá-lo firmemente. Aproveitando o momento, sussurrei ao seu ouvido:

— Vamos ao World Series, baby.

— Sim, nós vamos, porra.

CAPÍTULO 12
ARON

Nós jogaríamos o primeiro jogo na World Series em casa. Em menos de uma semana, poderíamos ser campeões. É claro que havia uma chance de sairmos perdedores, mas nenhum de nós proferiu as palavras com medo de dar azar. Eu também estava tentando não pensar que poderiam ser os últimos jogos que eu jogaria como um Rockie e como companheiro de time do Drew. Preocupava-me que o momento de felicidade que eu e Drew estávamos — nosso momento de lua de mel, como algumas pessoas diriam — poderia acabar se eu assinasse com outro time.

Há algumas semanas, meu pai mencionou que havia um rumor sobre São Francisco possivelmente querer me fazer uma oferta. Apesar de estar nos Giants sempre ter sido meu sonho, me deixava ansioso pensar em não acordar com Drew enrolado ao meu redor todas as manhãs. Ele ainda tinha mais um ano de contrato com os Rockies, então, se eu fosse jogar para São Francisco, Arizona, Los Angeles, ou mesmo San Diego, eu o veria com frequência.

Mas não seria a mesma coisa.

Ainda havia uma chance dos Rockies me fazerem uma oferta, mas eu tinha a sensação de que tudo estava prestes a mudar.

E isso me aterrorizava.

— Quer fazer uma viagem? — perguntei ao Drew, enquanto percorria merdas aleatórias no meu celular.

Ele olhou para mim, nós dois encostados na cabeceira da minha cama.

— Uma viagem?

— Sim, depois destes últimos jogos.

— Tipo a Disneylândia? — Ele sorriu.

Os jogadores de futebol diziam essa merda depois de ganhar o Super Bowl. Eu não tinha bem a certeza do porquê. Provavelmente era tradição, ou eles foram pagos para isso.

— Não, tipo no Havaí ou em Paris ou em algum outro lugar.

— Antes ou depois de nos assumirmos?

Pensei por um momento e depois perguntei:

— Como vamos nos assumir?

Drew gaguejou um pouco.

— Eu… eu não sei.

— Não é como se fôssemos dar uma coletiva de imprensa ou sair nos ESPYs como Slate Rodgers fez. Ou, acho que poderíamos se quiséssemos esperar até julho para o próximo show de premiação.

— Jasmine vai falar antes disso, já que não vou fazer o *reality show*.

— Certo, mas ela apagou a foto. Quem iria acreditar nela?

— Pensei que não importaria porque não vamos mais nos esconder, mas quero que nos tornemos públicos porque a gente quis e em nossos próprios termos. Não porque alguém pensa que tem o direito de contar nossa história.

— Você está certo. Então, como devemos fazer isso?

— Que tal depois destes últimos jogos, apenas vivermos nossa vida de casal e fazermos coisas de casal? — ele sugeriu.

— Como fazer uma viagem? — eu sorri.

— Sim, podíamos fazer uma viagem. — Ele sorriu de volta.

— E dar as mãos, beijar e fazer toda essa merda em público?

Drew se inclinou e pressionou os lábios dele contra os meus.

— Não quero nada mais do que fazer tudo isso e não ter que me esconder, baby.

Meu coração inchou.

— E se eu voltar a assinar com os Rockies, então vamos tratar disso se os caras tiverem algum problema.

— Só podemos esperar que todos aceitem tão bem quanto o Matthewson aceitou.

— Sim. — Acenei com a cabeça. — Mas ele provavelmente só aceitou bem porque disse que teve algum tipo de relacionamento com um cara no passado.

— Se alguém tiver um problema com a nossa vontade de estarmos juntos, então verão um lado meu que não querem.

— Awn. Você vai bater em alguém por mim, garotão?

EXPOSTO

Drew rolou os olhos e me empurrou de brincadeira.

— Você sabe o que quero dizer.

— Eu sei, e o mesmo vale para mim. — Voltei ao meu celular e pesquisei sobre Paris. Nunca fui pra lá e pensar em ir para longe com Drew e não ter que esconder o que sentíamos um pelo outro me excitava. — Que tal Paris?

— Onde quer que você queira ir, eu também quero.

— Ou… — Eu sorri, olhando para seu peito nu. — Podemos ir para Bali, arrumar uma tenda na água, e ficar nus o tempo todo.

— Sabe, podíamos fazer isso aqui.

— Eu sei.

— Mas eu gosto da sua ideia de ir viajar. Essa temporada tem sido uma loucura. Seria bom ir a algum lugar e sermos apenas nós dois.

Eu não poderia estar mais de acordo. Desde a luta até a negociação, para em seguida sermos companheiros de quarto até o beijo… tudo tinha sido um redemoinho.

Quanto mais eu olhava para Paris e tudo o que havia para fazer ali, mas eu queria ver Drew em nada além de um sorriso. Em Paris, seriam muitas visitas turísticas com roupas vestidas, enquanto que em algum lugar tropical seria menos roupa. Então, comecei a olhar para o Havaí. Qualquer uma das ilhas seria o lugar perfeito para relaxar, pegar um pouco de sol e descontrair. Drew e eu poderíamos estar meio nus à beira da piscina ou na praia.

Esse era um plano melhor.

— Vamos para o Havaí.

— Certo — Drew respondeu, não tirando o olhar do celular.

— Então, você confia em mim para reservar nossa viagem ou não?

— Você vai fazer isso agora? — Ele finalmente me olhou.

Levantei um ombro.

— Claro, por que não? Mas você não se importa onde ficamos ou em que ilha?

— Desde que você esteja lá, não me importo.

— Awn, você me ama.

— Eu amo.

— Eu também te amo. — Sorri, me inclinei e o beijei novamente.

Depois de algumas pesquisas, decidi pela Kauai. Como nas outras ilhas, havia caminhadas, snorkel, caiaque e outras coisas. A ilha era menor, e eu sentia como se não tivéssemos que nos preocupar com ninguém nos incomodando lá. Não que eu não quisesse que ninguém nos visse juntos — porque eu queria. Era porque eu só queria relaxar e não ter que lidar com nenhum drama se ele surgisse. Se saíssemos do país, então haveria menos chances de alguém nos reconhecer, mas eu também estava apostando em ser irreconhecível em Kauai.

— Ah, uau! — Drew grunhiu enquanto eu estava procurando nos vários hotéis da ilha.

— O quê? — perguntei, olhando para ele.

Ele me mostrou seu celular, que estava aberto em seu Insta.

— Jasmine parece estar comemorando não ter mais que fingir que está grávida.

Peguei o celular de Drew e dei uma olhada mais de perto. Jasmine estava em alguma boate em Nova York com um coquetel na mão enquanto dançava. As hashtags eram: #FestejeComShot; #coisasboasacontecemcomboaspessoas; #euvouserumaestrela; #WAGS; #amominhavida. Revirando os olhos, devolvi o celular pra ele.

— Eu a odeio.

— Não acredito que já quis casar com ela.

Parecia que alguém tinha pego o meu coração e cortado ele com algo afiado enquanto eu assimilava suas palavras. Drew e eu só estávamos juntos há cerca de três meses, mas eu detestava ouvir falar de como meu futuro quase ficou sem ele.

— Acho que é verdade: tudo acontece por uma razão — eu disse.

— Sim, mas mal posso esperar para viver minha vida sem que ela se esconda na minha sombra.

— É verdade.

Ele olhou o celular novamente e bufou.

— E este cabeça de merda com quem ela está é o imbecil que ela estava fodendo na minha cama.

Meus olhos se arregalaram enquanto eu pegava o celular dele novamente para olhar o cara. Não vi nada de especial nele. Era magrinho com cabelo loiro liso e um rosto que parecia que precisava ser socado.

— Este idiota é um modelo?

— Um modelo de moda ou algo assim, eu acho.

— Bem, a perda dela é a minha vitória. — Pisquei o olho.

Drew sorriu.

— Ah, se isso não é verdade.

EXPOSTO

Jasmine provavelmente ainda estava fodendo com o cara mesmo pensando que ela e Drew estavam prestes a filmar juntos para um *reality show*. Eu realmente a odiava, e pensando em como encontrei Drew no bar na noite em que ele entrou e os viu; eu sabia ali que ela o havia machucado.

— Por que você ainda está seguindo aquela lá?

— Esqueci que estava até agora, quando ela apareceu na minha *timeline*.

— Ah, então, de qualquer forma. — Limpei a garganta. — Escolhi Kauai, e estou procurando hotéis. Devo conseguir um quarto com uma cama ou duas? — provoquei.

Na manhã seguinte, Drew e eu estávamos os dois nervosos, então tentamos nos concentrar um no outro para esquecer o estresse e a ansiedade com o jogo que estava por vir. Não seria só o primeiro jogo do World Series, mas Drew também estava lançando. Muita coisa estava em jogo, porque ninguém queria perder.

Ele nos levou até o estádio, já que meu Jaguar ainda estava em St. Louis. Eu ainda não o tinha embarcado, pois meu apartamento não era longe do campo e pedir uma carona era fácil. Depois que ele estacionou e desligou o motor, peguei sua mão antes que pudéssemos sair do carro.

— Posso dizer que você está ansioso, mas saiba que farei tudo o que puder para pegar qualquer coisa que chegue no campo direito.

— Eu sei — ele respondeu. — Mas você sabe como é.

— Sim, e é por isso que estou te tranquilizando.

— Obrigado.

— Sempre. — Olhamos um para o outro durante várias minutos, e então sorri antes de dizer: — Tudo bem. Legal. Bem, sinto que esta vai ser uma noite inesquecível. Vamos estar um passo mais perto de nos tornarmos campeões do World Series.

— Quem me dera poder beijar esse sorriso no seu rosto.

— Gostaria que você fizesse outra coisa com essa boca — provoquei.

— Não se saciou esta manhã?

— Nunca. — Apertei a mão dele antes de finalmente sairmos do carro. Os fãs estavam por perto tirando fotos e chamando nossos nomes, mas nós não paramos. Em vez disso, dei um pequeno aceno e entrei no prédio na frente de Drew.

Fomos por caminhos diferentes uma vez que colocamos nossas coisas em nossos armários, e depois de correr alguns quilômetros na esteira enquanto ouvia minha playlist de pré-jogo, voltei ao vestiário para me trocar para o uniforme.

Ainda tinha minha música explodindo em meus ouvidos enquanto me sentava na cadeira e continuava a me preparar. Fechando os olhos, encostei a cabeça na parte de trás da cadeira e relaxei. Perdido nas palavras das músicas tocando, não ouvi meus companheiros de time entrarem na sala. Quando abri meus olhos, várias pessoas estavam me encarando de seus armários.

— O quê? — perguntei, tirando meus fones de ouvido. Meu olhar encontrou o de Matthewson, e ele franziu a sobrancelha. Será que alguém morreu?

Ele passou por mim e me entregou o celular. Eu o peguei, vendo que tinha algum tipo de tweet de um tabloide on-line.

DOIS COMPANHEIROS DE TIME DOS DENVER ROCKIES
SEM CAMISA E SE BEIJANDO NO QUARTO DE HOTEL

A foto que Jasmine havia tirado de mim e de Drew foi postada em baixo da manchete.

Puta merda.

CAPÍTULO 13

DREW

— A gente consegue fazer isso — Barrett disse, enquanto ele e eu nos dirigimos ao vestiário depois de nos reunirmos com os treinadores.

Quando cheguei ao estádio, tinha sentido meus nervos me enlouquecendo. Estava pensando demais no jogo, mas me senti mais no controle depois de rever o plano com meu receptor. Meu corpo estava relaxado, e minha mente estava clara. Jogar o World Series era o que todo jogador almejava, e eu estava pronto para me provar em campo.

A calma que eu tinha sentido desapareceu no momento em que entrei no clube. Todas as conversas pararam, pois todos pareciam se concentrar em mim. Meus olhos examinaram a sala, procurando por Aron. Ele estava ao lado de Matthewson, com os olhos bem abertos e os punhos cerrados a seu lado.

— O que está acontecendo? — perguntei à sala, mas meus olhos nunca saíram de Aron.

Ele se aproximou de mim e me entregou seu celular.

— Jasmine divulgou a foto — ele sussurrou.

Preenchendo a tela estava a foto de Aron e de mim que Jasmine havia tirado. Cliquei no link do artigo e fiquei chocado ao ver fotos de nossas mensagens um para o outro também. Senti o sangue escorrer do meu rosto e a bile subir na minha garganta. Como diabos ela teve acesso às minhas mensagens? Ainda estávamos no meio de negociações contratuais para o *reality show* e, no que lhe dizia respeito, eu ia participar com ela, então por que ela expôs?

— Vocês dois estão transando? — Santiago perguntou, olhando entre Aron e eu, sua testa marcada em confusão.

Antes que qualquer um de nós pudesse responder, Schmitt entrou.

— Rockland. Parker. Meu escritório. Agora!

Matthewson bateu no ombro de Aron e acenou para mim. Saber que tínhamos seu apoio nos ofereceu um pouco de conforto ao sairmos do vestiário, sem ter certeza do que Schmitt iria nos dizer.

Aron e eu o seguimos pelo corredor e até seu escritório.

— Feche a porta e sentem-se.

A cena foi semelhante a quando tínhamos sido chamados para conversar depois de termos sido negociados.

— Skip, podemos explicar... — comecei.

Schmitt passou uma mão sobre o rosto.

— Olha, não me importa o que vocês dois fazem fora de campo. Mas preciso decidir nos próximos minutos se ter vocês dois jogando hoje à noite será distração demais para o time ou não.

Aron levantou de seu lugar.

— Você só pode estar brincando comigo. Não pode fazer isso!

Agarrei o braço dele e o puxei de volta para o banco. Não precisávamos dar ao Schmitt mais nenhum motivo para nos tirar da escalação.

— A última coisa que queremos é que nosso relacionamento distraia o time. É por isso que ainda não tínhamos contado a ninguém sobre nós. Estávamos esperando até o fim da pós-temporada. Mas, quer joguemos ou não, não podemos impedir que as pessoas falem de nós.

Schmitt pensou por um momento.

— Você está certo. Acho que vocês dois aumentam nossas chance de vencer, e os quero em campo. Só preciso saber se vocês podem ir lá fora e ignorar as coisas externas e se concentrar no jogo.

— Claro que podemos — Aron respondeu. — Somos profissionais e isso não tem sido um problema nos últimos três meses.

— Vocês dois estão juntos há três meses? — ele perguntou.

Acenei com a cabeça.

— Estamos.

— Está bem. Mas, já deixo avisado, se eu achar que sua cabeça não está no jogo, não hesitarei em tirar nenhum dos dois. Entendido?

— Sim, senhor — nós respondemos em uníssono.

— Agora, vão para o aquecimento. Tenho alguns telefonemas pra fazer.

Nós dois ficamos de pé e saímos de seu escritório. Assim que estávamos no corredor, comecei a andar a passos largos enquanto pensava em Jasmine vazando a foto.

EXPOSTO

— Por que diabos Jasmine faria isso? Concordamos com o que ela queria, mas ela continua tentando foder com minha vida.

Aron olhou o corredor enquanto abria uma porta atrás de si e me empurrava para dentro. Ouvi-o apertar um interruptor, e nos encontramos de pé, olho no olho, em um pequeno armário de suprimentos. Ele agarrou a parte de trás do meu pescoço e me puxou para frente, encostando nossas testas.

— Não sei por que ela vazou a imagem, mas você precisa esquecer por enquanto. Depois do jogo, pode ficar puto, e nós vamos lidar com isso juntos.

Fechei os olhos, concentrando-me no seu toque.

— Sinto muito.

— Sente muito por quê?

— Sou eu que tenho uma ex-namorada louca, e ela está causando problemas para você também.

— Ouça. Eu posso lidar com o que quer que ela atire em nós. Nada do que ela fizer vai mudar meus sentimentos por você.

Respirei fundo.

— Está bem.

Ele pressionou seus lábios nos meus. O beijo foi suave, doce e tranquilizador.

— Agora, vamos pegar nossas merdas e ir para o campo.

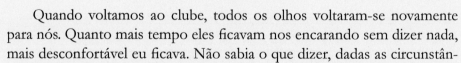

Quando voltamos ao clube, todos os olhos voltaram-se novamente para nós. Quanto mais tempo eles ficavam nos encarando sem dizer nada, mais desconfortável eu ficava. Não sabia o que dizer, dadas as circunstâncias. Felizmente, Aron não parecia ter o mesmo problema.

— Vamos lá. Temos um maldito jogo para jogar. Depois a gente conta a história sobre como o Drew não conseguiu resistir ao meu charme.

Não pude deixar de rir um pouco e isso pareceu quebrar a tensão.

Barrett correu ao meu lado enquanto percorríamos o túnel que nos levava ao campo.

— Você está bem?

— Sim.

Isso não era exatamente a verdade. Senti ainda mais pressão para mostrar a todos que era o mesmo jogador de antes que eles soubessem que eu estava com outro cara. Provavelmente parecia ridículo que eu sentisse a necessidade de me provar, mas a indústria esportiva não era conhecida por ser amigável com os jogadores gays, embora isso tivesse começado a mudar nos últimos anos. Eu ainda me preocupava um pouco que alguém dissesse ou fizesse alguma coisa para me irritar.

Ele bateu em meu braço com sua luva e disse:

— Muito bem, então vamos fazer isto.

Quando o time entrou em campo para começar o jogo, a multidão enlouqueceu. Cheguei no centro e olhei ao redor do estádio. Não havia um assento vazio no local, e a energia parecia elétrica. Peguei o saco de colofônia para secar minha mão e comecei a jogar para Barrett.

O anuncio do locutor veio por cima dos alto-falantes do estádio para apresentar o rebatedor líder do Houston Astros. Uma vez que ele entrou na caixa do batedor, esperei que Barrett me desse meu sinal e depois atirei o primeiro lançamento. Caiu do lado de fora e o árbitro chamou uma bola. Mais três arremessos e não consegui encontrar a zona de *strike* de jeito nenhum.

Com o rebatedor líder na primeira base, me preparei para lançar para o próximo rebatedor. Recebi o primeiro sinal de Barrett e depois me levantei quando ele pediu uma bola curva. No momento em que a bola saiu da minha mão, eu sabia que não iria acertar o lugar certo. Observei enquanto o rebatedor se moveu e mandava a bola voando sobre a parede do campo esquerdo.

Porra.

Barrett pediu um intervalo e trotou para onde eu estava.

— Você precisa parar de pensar tanto.

— Eu sei.

— Apenas respire fundo, e vamos eliminar o próximo cara.

Eu acenei, e ele voltou para *home plate*. Respirei fundo como ele havia dito e limpei a cabeça de tudo, exceto do próximo rebatedor. Com meu foco de volta onde precisava estar, eliminei os dois rebatedores seguintes e consegui que o terceiro rebatesse para o canto interno, e Santiago pegou no mesmo segundo sem nenhum problema.

Ao voltarmos para nosso banco, ouvi alguém chamando meu nome da fileira diretamente atrás do banco.

— Ei, Rockland, talvez eles devessem arrumar um homem de verdade para arremessar. Gente como você não deveria estar jogando beisebol.

Congelei com as palavras dele. Algumas vaias e críticas eram esperadas no esporte, mas essas palavras não eram a típica conversa de rebatedor. Talvez eu tivesse sido ingênuo, mas não tinha pensado muito em como os insultos poderiam mudar uma vez que os fãs soubessem que eu estava namorando Aron.

Matthewson parou ao meu lado e moveu sua luva para cobrir a boca.

— Não dê ouvidos a essa besteira. Você é o mesmo Rockland que nos ajudou a chegar até aqui. Não deixe que esses idiotas façam você duvidar de si mesmo.

Quem teria pensado que o cara que gostava de ficar incitando briga também poderia ser perspicaz e motivador? Me senti com sorte por ter ele como colega de time.

Aron apareceu ao meu lado, e me perguntei o quanto ele tinha ouvido. Olhei para ele e o vi encarando o homem que agora estava em uma discussão acalorada com um dos auxiliares.

— Ignore ele — sussurrei, esperando que Aron pudesse manter seu temperamento sob controle.

— É uma merda — ele disse, através os dentes cerrados, enquanto descíamos as escadas.

Quando chegou a nossa vez de entrar em campo novamente, fiz uma varredura nas arquibancadas e notei que o idiota já não estava mais sentado onde estava antes.

Com meu foco no jogo, a segunda entrada foi melhor do que a primeira, e acabei lançando até a sexta entrada, desistindo apenas de mais duas corridas. Infelizmente, nossa ofensiva teve dificuldades e não conseguiu fazer corridas suficientes para conseguirmos a vitória.

Nem mesmo Aron acertou um *home run*.

Depois de uma derrota, o vestiário sempre ficava quieto, mas o clima estava decididamente mais sombrio, já que era o World Series. Não se falava em sair e tomar uma bebida, o que me deixou grato. Eu não queria nada mais do que tomar banho e ir para casa. Aparentemente, Aron estava na mesma que eu, quando o vi correndo para os chuveiros.

Antes de sairmos, Schmitt me liberou de qualquer entrevista pós-jogo e explicou que a postura oficial do time, por enquanto, era não comentar a vida pessoal de seus jogadores. Fiquei grato por não ter que enfrentar a imprensa depois de tudo o que havia acontecido. Os caras também não pressionaram Aron e eu para mais informações, embora eu tenha notado Santiago olhando para nós quando nos preparamos para partir. Espero que tenha sido porque estava de mau humor depois de nossa derrota e não porque de repente tinha um problema conosco.

Ao entrar em meu apartamento, larguei minhas coisas na porta e fui até a cozinha.

— Você quer uma cerveja? — perguntei ao Aron, que se atirava para no sofá.

— A água é molhada?

Peguei duas garrafas de Coors Light da geladeira, abri as duas e entreguei uma para ele. Esvaziando a garrafa em dois grandes goles, peguei mais duas. Eu precisava de outra bebida antes de fazer a ligação que não podia esperar mais.

Tirando meu celular do bolso de trás, disquei o número da Jasmine e coloquei-o no viva-voz. Não me importava que já fosse depois da uma hora da manhã em Nova York. Precisava perguntar a ela o que diabos aconteceu. Também queria que Aron fizesse parte da conversa, já que suas ações o afetavam tanto quanto me afetavam.

— Drew? — ela respondeu com um fungar no terceiro toque. Soava como se estivesse chorando, o que não fazia absolutamente nenhum sentido. Foi ela quem tirou a foto.

— Mas que porra, Jasmine? Nós tínhamos um acordo — eu disse, sentado ao lado de Aron no sofá.

— Juro que não tenho ideia de como aquele tabloide conseguiu aquelas fotos.

— Como diabos você conseguiu prints das minhas mensagens?

— Hum… olhei seu celular quando estava esperando que você voltasse depois do jogo.

Aron esfregou as mãos no rosto enquanto eu puxava meu cabelo, já no meu limite de ouvir suas besteiras.

— Bem, você deve tê-las enviado para alguém. Além disso, nós a vimos apagar aquela foto que sabíamos que você tinha tirado.

— Tive medo de que você voltasse atrás em nosso acordo, então

EXPOSTO

resgatei a foto da minha pasta deletada depois de sair de seu quarto. Mas juro que não dei a foto ou as mensagens a ninguém.

— Bem, você pode dizer adeus ao seu *reality show*. Pelo menos eu não tenho mais que lidar com você. — Eu não fazia ideia porque ela insistiu que não era responsável quando as fotos vieram claramente de seu celular, mas discutir com ela foi inútil.

— Drew, espere — suplicou. Mas eu tinha terminado com ela, então desliguei sem mais uma palavra.

Aron me abraçou, e me agarrei a ele.

— As coisas provavelmente serão bem difíceis amanhã. Deveríamos ir para a cama.

Eu o segui até meu quarto, onde ele me fez esquecer tudo por um tempo antes de adormecermos.

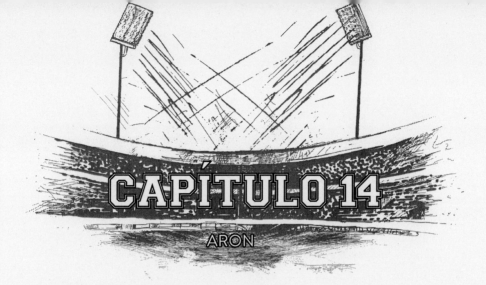

CAPÍTULO 14
ARON

Tudo parecia diferente na manhã seguinte.

Eu nunca havia estado em um relacionamento antes de conhecer o Drew, mas acordar sabendo que o mundo sabia que tínhamos compartilhado um beijo era quase libertador. Podíamos nos abraçar, nos beijar, dar as mãos, podíamos fazer o que quer que nos apetecesse fazer quando saíssemos. Não teríamos que nos preocupar se alguém nos visse entrar no quarto de hotel ou apartamento do outro. Não teríamos medo de que alguém especulasse sobre algo só porque Drew me deu uma carona de ida e volta ao campo.

O que não mudaria seria sairmos e fazermos o trabalho que amamos e fomos contratados para fazer.

Nosso desejo de passar nosso tempo livre juntos não afetava a forma como jogávamos, e eu esperava, mesmo tendo perdido, que já tivéssemos mostrado isso. Eu queria dizer ao time com minha própria boca que eles não precisavam se preocupar, então Drew e eu fomos para o campo cedo para ter certeza de que estávamos na sede do clube quando cada pessoa chegasse.

O primeiro a aparecer foi Ellis. Ele olhou para mim e Drew enquanto estávamos sentados juntos ao lado do meu armário. Dei-lhe um aceno de cabeça.

— Podem perguntar.

— Não tenho nenhuma.

— Ótimo.

Littleton era o próximo.

— Perguntas? — indaguei.

Ele balançou a cabeça.

— Ótimo.

Continuou assim até chegarmos a Santiago.

— Estamos aceitando perguntas — repeti para ele.

— É?

— Sim. Você tem alguma? — insisti.

— Talvez.

— Então pergunte. — Eu mesmo me preparei, pronto para ele ter um problema com dois caras fodendo. Eu nunca tinha tido um problema com Santiago antes. Era divertido sair com ele quando íamos para bares, e eu gostava muito do cara.

Ele olhou ao redor do cômodo e depois disse, com um sorriso:

— Nada não. Não tenho nenhuma pergunta. Só sei com quem não devo tomar banho agora.

— O que isso significa, porra? — Eu me estressei.

Ele bufou.

— Nada, cara. Só não sabia que vocês dois eram frutas, porra.

Drew e eu ficamos os dois de pé, nossas cadeiras de couro batendo nos armários atrás de nós.

— Do que você acabou de nos chamar? — Drew grunhiu.

— Frutas — Santiago zombou.

— Uau! — Matthewson parou entre nós os três. — Acalmem-se todos.

— Como diabos podemos nos acalmar quando este idiota nos chama de frutas? — exigi.

— Preferiria que eu chamasse vocês dois de outra palavra? — Santiago zombou.

— Ninguém precisa ficar dando nomes a ninguém. — Matthewson empurrou Santiago de volta, com as mãos sobre o peito para impedi-lo de tentar avançar.

— Como algum de vocês pode aceitar tranquilamente estes dois? — Santiago perguntou e apontou pra gente com a mão.

— Por que isso importa? — Drew exigiu, dizendo exatamente o que eu estava pensando.

— O beisebol não tem lugar para bi…

— Diga essa palavra e eu deixarei esses dois te socarem — Matthewson rosnou.

Agarrei a mão de Drew e me virei para me dirigir ao time todo.

— Olhe, Drew e eu nunca planejamos que nada disto acontecesse. Só aconteceu. — Sorri calorosamente para meu namorado e depois voltei minha atenção para os caras. — Nós termos um relacionamento não tem nada a ver com a forma como jogamos. O que fazemos fora do campo é entre nós.

— E o que acontece se vocês dois se separarem? — Rodriguez perguntou.

— Já o fizemos uma vez antes dos jogos da pós-temporada — Drew respondeu.

O cômodo ficou quieto e Matthewson nos olhou por cima do ombro com um vinco na testa. Ele pode ter sabido de nós antes dos outros, mas ninguém sabia que Drew e eu tínhamos rompido por algumas semanas.

— Sim, e isso não teve nada a ver com nenhum de vocês, nem afetou nosso jogo — elaborei.

— Quem se importa? — Santiago rugiu. — Há uma razão para não haver gays nos esportes.

— Mas há — rosnei, pensando em meu amigo Slate Rodgers e alguns outros.

Schmitt entrou na sala.

— O que diabos está acontecendo aqui?

— Nós só queríamos ter certeza de que todos estavam bem com o que aconteceu antes do jogo de ontem — Drew respondeu.

— Sim, e eu não estou — disse Santiago.

— É por isso que não íamos dizer nada até depois da pós-temporada — argumentei. — Mas a ex de Drew vazou uma foto que tirou de nós.

— A Jasmine da outra noite? — Ellis perguntou.

Drew acenou com a cabeça.

— Ela estava lá tentando me enganar para fazer um *reality show*, e tive que fingir que ainda estava com ela, porque estava nos chantageando com aquela foto.

— Por que ela vazaria a foto se estava chantageando vocês dois? — Ellis questionou.

— Ela nega que foi ela, mas ninguém mais poderia ter feito isso — Drew respondeu.

— Quem se importa com quem vazou a foto? Rockland lançou na noite passada. Obviamente o relacionamento deles afeta o jogo — Santiago continuou a discutir.

— Veja, a notícia dessa história não teve nada a ver com nossa perda — retrucou Matthewson. — Fomos superados, e temos que nos preocupar com o jogo de hoje.

— Sim, a notícia de última hora me abalou, mas a perda não deveria ser só minha. Os rebatedores também não estavam funcionando — Drew afirmou.

— Pronto, já chega. — Schmitt ergueu as mãos. — Parem de falar desses dois, porra. Nós temos um campeonato para vencer. Somos todos

EXPOSTO

adultos aqui e ainda temos um punhado de jogos. Lidem com isso e sigam em frente. Entenderam?

Todos nós acenamos, e ele deixou o cômodo.

— Não queríamos que esta notícia saísse antes do final da pós-temporada por este exato motivo — repeti. — Drew e eu estamos felizes, e consideramos todos vocês como amigos. Se não conseguem lidar com o fato de sermos um casal, tanto faz, mas não vamos deixar nosso relacionamento atrapalhar o nosso jogo, e nenhum de vocês também deveria deixar.

— Não acredito que dois homens devam estar juntos — Santiago afirmou. — E também não tenho que concordar em gostar disso.

— É justo, mas somos o mesmo Rockland e Parker que sempre fomos — Drew o respondeu. — Mais uma vez, o que fazemos com nossa vida pessoal não devia importar.

— Podemos dar voltas e voltas sobre isso o dia todo — Matthewson disse. — Mas temos um jogo esta noite, então todos apenas façam seu maldito trabalho, e vamos ganhar um campeonato.

Santiago deixou o cômodo, e senti como se pudesse respirar novamente. Não estava procurando sua aprovação, mas odiava que alguém tivesse um problema comigo e com Drew.

E isso era uma merda.

Após nossa vitória no segundo jogo, pegamos um voo noturno para Houston, o que deu a mim e ao Drew um dia para passarmos juntos. Tínhamos conversado com nossos pais sobre termos sido expostos e os deixamos saber que eu e Drew estávamos bem. Talvez fosse porque eu o amava tanto que não me importava com quem sabia, mas honestamente eu não dava a mínima para as opiniões dos outros. Só queria viver minha vida, e minha vida era com Drew.

Jasmine tentou ligar para ele algumas vezes, mas ele acabou bloqueando seu número, não querendo lidar com suas desculpas esfarrapadas. Eu estava feliz em tê-la fora de nossas vidas para sempre.

— Você está pronto para isto? — perguntei, enquanto pegávamos as chaves de nossos quartos, celulares e carteiras.

— É claro.

Íamos almoçar e ao cinema pela primeira vez em público como um casal. Não me importava o que estávamos fazendo, porque eu só queria estar com ele na rua e poder tocá-lo e beijá-lo se eu quisesse.

E eu iria querer.

No elevador até o saguão, peguei a mão dele e entrelacei nossos dedos. Um pouco de emoção passou por mim enquanto sentia o peso de sua mão na minha. Enquanto caminhávamos até as portas da frente onde nosso carro estava esperando, eu imaginava que as pessoas fossem olhar para nós e sussurrar, mas ninguém o fez.

O motorista nos levou até o restaurante que Drew e eu tínhamos escolhido perto do cinema. Ele nunca nos perguntou uma única vez quem éramos ou se estávamos juntos ou qualquer coisa. Eu esperava que um sinal de néon aparecesse acima da minha cabeça ou que fosse reconhecido pelos tabloides, mas o motorista não deu qualquer sinal de que sabia quem éramos.

Quando chegamos à cervejaria, nos sentamos no pátio, que tinha uma vista do centro de Houston.

A garçonete veio até nós.

— Boa... tarde. — A boca dela caiu aberta. — Ai, meu Deus. Você é Aron Parker.

Aqui vamos nós.

— Sou eu.

— Ai, meu Deus — ela disse novamente. — Meu namorado é um grande fã dos Cardinals. Posso tirar uma foto com você?

Olhei para Drew e percebi que ele estava sorrindo. Já haviam passado algumas semanas desde que uma garota tinha dado em cima de mim. Ou talvez eu não tivesse notado porque estava muito envolvido com o Drew.

— Claro. Vou pedir ao meu namorado para tirar a foto.

— Oh. — Ela olhou para o Drew. — Você se importaria?

— De jeito nenhum. — Ele pegou o celular dela.

— Muito obrigada. — Saindo da minha cadeira, fiquei ao lado de Amy, como dizia na plaquinha em seu uniforme, para que Drew pudesse tirar a foto. — Você se importaria de assinar um autógrafo? Meu namorado me mataria se eu não lhe pedisse um.

— Bem, não podemos deixar isso acontecer, podemos? — Eu sorri e Drew revirou os olhos.

Ela me entregou um guardanapo do bar e uma caneta.

— O nome dele é Hunter.

Rabisquei no guardanapo enquanto perguntava:

— Ele só segue os Cards?

— Eu não sei — ela disse. — Só sei que ele tem sua camisa e me faz assistir aos jogos com ele. Ele ficou irritado quando você foi negociado.

Eu também fiquei, mas acabou sendo incrível.

— Bem, tenho certeza de que ele sabe quem é Drew Rockland.

Os olhos de Amy se iluminaram.

— Ah, espere. É o cara com quem você brigou.

Dei uma pequena risada.

— Sim, e agora é o meu namorado.

Ela virou sua atenção para Drew.

— Ah, agora eu me lembro. Você tem o mesmo sobrenome de Hunter.

Drew parou de rir e eu pisquei.

— Tenho? — ele perguntou.

— Sim. Isto é tão louco.

— Bem, agora você também precisa do autógrafo do Drew.

— Sim! — Amy se animou. — Hunter vai morrer quando eu lhe der os autógrafos. — Ela deslizou um guardanapo para o Drew, e ele escreveu nele antes de entregá-lo a ela. — Obrigada. O que posso trazer para vocês beberem?

Cada um de nós pediu uma cerveja que de fabricação própria e, depois que ela foi embora, eu disse:

— É loucura o sobrenome do namorado dela também ser Rockland.

— Sim, não é um nome comum, isso é certo. Mais estranho que isso, é que Hunter é meu nome do meio.

Isso foi bizarro. Drew e eu não tínhamos falado muito sobre o pai dele — se falamos. Então, perguntei:

— Quando foi a última vez que você viu seu pai?

— Eu tinha dois anos quando ele foi embora. Não me lembro de nada sobre ele.

Ao menos eu tinha algumas lembranças de minha mãe. Odiei que a última que tive dela foi quando encontrei seu corpo sem vida em sua cama, mas tentei me lembrar de todos os bons momentos que pude. Era difícil, desde que eu tinha apenas oito anos, mas tinha que me agarrar a algo. Adorava as panquecas de sábado de manhã, e quando Francine as fez para mim e Drew, fiquei um pouco sufocado com a memória. Também adorei que Francine e meu pai passavam muito tempo juntos e iam aos nossos jogos como um casal. Ela parecia fazer meu pai feliz também.

Amy se aproximou com nossas cervejas.

— Espero que vocês não se importem, mas mandei uma mensagem ao meu namorado e disse que vocês estavam aqui. Ele está a caminho.

CAPÍTULO 15
DREW

Aron e eu terminamos nossas cervejas e pedimos outra rodada, junto com um par de hambúrgueres. Sentado em frente a ele, não pude deixar de sorrir para o homem que tão rapidamente havia capturado meu coração.

— O que é esse olhar? — ele perguntou.

Encolhi os ombros, e meu sorriso se alargou.

— Só estou pensando em como isso é agradável. Sentar aqui com você e não sentir que precisamos olhar por cima de nossos ombros o tempo todo. Você sabe, preocupado com quem poderia nos ver.

Ele esticou o braço sobre a mesa e agarrou minha mão.

— Sim, é muito bom.

— Aqui estão seus hambúrgueres — Amy disse, colocando nossos pratos na nossa frente. — Há mais alguma coisa que eu possa pegar para vocês?

Balancei a cabeça.

— Acho que estamos bem.

— Bem, avisem-me se precisarem de mais alguma coisa. — O olhar dela se voltou para a porta. — Ah, Hunter está aqui. Já volto.

Interagir com os fãs era algo que eu gostava, por isso não me incomodava que ele viesse para a mesa. Além disso, eu estava mais do que um pouco curioso sobre o cara com quem compartilho um nome.

Dei uma mordida no meu hambúrguer e Amy se afastou de nossa mesa, praticamente derrubando outro garçom em seu caminho para cumprimentar o namorado.

Aron riu.

— Ela parece entusiasmada.

Levou apenas alguns momentos até Amy voltar à nossa mesa, seu namorado ao lado, com os olhos em Aron.

— Puta merda, você realmente é Aron Parker — Hunter disse, incapaz de esconder a alegria em sua voz ao se virar na minha direção. — E você é Drew Rockland. Não acreditei quando Amy me mandou uma mensagem.

O cara não podia ter mais de vinte e um ou vinte e dois anos, vestindo sua camisa com o nome do Parker. Ri para mim mesmo, lembrando como me sentia na idade dele quando ainda jogava pelo meu time universitário e tive a oportunidade de conhecer alguns jogadores que sempre admirei.

— Bem, é sempre bom conhecer um fã, especialmente longe de casa. — Aron estendeu a mão para que Hunter apertasse. — Como você acabou torcendo pelos Cards e não pelos Astros ou Rangers?

Ele sorriu.

— Quando eu era criança, moramos em Chicago por um tempo, e meu irmão mais velho ficou obcecado com os Cubs. Como mais novo, parecia certo torcer pelo seu rival, e foi isso. Sou fã desde então, e adorei esfregar na cara dele que seu novo time varreu os Cubs na primeira rodada das eliminatórias.

Aron e eu rimos. Nenhum de nós tinha irmãos, mas pude apreciar seu raciocínio. Ao crescer, meu avô e eu nos divertíamos muito com nossos times favoritos de beisebol. Ele se enraizou no Kansas City Royals, mas eu sempre preferi ver as equipes da Liga Nacional.

— Isso parece razoável — Aron respondeu.

— Não quero atrapalhar o almoço de vocês, então vou embora, mas podem assinar minha camisa e talvez tirar uma foto com vocês dois bem rápido?

— Claro — Aron respondeu, quando ambos nos levantamos para ficar ao lado de Hunter.

Ele entregou o celular a Amy e nós três sorrimos para a foto.

— Muito obrigado. Boa sorte hoje à noite. Eu definitivamente estarei assistindo ao jogo — ele disse, se afastando.

Aron e eu terminamos nosso almoço e, depois de pagar nossa conta, fomos para fora para fazer a curta caminhada até o cinema. Assim que passamos pela porta, Aron entrelaçou seus dedos com os meus, não soltando enquanto passeávamos pela rua.

Nada nunca pareceu tão certo.

Quatro dias depois, estávamos voltando para Denver. Ganhamos dois dos três jogos em Houston, dando-nos uma vantagem de três a dois na série, o que significava que estávamos a apenas um jogo de ganhar tudo.

Aron sentou-se ao meu lado enquanto víamos nossos companheiros de time embarcarem no avião. Alguns deles usavam óculos escuros e estavam fazendo caretas, tendo aproveitado a noite anterior um pouco mais do que provavelmente deveriam. Inicialmente, tínhamos nos juntado ao time para comemorar nossa última vitória, mas encerramos a noite depois de duas cervejas.

Meus olhos encontraram com os de Santiago quando ele se aproximou de nossos assentos. Nada havia sido dito entre nós desde aquela tarde no vestiário, mas quando estávamos muito próximos, as tensões corriam alto. Era uma droga ter problemas com um colega de time, mas não havia nada que eu pudesse fazer para mudar as coisas.

Ao passar pela nossa fileira, ele olhou para baixo para onde minha mão estava segurando a de Aron. Negou com a cabeça, mas não disse nada enquanto continuava percorrendo o corredor.

— O cara é um idiota — Aron murmurou.

— Concordo — Matthewson disse, se sentando ao nosso lado.

Fiquei feliz por ter sido Matthewson quem ouviu Aron e não outra pessoa. Não fazia sentido deixar o clima mais pesado.

<hr>

Na manhã seguinte, Aron voltou ao seu apartamento para pegar roupas limpas. Não foi a primeira vez que me perguntei por que tínhamos dois apartamentos quando passamos todo nosso tempo juntos. Mas o contrato de Aron se encerrava ao fim da temporada e podia potencialmente assinar com outro time depois do World Series. Um nó se formou em meu estômago ao pensar em nós dois vivendo longe um do outro.

Balancei a cabeça para me livrar de pensamentos sobre os quais eu não podia fazer nada. Em vez disso, peguei meu celular e enviei uma mensagem para minha mãe perguntando se ela estava livre para almoçar. Ela e eu não tínhamos passado nenhum tempo juntos, apenas nós dois, desde antes de vencermos em Chicago. Algo estava me incomodando nos últimos dias, e ela era a única que podia me dar informações.

EXPOSTO

> Mãe: Eu adoraria almoçar com você. Você quer vir ao hotel, e então podemos decidir para onde ir a partir daí?

Minha mãe geralmente ficava comigo sempre que visitava a cidade onde eu morava, mas ela e Joel tinham decidido que ficariam juntos em um hotel mais perto do estádio. Eu não me importava quando ela ficava comigo, mas estava grato pela privacidade que nosso arranjo atual dava a Aron e a mim.

> Eu: Isso funciona. Vou te buscar ao meio-dia.

Mandei uma mensagem a Aron para informá-lo sobre meus planos. Ele já tinha os códigos para entrar no meu apartamento, e eu lhe disse que o encontraria em minha casa a tempo de jantar.

Uma hora depois, estava estacionando no hotel. Entreguei a chave ao valete e entrei no saguão. Tomando um lugar perto do bar, mandei uma mensagem para minha mãe para dizer que tinha chegado. Apenas alguns minutos haviam passado quando a vi saindo do elevador.

— Oi, querido — ela me cumprimentou e me puxou para dentro de um abraço. —Obrigada por me convidar para almoçar.

Eu sorri.

— Pensei que já estava na hora de termos algum tempo de mãe e filho. — Eu a conduzi até as portas de vidro deslizantes. Tinha passado por vários restaurantes no caminho, então pensei que poderíamos caminhar para algum lugar, já que o tempo estava bom. — Alguma coisa em particular que lhe apeteça?

Ela deu uma olhada na rua.

— Há um restaurante italiano a cerca de um quarteirão de distância. Cheirava muito bem quando Joel e eu passamos por lá ontem à noite.

— Soa bem para mim. Lidere o caminho.

Poucos minutos depois, estávamos em frente ao restaurante. Minha mãe não tinha mentido. Os aromas vindos de dentro me fizeram salivar.

— Bem-vindos. Mesa para dois? — perguntou a recepcionista, enquanto a gente entrava.

— Por favor — respondi.

— Dentro ou fora?

— Fora seria ótimo — minha mãe respondeu.

Seguimos, a anfitriã nos conduzindo a uma mesa no canto do pátio deles. Entregando-nos dois menus, ela nos informou que nosso garçom estaria conosco em breve e voltou para dentro.

Ao olhar para as opções, perguntei:

— Então, como vão as coisas entre você e Joel?

— As coisas estão maravilhosas. — Seus olhos brilharam. — Eu meio que tinha desistido de toda essa coisa do amor depois... bem, você sabe.

Ela estava claramente falando de meu pai, mas então percebi o que ela tinha dito. Meus olhos se alargaram.

— Espere, você disse amor?

— Não olhe para mim assim. — Ela sorriu. — Quando você chega à nossa idade, percebe que a vida é curta, e quando encontra alguém especial, não quer perder tempo não admitindo seus sentimentos.

Eu zombei:

— Bela maneira de cortar o clima, mãe. Você está falando como se tivesse oitenta anos.

Ela esticou o braço sobre a mesa, colocando sua mão sobre a minha.

— Joel perdeu sua esposa ainda jovem, e o homem com quem eu pensava que passaria o resto da minha vida me deixou quando você era praticamente um bebê. Portanto, tudo o que estou dizendo é que Joel e eu reconhecemos o que temos e não temos medo de admitir, mesmo que alguns possam pensar que é muito rápido.

— Por falar em meu pai...

Nosso garçom me interrompeu no meio de uma pergunta. Depois que pedimos, minha mãe me disse:

— Você estava se preparando para dizer algo sobre seu pai. O que era?

Eu e minha mãe raramente o mencionávamos. Quando eu tinha uns seis anos de idade, lembro-me de lhe perguntar por que não tinha um pai em casa como meus amigos tinham. Ela me disse que ele tinha ido embora, mas nunca me explicou por quê. Essa havia sido a primeira vez que vi minha mãe chorar, e como odiava vê-la chateada, nunca mais tinha perguntado por ele. Na verdade, quando o mencionei por estar preocupado com a gravidez de Jasmine, foi a primeira vez, em anos, que qualquer um de nós falou sobre ele. Mas minha curiosidade sobre ele tinha se renovado desde que conheci Hunter Rockland.

EXPOSTO

113

Respirei fundo.

— Em Houston, Aron e eu estávamos em um restaurante e conhecemos um fã. Seu nome era Hunter Rockland, e isso me fez pensar em meu pai. Não sei nada sobre ele.

Seus olhos se arregalaram.

— O nome dele era Hunter?

— Sim, também achei estranho.

— Qual era a idade deste homem?

Eu não sabia por que isso importava, mas respondi de qualquer maneira:
—Provavelmente vinte e um.

— Ah, então não poderia ser... — Ela balançou a cabeça.

Nosso garçom novamente interrompeu a conversa para colocar nossas bebidas na mesa e nos dizer que nossa comida estaria pronta em breve.

Depois que se afastou, perguntei:

— Não poderia ser quem?

— Seu pai costumava trabalhar em um rancho que atendia pessoas que queriam experimentar a vida no campo, ou pelo menos uma versão extravagante dela. Depois de um fim de semana no rancho dando aulas de equitação, ele voltou para casa e me disse que nossa vida não era o que ele queria. Que precisava explorar o mundo e encontrar a si mesmo. — A dor em sua voz ainda estava presente, mesmo anos depois. — Acontece que ele tinha conhecido uma mulher naquele fim de semana e queria morar com ela em Chicago. Não tive notícias dele até que pediu o divórcio, vários meses depois. Durante o processo de divórcio, descobri que ela estava grávida e não tenho ideia se ficaram juntos ou não. Ele desapareceu de nossas vidas depois disso.

— Você disse que ela era de Chicago? — perguntei, lembrando que Hunter havia mencionado viver lá.

— Sim, por quê?

— Aquele garoto no bar disse que morou lá por um tempo, e mencionou um irmão mais velho. Mas não seria estranho o meu pai nomear outro filho de Hunter?

Ela encolheu os ombros.

— Eu não sei. Esse nome era importante para ele, e ele insistiu muito para que eu o escolhesse como seu, mas finalmente concordamos que ele fosse seu nome do meio. Talvez, quando terminou o contato conosco, ele decidiu que queria esse nome para outra criança.

Foi estranho, mas não fora das possibilidades.

Depois que terminamos nossa refeição, acompanhei minha mãe até o hotel, mas não consegui parar de pensar que poderia ter conhecido meu irmão em Houston.

EXPOSTO

CAPÍTULO 16

ARON

O clube estava elétrico quando Drew e eu chegamos. Era o dia. O jogo sete do World Series e qualquer que fosse o time que ganhasse, ganharia a flâmula. Também não tinha sido fácil. Os Astros haviam lutado muito, amarrando a série, mas tínhamos a vantagem de estarmos em casa, o que me deu grandes esperanças de que, no final, eu estaria debaixo de chuvas de champagne.

— Todos entrem aqui — Matthewson ordenou. A gente tinha poucos minutos antes de entrarmos em campo e começarmos o jogo. Todos os caras entraram na sala e Matthewson continuou: — Olha, este foi o melhor time em que já estive e quero que a gente vá lá fora essa noite para fazermos o melhor jogo que conseguirmos. Vamos sair de cada tempo como guerreiros. Como lutadores. A gente consegue fazer isso. Vamos ver o que Hargrove pode jogar na gente esta noite e vamos esmagá-lo. Vá lá fora e jogue por todos nós, não apenas por você mesmo. Somos um time, e temos nove entradas para sair por cima. Vamos fazer isso!

Todos nós nos animamos, motivados pelas palavras de Matthewson, e depois pegamos nossas luvas e começamos a sair. Uma mão envolveu meu pulso e me virei para ver que era o Drew me segurando.

Assim que todos saíram da sala, ele se aproximou.

— Vá pegá-los, baby.

Seus lábios se encontraram com os meus e então nós dois corremos pelo túnel e entramos no *dugout*.

O jogo estava 3 a 2 no início da nona entrada, com um eliminado. A chuva tinha começado e estava batendo em nós enquanto estávamos no campo e esperávamos que Avila lançasse seu arremesso. Como o jogo estava na nona, os árbitros nos deixavam jogar. O que era ainda mais chato era que eu não estava escalado para a segunda parte da entrada. Tinha sido eu quem nos deu uma corrida na oitava que nos colocou dentro de outra para termos a chance de empatar.

Avila recebeu seu sinal e arremessou, o rebatedor acertou a bola um segundo depois. Eu a segui, a vendo voar para o ar em direção ao campo central. A chuva entrou em meus olhos quando olhei para cima, mas não parei de correr. Pouco antes de Ellis pegá-la, ele escorregou na grama. A bola caiu, e corri em busca dela. Pegando a bola molhada e dura, virei e a joguei em direção a Matthewson, meu *cutoff*. Ele a pegou e a jogou para a segunda base, mas o rebatedor do Astros estava seguro.

— Porra! — Eu rugi.

O cara seguinte rebateu a bola para Santiago em segundo. Não tendo um jogador na segunda base, ele a atirou para o primeiro, com o corredor ficando na segunda base. Precisávamos de mais uma bola fora para terminar a entrada e então precisaríamos rezar aos deuses do beisebol para que pudéssemos marcar dois para ganhar o jogo, ou pelo menos um para empatar e termos mais uma chance de lutar.

Limpando a chuva do rosto com o antebraço ensopado, fiz uma varredura no banco, o rebatedor chegando no prato. Drew e os outros caras que não estavam jogando ficaram em silêncio ao olharem para o campo. Como se ele pudesse me sentir o encarando, Drew virou seu olhar para encontrar o meu. Demos um ao outro um pequeno sorriso, pois ambos sentimos os efeitos de perder na nona.

Avila jogou o primeiro lançamento para fora, e eu suspirei. Jogar beisebol na chuva era horrível. Eu estava molhado, cansado, e quanto mais nos aproximávamos de nossas últimas tacadas, eu ficava cada vez mais irritado. Algo precisava acontecer, ou íamos perder.

O rebatedor bateu no próximo lançamento de Avila para Matthewson. Ele arremessou para o primeiro conseguir seu terceiro eliminado. O placar ainda era 3-2.

Quando voltei para o banco, joguei minha luva e me sentei. Drew veio e sentou-se ao meu lado, apertando meu joelho rapidamente.

Não dissemos nada um ao outro, e todos no *dugout* também ficaram

EXPOSTO

117

em silêncio. Eu estava encharcado, com frio e ansioso. Fowler estava pronto para bater, e eu observava enquanto ele lançava para fora. Barrett foi em frente, acertando uma linha para o campo direito e conseguindo uma batida de base. Santiago era o próximo.

— Acho melhor que o idiota consiga — murmurei, baixinho, para que apenas Drew pudesse ouvir, e depois fiquei de pé.

Todos nós estávamos de pé, esperando que Santiago fizesse alguma coisa. Até a multidão esperava com a respiração suspensa quando o lançador do Astros recebeu seu sinal e jogou a bola. Foi um *strike* interno.

Vamos lá, filho da puta. Não fique aí parado.

O arremessador lançou o próximo, e meu coração parou quando Santiago bateu diretamente para o interbase. Ele a jogou para o segundo batedor, que a pegou e a jogou para o primeiro, eliminando Santiago antes mesmo que ele pudesse começar a correr.

Fiquei atordoado.

Nós tínhamos perdido.

Tínhamos perdido, porra.

O *dugout* dos Astros estava limpo, todos eles correndo para o campo para se parabenizar.

Não querendo assistir à comemoração, peguei minhas coisas e desci as escadas para o túnel. Pude ouvir os passos atrás de mim, as chuteiras molhadas rangendo contra o chão de cimento, mas não parei para ver quem era. Não importava. Tinha certeza de que estávamos todos irritados.

Sentei-me na cadeira de couro em frente ao meu armário, sem me importar se estava encharcado, e deitei a cabeça.

— Não é culpa sua.

Olhei para cima para encontrar o olhar de Drew, que me encarava fixamente.

— Sim.

— Você deu o seu melhor. — Ele se agachou na minha frente, mas abaixei a cabeça de novo.

Eu sempre dava o meu melhor e sabia que ele estava tentando me animar, mas não havia nada que ele pudesse dizer que me deixaria feliz. No início da minha carreira, eu estava tão perto de receber o troféu e, mais uma vez, me senti derrotado.

— Sim, eu sei que sim, mas ainda é uma merda.

— Eu sei.

— E — olhei para ele — a culpa foi de Santiago.

— O que você acabou de dizer? — Santiago perguntou, quando entrou no vestiário.

Fiquei de pé, na frente de Drew.

— Eu disse que a culpa foi sua de a gente ter perdido, porra.

— Mentira. — Ele deu um passo na minha direção e senti Drew se aproximar, mas não recuei. — Minha eliminação foi uma jogada, não o jogo inteiro.

Ele estava certo, mas eu ainda estava furioso. Estava zangado com ele há dias, quando chamou eu e o Drew de "frutas". Furioso por um cara que eu considerava meu amigo ser homofóbico. Se algum dos outros caras tivesse feito a última saída, eu não teria surtado.

— Não fode — eu disse.

— Não com você — cuspiu de volta.

Eu o empurrei, não me importando mais. Drew agarrou meu braço antes que eu pudesse socá-lo e Matthewson se meteu entre nós, guiando Santiago de volta quando os outros caras vieram para ajudar a nos separar.

— Ele não vale a pena — Drew disse no meu ouvido. — Se Schmitt descobrir, não vão querer assinar com você de novo.

Meus ombros caíram quando as palavras de meu namorado entraram na minha mente. Eu estava oficialmente sem vínculo com nenhum clube. Tinha jogado todos os jogos para os quais fui contratado, e brigar no vestiário certamente acabaria com as minhas chances de continuar com os Rockies. Isso significaria que Drew e eu não jogaríamos mais na mesma cidade. Não haveria mais acordar um ao lado do outro. Não haveria mais sexo matinal antes de um jogo ou pedidos de serviço de quarto à noite. Só veríamos um ao outro se qualquer time que eu fosse contratado jogasse contra os Rockies. Drew ainda tinha mais um ano de contrato e havia uma chance de eu ser enviado a um time que nem sequer jogasse contra o dele, porque nem todas as divisões jogavam uma contra a outra todos os anos.

— Podemos simplesmente ir embora? — Dei a volta por Drew e retornei ao meu armário. Não havia motivo para sentar na casa do clube e ficar me lamuriando com os caras. Nós tínhamos perdido. Fim da história, porra.

— Quer tomar banho primeiro?

— Não. — Balancei a cabeça. Uma dor de cabeça estava se formando, e eu não tinha certeza se era por causa da perda, da exaustão, ou qualquer outra coisa. — Vamos tomar banho na sua casa.

EXPOSTO

— Certo, mas troque de roupa. Nada de roupas molhadas no couro. — Ele sorriu.

Soltei uma gargalhada e fomos para nossos armários. Eu não tinha ideia para onde Santiago foi. Não me importava. Troquei as roupas que havia usado no estádio e depois limpei meu armário, não precisando mais dele.

— Vocês estão indo embora? — Matthewson perguntou, enquanto eu pegava meu celular e o enfiava no bolso.

— Sim, estamos vazando.

Ele estendeu a mão.

— Bem, foi um prazer jogar com você. Espero vê-lo no time na próxima temporada.

Peguei a mão dele e a apertei.

— Obrigado, cara. Também espero que sim.

Drew e eu nos despedimos rapidamente e evitamos Santiago, que tinha voltado para o vestiário. Enquanto andávamos pelo corredor para sair, paramos no escritório de Schmitt.

— Estamos saindo — eu disse, batendo à porta.

Ele ficou de pé e rodeou à sua mesa.

— Foi um prazer tê-lo no time, Parker. Espero vê-lo no próximo ano. — Obrigado.

Ele se virou para Drew e pegou sua mão.

— Vejo você quando os arremessadores se apresentarem em fevereiro. — Sim, senhor.

Começamos a partir, mas suas palavras nos impediram.

— E obrigado pela maneira como lidaram com tudo entre vocês dois. Vocês dois são homens direitos.

Dissemos nosso agradecimento novamente e depois fomos embora.

— Você tem algum ibuprofeno? — perguntei, ao entrarmos no carro do Drew.

— Você está bem?

— Estou ficando com dor de cabeça.

— Esta é sua maneira de me negar sexo hoje? — provocou.

—Você não sabe que sexo ajuda a conter as dores de cabeça ao fazer o sangue fluir? — Pisquei o olho.

Dois dias depois, estávamos a caminho de Kauai. Meu pai e Francine nos pegaram na casa do Drew e nos conduziram ao aeroporto.

— Tenho que dizer, estou com um pouco de inveja de vocês — disse a mãe de Drew quando o meu pai parou no aeroporto de Denver.

Eles tinham ficado na cidade depois da nossa derrota para passar alguns dias conosco. Foi bom ter meu pai lá para nos dar suas palavras de sabedoria. Ele também tinha estado no final da World Series e, felizmente para mim e para Drew, ainda tínhamos anos pela frente para ganhar a flâmula, como tanto sonhamos.

— Nós até convidaríamos vocês, mas, sabe… — Pisquei o olho para Drew. A última coisa que precisávamos era de nossos pais em nossas férias no Havaí.

— Não, vocês vão e tenham um tempo relaxante — Francine disse.

— Teremos — Drew respondeu.

— Podemos ir a algum lugar se você quiser — meu pai sugeriu.

— Você está me mimando. — Ela corou e bateu com força na mão dele, que estava descansando no câmbio do carro.

— Vamos deixar os caras no aeroporto e planejar algo. — Meu pai estacionou na entrada e todos nós saímos. Nos abraçamos, nos despedimos e então Drew e eu passamos pela segurança.

Quando peguei meu telefone para colocá-lo na caixa para passar pelo Raio-X, notei que tinha uma mensagem do meu agente.

> **Lee: Os peixes estão mordendo a isca. Devo ter várias ofertas para você em poucos dias.**

Tem um período de espera de cinco dias antes que eu pudesse assinar com outro time e já haviam se passado dois. Como Drew e eu estávamos indo para o Havaí, pedi a Lee para fazer todas as negociações em meu nome e então me enviar as melhores ofertas.

> **Eu: Ótimo. Mantenha-me informado.**

Coloquei o celular no compartimento e disse ao Drew:

— Bem, parece que vou ter escolha de onde vou parar na próxima temporada.

EXPOSTO

— Você teve notícias de seu agente? — Eu acenei. — Ele disse quem?
— Não. — Balancei a cabeça. — E não perguntei.
— Por que não? — Ele descalçou seus sapatos e os colocou em uma caixa.
— É só uma conversa, e não quero pensar sobre isso enquanto estamos a caminho do Havaí. — Mas teria notícias em três dias, o que seria no meio de nossas férias, e se os Rockies não fossem um dos interessados em mim, eu ficaria preocupado pelo resto da viagem.
— Bem, estou aqui se você precisar de mim para alguma coisa.
— Eu sei. — Passei meu braço sobre os ombros dele e beijei o lado de sua cabeça. — E é por isso que te amo.

O voo de sete horas e meia me pareceu uma eternidade. Viajar para jogos não era nada comparado com o longo voo através do Oceano Pacífico. Assistimos a vários filmes enquanto nos sentávamos na primeira classe e desfrutávamos de nossos coquetéis de cortesia. Quando pousamos em Kauai, pegamos um carro alugado e dirigimos até o luxuoso resort à beira-mar que eu havia reservado.

Após o *check-in*, seguimos para nossa suíte. Embora fosse quatro horas mais cedo em Waimea do que em Denver, o longo voo me fez querer pedir comida e encerrar a noite. Em vez disso, ao entrar no quarto, me vi perguntando:

— Quer ir ao restaurante para comer alguma coisa?

— Sim, mas quero me refrescar primeiro — Drew me respondeu, ao dar uma gorjeta para o funcionário que trouxe nossa bagagem.

— Chuveiro ou banheira? — Mexi as sobrancelhas quando o cara saiu. Quando reservei o quarto, tinha visto que a suíte tinha uma banheira francesa que parecia sedutora.

Ele entrou no banheiro e depois sorriu para mim.

— A banheira parece grande o suficiente para dois.

Sem hesitar, arranquei minha camisa e comecei a trabalhar nos meus shorts cáqui.

— Bem? — Movi a cabeça enquanto ele não se mexia.

Ele balançou levemente a sua.

— Desculpe. Eu me distraí.

Um pequeno risinho escapou dos meus lábios.

— Bem, fique nu enquanto eu tomo um banho de espuma.

— Você trouxe espuma de banho?

Saindo das minhas boxers, respondi: — Claro que sim. Eu não queria que esta banheira não fosse usada.

— Ah, ela vai ser usada. — Ele puxou a camisa sobre a cabeça e tirou o resto de suas roupas.

Apesar de estar cansado do longo voo, senti a energia passar por mim ao pensar no que estava por vir. Um Drew Rockland molhado sempre me deixava maluco, e eu precisava de uma distração do que estava se aproximando em três dias.

Drew ligou a água e, depois que peguei a espuma de banho da minha mala, derramei um pouco na água morna. Quando a banheira se encheu com a água borbulhante, entramos, cada um de nós indo para extremos opostos. A água morna relaxou instantaneamente meus músculos doloridos, e inclinei a cabeça para trás, fechando os olhos.

Drew começou a massagear minha panturrilha, fazendo com que eu gemesse.

— Isso é tão bom, baby.

— Talvez possamos fazer uma massagem enquanto estamos aqui? — sugeriu. — Nós dois precisamos, depois da pós-temporada que acabamos de ter.

Abri meus olhos e encontrei seu olhar fixo.

— Ou você pode me esfregar agora mesmo.

Subindo mais alto na minha perna, a mão dele encontrou meu eixo e me deu um aperto firme.

— Assim?

Lambi os lábios.

— Mais.

Suas mãos calejadas deslizaram para cima e para baixo, e meu pau endureceu em um instante. Ele se inclinou para frente até que seus lábios beijaram um caminho até a lateral do meu pescoço, sua mão ainda me acariciando. Os gemidos enchiam o cômodo enquanto ele me masturbava lentamente, meu pau doendo por mais.

Deslizando minha mão por suas costas, apertei seu traseiro e enfiei um dedo em seu buraco. Ele gemeu enquanto eu tocava a borda.

EXPOSTO

— Quero foder você sem camisinha — suspirei.

Ele foi para trás, seus olhos encontraram os meus.

— Sério?

Engoli em seco.

— Fui testado e tudo voltou limpo.

— Eu também.

— Então agora é a hora perfeita para eu gozar no seu traseiro, baby. Vire-se.

Drew se inclinou para frente e se segurou na lateral da banheira com as duas mãos. Seu rabo foi diretamente para nível dos meus olhos e, mesmo que eu estivesse doido para me enterrar dentro dele, derramei água morna sobre seu traseiro firme e afastei as bolhas antes de me inclinar para frente e correr a língua ao longo de sua fenda.

— Ai, Deus — ele gemeu.

— Amo quando você me chama de Deus.

— Cala a boca e me fode logo.

Gargalhei, antes de voltar e prepará-lo com a boca novamente e pressionei a língua contra o buraco enrugado dele.

— Preciso preparar você primeiro, porque deixei o lubrificante no quarto.

Ele se inclinou mais para frente e pegou uma garrafa do chão.

— Eu não.

— Pelo que vejo, você veio preparado.

Ele espreitou por cima do ombro enquanto me entregava a garrafa.

— Com você? Sempre.

Eu não esperava foder Drew na banheira. Uma mão amiga e boquete? Sim, e depois pensei em levá-lo para o quarto, mas com o corpo duro brilhante na minha frente, não havia como sair da banheira.

— Depressa — implorou, agarrou seu eixo, se masturbando enquanto eu ficava de pé, e apertou o líquido transparente em minha mão.

— Tem muito tempo que quero foder você assim, baby. — Passei o lubrificante sobre meu pau.

— Então faça — ele me desafiou, ainda se acariciando.

— Com prazer.

Usando mais lubrificante, lubrifiquei seu traseiro e joguei a garrafa no chão de ladrilhos. A água da banheira caiu no chão enquanto eu dava um passo à frente e alinhava meu pau com seu buraco. Nunca tinha feito sem camisinha antes, mas sonhava com o dia em que poderia estar dentro do meu homem sem barreiras. Sentir o calor dele contra a minha pele.

Com um pouco de esforço, meu pau escorregou no seu traseiro. Em segundos, seu canal apertado espalhou calor sobre cada veia do meu pau, enviando uma sensação de formigamento pela minha coluna.

— Puta merda, você é tão gostoso — gemi.

As sensações que corriam pelo meu eixo eram como nenhuma outra. Eu nunca havia experimentado a quantidade de prazer que corria através de mim antes, e isso me fez acelerar o ritmo. Minhas mãos se agarraram a seus quadris, entrando nele, enquanto a água se movia em torno de nossos corpos.

Drew continuou a se masturbar, gemendo e ofegando, nós dois perseguindo nosso orgasmo.

— Mais forte — ele ordenou. — Posso sentir cada veia do seu pau e quero sentir seu esperma quente dentro de mim.

Meus quadris se moviam mais rápido para agradá-lo enquanto eu soltava um rosnado animalesco. Nunca em toda a minha vida havia me sentido tão perto de ninguém como naquele momento, e eu não tinha ideia de onde ele terminava e eu começava. Éramos um só, suas paredes me espremendo. Antes que eu percebesse, estava gozando dentro dele com um gemido febril. Poucos momentos depois, Drew soltou um rosnado próprio, seu esperma revestindo o lado da banheira e eu fiquei dentro de seu traseiro.

Finalmente, deslizei para fora dele, que se virou para apertar nosso peito, sua boca encontrando a minha. A língua dele se entrelaçou com a minha, até que ele foi para trás e disse:

— Vamos pedir serviço de quarto, e depois quero entrar em você.

Três dias depois, meu celular me despertou de um sono profundo. Eu me desprendi de Drew e cheguei à mesa de cabeceira. Ao ver que era Lee me ligando, sentei-me e atendi.

— Alô?

— Pronto para decidir para qual time você vai?

Meu coração caiu instantaneamente. Isso significava que Denver não era uma opção? Olhei para o relógio.

— Bem, são apenas cinco da manhã, Lee.

— Ai, merda — ele ofegou. — Esqueci a diferença horários.

— Está tudo bem. — Drew se sentou e acendeu a luz do lado dele da cama. Eu disse a ele que era meu agente. — Diga-me o que você tem.

— Quer saber todos, ou só os melhores?

— Um deles é os Rockies?

Ele parou um momento antes de dizer:

— Não. Eles não fizeram uma oferta.

Virei ligeiramente a cabeça e, com o rosto franzido, abanei a cabeça. — Tudo bem. Então, quem é o melhor?

— Você vai morrer quando ouvir.

— Bem, deixe-me ouvir primeiro.

— A melhor oferta veio de Houston. Eles estão oferecendo um acordo de dois anos por cinquenta milhões.

Eu ri.

— E eles são os melhores?

— Bem, São Francisco quer um acordo de cinco anos por 110 milhões. — Prendi a respiração com a menção do time da minha cidade natal. Lee continuou: — Seria uma diferença de três milhões por ano, e quem pode dizer que não podemos te conseguir mais após os dois anos com os Astros?

Olhei para o lençol branco que cobria meu corpo nu. Para a maioria, três milhões era muito dinheiro. Seria de seis milhões, se não mais no total. Mas será que três milhões por ano valiam a pena o que eu perderia? Houston estava na Liga Americana Oeste e raramente jogava contra os Rockies. São Francisco jogava com eles dezenove vezes ao ano. Seria muito no grande esquema das coisas.

— Posso pensar sobre isso? — perguntei a Lee.

— Sim. Temos dez dias para decidir.

— Tudo bem. Eu te avisarei.

— Só para que você saiba, Toronto também queria você. Quer saber o que estão oferecendo?

— Não. Vou escolher entre os outros dois. — Eu não queria pensar em estar mais longe do Drew do que o Texas, se fosse esse o time que eu escolheria. E, dado que Lee havia mencionado Toronto por último, achei que a oferta não valia a pena.

— Tudo bem. Mande uma mensagem, se precisar de mim.

Desliguei e suspirei. Ter São Francisco me fazendo uma oferta era algo com que eu sempre sonhara. Eu seguiria os passos de meu pai e teria cinco anos com eles para tentar conseguir a flâmula. Cinco anos de vida na minha cidade natal novamente. Estar na mesma cidade que meu pai por metade de uma temporada e poder tê-lo como meu mentor pessoalmente e não por celular.

Mas será que aceitar menos dinheiro era a escolha certa?

— E então? — Foi o que o Drew me perguntou.

Eu engoli.

— É entre São Francisco e Houston.

CAPÍTULO 17

DREW

São Francisco e Houston.

As palavras continuaram a ecoar em minha cabeça.

— Os Rockies não fizeram uma oferta? — perguntei.

Aron balançou a cabeça.

— E essas são suas duas únicas escolhas? — Ao falar com seu agente, ele disse que escolheria entre essas duas, mas eu não conseguia acreditar que outros times não estivessem interessados nele.

— Ele mencionou Toronto, mas não quero jogar lá.

— As ofertas são equiparáveis?

Ele encolheu os ombros.

— Os Astros estão oferecendo 50 milhões por dois anos. — Esse era um ótimo contrato. — A oferta dos Giants é de 110 milhões por cinco.

Fazendo as contas na minha cabeça, os Astros estavam oferecendo mais dinheiro, mas assinar um acordo de longo prazo também tinha seus benefícios. Ele poderia plantar algumas raízes — se quisesse — e não teria que se preocupar em passar pela situação de ficar sem contrato de novo tão cedo. Ele poderia potencialmente se aposentar por São Francisco como seu pai o fez.

— Droga, esses dois são incríveis. Alguma ideia do que quer fazer?

Ele soltou um suspiro.

— Não.

Eu podia sentir a tensão irradiando dele enquanto se encostava na cabeceira e olhava para o teto.

— Baby. — Segurei o lado do seu rosto, virando suavemente a cabeça para que pudesse olhar nos olhos dele. — Fale comigo. O que está acontecendo dentro da sua cabeça?

Ele fechou os olhos por um momento.

— Seis milhões de dólares é difícil de ignorar, então assinar com os Astros faz o maior sentido. Mas sempre foi um sonho meu jogar para os Giants. Seguir os passos de meu pai. Mas....

Quando ele não continuou, eu me inclinei e pincelei meus lábios contra os dele.

— Mas, o quê?

— Não importa para onde eu vá, estarei longe de você.

Meu coração doía com a ideia de ficar separado dele durante a próxima temporada. Eu queria ser uma fonte de força para ele e não a razão pela qual ele se esforçou para tomar uma decisão.

— Sabíamos que haveria uma chance de você assinar em outro lugar. Siga seu coração para onde quer jogar. Faremos com que funcione, não importa o que você decida. — Eu esperava que minhas palavras soassem confiantes, mesmo que pudesse sentir um indício de dúvida se arrastando. Nossa relação ainda era nova, e relações à distância eram difíceis de se manter.

— Espero que sim. — Aron soltou um fôlego.

— Você tem algum tempo para pensar sobre isso, certo? — perguntei.

Ele acenou contra a cabeceira.

— Sim. Dez dias.

— Certo. Se quiser falar mais sobre isso, estou aqui por você. Caso contrário, vamos aproveitar estes próximos dias no paraíso e não nos estressar muito.

Nós dois precisávamos das férias para relaxar. Aron não só tinha muito em que pensar com sua situação de estar sem contrato, mas, uma vez que sairmos de Kauai, iríamos voltar para Nova York para que eu pudesse atar as pontas soltas com meu apartamento lá.

— Isso me parece uma boa ideia. — Ele se inclinou e me beijou. — Agora apague a luz, é muito cedo para estar acordado.

Desliguei a lâmpada na mesa de cabeceira e me deitei, enrolando meu corpo no dele. Seus músculos estavam rígidos com tensão, e imaginei que sua mente estava uma loucura, assim como a minha.

Sussurrei em seu ouvido:

— Eu te amo.

Ele soltou um pequeno fôlego.

— Eu também te amo.

Não sei quanto tempo levou, mas ele acabou adormecendo em meus braços. Demorei um pouco mais para dormir, porque não conseguia parar

EXPOSTO

de pensar que só tínhamos alguns meses antes de estarmos separados durante uma temporada inteira.

— Ei, baby, precisamos sair logo. — Tínhamos que nos preparar para a experiência de mergulho que tínhamos inscrito.

Aron resmungou algo que eu não conseguia entender e puxou as cobertas sobre sua cabeça.

Eu ri.

— Se você se levantar agora, pode se juntar a mim no chuveiro antes do café da manhã.

Ele espreitou de baixo das cobertas.

— Ah, sim? O que você vai fazer quando estivermos lá dentro?

Tirei minhas boxers, meu pau endureceu só de pensar no que eu queria fazer com ele.

— Venha e descubra.

Ao pisar debaixo da água quente, senti Aron entrar atrás de mim. Eu sorri.

— Eu sabia que isso te tiraria da cama.

— Nunca vou deixar passar essa oferta. — Ele enrolou os braços ao meu redor por trás e acariciou minha ereção.

O acordo tinha sido recompensá-lo por sair da cama e entrar no chuveiro comigo, mas eu não ia parar o que ele estava fazendo.

Inclinei minha cabeça para trás em seu ombro e sussurrei em sua orelha:

— Isso está incrível, baby. Não pare.

Não demorou muito até que eu me sentisse pronto para explodir.

— Eu vou…

Antes de eu terminar meu aviso, ele arrancou bruscamente a mão.

Olhei por cima do ombro.

— Você não presta.

Ele riu e caiu de joelhos.

— Era isso que eu estava planejando fazer.

Uma hora depois, saímos correndo do hotel e fomos até o valete para pegar nosso carro alugado para que pudéssemos ir até o centro de mergulho.

Nem eu nem o Aron éramos mergulhadores certificados, portanto, teríamos duas horas de instrução antes de nosso mergulho de trinta minutos. Era algo que eu esperava ansiosamente desde que pousamos na ilha pela primeira vez, porque tinha visto um anúncio no aeroporto que despertou meu interesse. Eu nunca havia mergulhado antes e estava animado para fazer algo físico em nossas férias, além de sexo.

Muito e muito sexo.

Quando chegamos à escola de mergulho, dois outros casais se juntaram a nós para mergulhar conosco.

— Ei, você é Aron Parker — disse um dos caras, enquanto esperávamos que nosso instrutor se encontrasse conosco no lobby. — E você é Drew Rockland. Caramba, sou um grande fã dos Rockies. Foi uma pena o que aconteceu no World Series. — Seu sorriso se transformou em um franzir de sobrancelha. O cara parecia quase tão chateado com nossa derrota quanto nós.

— Definitivamente foi uma droga — concordei.

O cara esfregou a parte de trás do pescoço, como se estivesse nervoso.

— Então, vocês dois estão aqui juntos. Isso significa que os rumores são verdadeiros? Vocês estão namorando?

— Brian, você não pode simplesmente perguntar isso — a mulher ao lado dele disse.

Aron sorriu para ela e passou seu braço sobre os meus ombros.

— Está tudo bem, e sim, estamos juntos.

— Isso é legal. Pensei que vocês se odiavam.

Eu ri e depois sorri para o meu namorado.

— Eu também.

Antes que pudéssemos dizer qualquer outra coisa, nosso instrutor entrou e se apresentou ao grupo, depois nos levou de volta à piscina de prática.

Algumas horas depois, estávamos mergulhando em mar aberto. Observei como cardumes de peixes coloridos nadavam por nós, seguidos por um par de tartarugas marinhas verdes do Havaí. Olhando em direção a Aron, acenei e ele me deu um joinha. Eu estava feliz que ele parecia estar gostando tanto do nosso passeio quanto eu. Nadei mais perto quando vi nosso fotógrafo subaquático se aproximando de nós. Ambos nos viramos para encarar a câmera no exato momento que uma tartaruga nadou na nossa frente.

EXPOSTO

Quando nosso mergulho terminou, voltamos para o centro de mergulho. Enquanto Aron continuava a falar de beisebol com Brian, fui até o balcão para conferir as fotos de nosso mergulho. A foto para a qual tínhamos posado era perfeita e pedi uma cópia para cada um de nós.

Ao sairmos do prédio, Aron se pressionou contra mim.

— Como ficou a foto?

Virei a pasta para que ele pudesse ver por si mesmo. O oceano, o peixe e a tartaruga estavam todos lindos, mas meu foco estava em nós, meu braço enrolado em volta de seus ombros enquanto nós dois fazíamos um gesto de mão solta. Não tinha preocupação com contratos de beisebol ou pensamentos sobre viajar de volta para Nova York. Tinha sido a tarde perfeita, e eu estava grato por termos tido tempo de nos divertir antes de lidar com a porcaria da vida real. Especialmente porque eu tinha a sensação de que não seria tão fácil como nós dois esperávamos quando a temporada começasse dentro de alguns meses.

Nossa semana em Kauai passou muito rápido, e depois estivemos em Nova York. Durante as finais, eu havia aceitado uma oferta pelo meu apartamento, e precisava arrumar tudo que quisesse levar para o Colorado antes do fechamento do contrato.

Aron estava viajando comigo, e eu estava grato por ele ter vindo. Mesmo que tecnicamente pudéssemos ficar na minha antiga casa, tínhamos optado por um hotel. O apartamento não parecia mais um lar, e eu não estava interessado em dormir na mesma cama que havia compartilhado com Jasmine.

Na manhã seguinte à nossa chegada, alugamos um carro para nos levar à minha antiga casa. Atravessei o banco de trás do carro e agarrei a mão de Aron.

— Obrigado por ter vindo me ajudar com isto. Prometo compensá-lo com o jantar de hoje à noite.

— É bom que essa não seja a única maneira que você planeja me compensar. — Ele sorriu.

Nosso motorista nos deixou em frente ao alto edifício onde vivi nos últimos dois anos. Ao subirmos até a entrada, o porteiro puxou a porta para nós.

— Bom dia, Sr. Rockland. — Seus olhos se viraram para Aron. — E Sr. Parker. — Hank era um grande fã de beisebol, por isso não me surpreendi que ele reconhecesse o Aron.

Balancei a cabeça, negando, e ri.

— Hank, já lhe disse uma dúzia de vezes para me chamar de Drew.

Ele sorriu.

— Bem, Drew, ouvi dizer que você está se mudando oficialmente. As caixas que pediu foram entregues à sua unidade. Se precisar de mais alguma coisa, por favor, me avise.

— Obrigado — respondi, e depois conduzi Aron pelo saguão até o elevador.

Quando entramos no meu apartamento, parei para dar uma olhada em volta. Não havia muito que eu planejava guardar. Minha casa em Denver estava totalmente mobiliada, então eu só levaria minhas roupas e alguns itens pessoais que eu tinha. Barry tinha arranjado uma empresa de mudanças para pegar meus pertences e eu doaria o resto.

Aron foi para o meu lado.

— Por onde você quer começar?

— Podemos começar pelas caixas no meu armário e depois passar para o quarto, acho.

Havia mais caixas do que eu me lembrava no armário, então levamos todas para a sala de estar e começamos a ver o que cada uma continha. Assim que Aron abriu a primeira, ele riu.

— O que é tão engraçado?

Ele olhou para mim, seu riso ficou maior.

— Ah, nada. Só admirando sua coleção de animais de pelúcia aqui.

— De que diabos você está falando? Eu não tenho nenhum animal de pelúcia. — Caminhei até ele para ver do que ele estava falando. Observando dentro da caixa, eu gemi. — Caralho. Eles são da Jasmine.

O riso de Aron cessou quando ele olhou para a caixa como se isso o ofendesse.

— O que você vai fazer com eles?

Por mais tentador que fosse dizer a ele para jogar a caixa fora, eu não podia fazer isso. Enterrado no fundo estava um álbum de fotos de Jasmine quando criança, e eu sabia que ela iria querer isso. Por mais irritado que estivesse com ela, não tinha o coração frio suficiente para me livrar de suas lembranças.

— Acho que preciso mandar uma mensagem para que ela possa vir buscar.

EXPOSTO

Peguei meu celular para mandar uma mensagem para ela. Eu tinha bloqueado seu número depois do fiasco em Washington D.C., mas, por alguma razão, não o tinha apagado. Eu me certificaria de fazer isso mais tarde.

> Eu: Estou olhando o apartamento e encontrei algumas coisas que lhe pertencem. Se quiser, eu deixo as caixas com o concierge.

Uma hora depois, houve uma batida na porta.

Porra. Tive um pressentimento de quem eu encontraria do outro lado mesmo não tendo dito para ela vir até aqui. Eu esperava estar errado.

— Você acha que é ela? — perguntou Aron.

Encolhi os ombros.

— Provavelmente.

Abri a porta e fiquei cara a cara com a última pessoa que eu queria ver.

— O que você está fazendo aqui?

— Você me disse para vir buscar minhas coisas — ela bufou.

— Não. Eu disse que deixaria suas coisas com o concierge. Isso não foi um convite para você vir agora.

Ela revirou os olhos.

— Bem, estou aqui, então é melhor você me deixar entrar.

— Suas caixas estão bem aqui. — Apontei para a pilha que estava do lado da porta.

Ela se inclinou ao redor da porta e pegou a primeira caixa.

Olhei para Aron, que estava de braços cruzados sobre o peito, encarando minha ex.

— Vou chamar o Hank para ajudá-la a levar as caixas lá para baixo.

— Obrigada, mas, primeiro, há algo que eu preciso lhe dizer.

— Não estou interessado em nada do que você tem a dizer — desdenhei.

— Não fui eu. Foi o Zane — falou mesmo assim.

Franzi minha sobrancelha.

— Do que você está falando?

— A foto e as capturas de tela. Zane as encontrou no meu celular e as mandou para aquele tabloide. — Ela me deu um pequeno sorriso, como se esse pouco de conhecimento tornasse tudo melhor. — Eu lhe disse que não fiz isso.

— Não quero saber quem divulgou as fotos. Foi você quem as tirou, então a culpa é sua. — Saber que foi o Zane quem nos expos não mudava a forma como eu me sentia em relação a ela.

Ela tentou me interromper, mas eu já estava farto das porcarias dela.

— Nada do que você disser pode consertar o que tentou fazer. Mas sabe de uma coisa? Diga ao Zane obrigado. Pelo menos ele me livrou de ter que aceitar participar do seu jogo estúpido. — Eu me curvei e rapidamente movi as caixas restantes para o corredor. — Agora saia.

Ela abriu a boca para falar, mas bati a porta antes que ela conseguisse proferir qualquer outra palavra.

Aron aproximou-se de mim e envolveu seu braço em torno de meus ombros.

— Você lidou bem com isso.

E esperava que essa fosse a última vez que a veria.

EXPOSTO

CAPÍTULO 18
ARON

— Eu tenho uma ideia — disse para o Drew, enquanto ele fechava a última caixa. Ele não tinha muita coisa para levar para Denver e, quanto mais eu pensava sobre isso, mais eu percebi que precisava fazer algo com minha casa também.

— O que é?

— Quer fazer uma viagem de carro?

Ele recuou um pouco.

— Uma viagem de carro?

— Pegar as suas caixas, colocá-las no carro e dirigir para St. Louis por alguns dias. Depois seguir para Denver e possivelmente terminar em São Francisco.

Ele me olhou fixamente por um momento e depois perguntou:

— Isso significa que você decidiu pelos Giants?

Balancei a cabeça e suspirei.

— Não. Só lembrei que também preciso vender minha casa e posso guardar minhas coisas na casa do meu pai. Também não vou ter muita coisa.

Antes de terminarmos nossa viagem em São Francisco, eu precisaria tomar uma decisão. Tinham se passado apenas três dias, mas eu tinha pesado os prós e os contras de cada time na minha cabeça uma e outra vez. Drew e eu conversamos sobre isso no Havaí por dois dias até que não quis mais falar sobre o assunto. O fato era que, não importava com quem eu escolhesse assinar, tudo estava prestes a mudar entre nós. Iríamos de passar todos os dias juntos para nos vermos talvez duas ou três vezes por mês.

Ou nem mesmo isso.

— Além disso — continuei —, você tem umas dez caixas. Acho que não precisa pagar uma empresa para mudá-las.

— Sim. — Ele esfregou a parte de trás do pescoço enquanto olhava para as pilhas de caixas perto da porta da frente. — Quando pedi ao meu agente para reservar uma, pensei que teria muito mais.

— Então vamos fazer isso. Vai ser divertido dirigir pelo país. — Eu só tinha visto os Estados Unidos do céu ou cidade por cidade. Nunca havia dirigido pelas estradas. Peguei o meu celular e fiz uma busca rápida nos mapas. — St. Louis fica a apenas cerca de quinze horas daqui. Poderíamos fazer isso em um dia.

— Tudo bem. Eu topo.

Sorri para o meu namorado.

— Legal. Que tal você ligar para seu agente e ver o que pode fazer para cancelar a empresa de mudanças e eu alugo uma caminhonete para pegarmos de manhã?

Estávamos no estabelecimento de aluguel de carro assim que abriram na manhã seguinte. Depois de alugarmos um caminhãozinho baú, carregamos as caixas do Drew, ele se despediu do Hank, seu porteiro, e nos levou para fora da cidade. Se fôssemos direto para minha casa, não chegaríamos lá até bem depois da meia-noite. Eu estava começando a me arrepender do meu plano.

— Talvez devêssemos passar a noite em Ohio — sugeri, olhando os mapas no celular. Quando eu disse que deveríamos viajar pela estrada, não contava com pausas para banheiro, para gasolina ou para comer.

— Acho que podemos decidir quando chegarmos lá. — Drew levantou um ombro.

Ainda olhando para o mapa, eu disse:

— E se pararmos em Nebraska a caminho de Denver?

— Nebraska? — Ele franziu a testa.

— Não é de lá que você é?

— Eu sou, mas por que você quer ir lá?

Encolhi os ombros.

— Não sei. É mais do que provável que precisemos de um lugar para ficar entre St. Louis e Denver. É um pouco fora do caminho, mas eu não me importaria de parar lá. É para isso que servem as viagens carro, certo?

Se estivéssemos com pressa, eu daria o meu jeito e dirigiria por 14 horas por dia ou o que fosse, mas não tínhamos pressa. Tínhamos cerca de três meses até que Drew precisasse se apresentar no Arizona para o treinamento de primavera e, algumas semanas depois, eu também iria para Scottsdale ou West Palm Beach, dependendo do time que escolhesse.

— Claro, se você quiser — Drew respondeu.

— Pode ser divertido. Você pode me mostrar sua escola e merdas como essa.

Ele grunhiu uma gargalhada.

— Isso seria divertido para você?

— Não sei, mas eu adoraria ver onde Drew Rockland cresceu. Tenho certeza que sua infância foi diferente da minha. — Eu tinha quase certeza disso. Enquanto ambos tínhamos crescido sem um de nossos pais, minha criação teve muitas babás, já que o meu pai ainda jogava. Eu imaginava Drew e Francine tendo jantado juntos em casa todas as noites. Imaginava a Francine em cada partida que o Drew jogou desde a Liga Infantil até o ensino médio. — Você pode me mostrar onde fez o seu primeiro jogo e tudo isso.

— Sim, eu posso fazer isso. Não volto para casa desde antes do início da temporada.

— Veja, eu lhe disse que esta viagem de carro seria divertida.

— Seria melhor se eu pudesse andar a mais de cem quilômetros nesta coisa. coisa.

O celular começou a tocar na minha mão.

— É o meu pai. — Respondendo a chamada, cumprimentei com um tom de provocação. — Olá, pai.

— Olá, filho. O que você está fazendo?

Sorri para Drew quando disse ao celular:

— Bem, Drew e eu alugamos um pequeno caminhão baú e estamos atravessando o país saindo de Nova York.

— Vocês estão?

Meu pai sabia que tínhamos ido a Nova York para finalizar tudo com a venda do apartamento do Drew, mas eu não lhe havia contado sobre o novo plano.

— Sim. Estamos indo para St. Louis para que eu possa arrumar minhas coisas e colocar a casa no mercado.

— Estou vendo. Então, eu estava ligando para perguntar se já tomou sua decisão.

— Ainda não — suspirei.

— Quer falar sobre isso?

— Para falar a verdade, não.

Tinham se passado apenas cinco dias desde que recebi as ofertas, e eu estava mais inclinado para uma do que para outra, mas não tinha tomado uma decisão. Escolher entre viver meu sonho e tomar a melhor decisão financeira que eu podia era mais difícil do que eu esperava.

— Tudo certo. Bem, se precisar, sabe que sempre pode me ligar.

— Eu sei, mas a verdade é que todos podem me dizer o que fariam, mas na verdade é sobre o que é melhor para mim.

— Parece que você já se decidiu, então.

Balancei a cabeça.

— Não, não me decidi. Há um benefício para ambas as ofertas.

— Seja qual for a sua escolha, você ganhará dinheiro suficiente para viver.

— Eu sei disso.

— E nós sempre quisemos que você fosse um Giant.

— Também sei disso. — Embora eu tivesse dito que não queria falar sobre isso, meu pai não conseguiu se segurar. Não fiquei chateado, porque ele estava apenas tentando ajudar, mas ir para São Francisco era um compromisso de cinco anos. Cinco anos de possível separação de Drew por vários meses do ano, dependendo de sua trajetória profissional.

— Tudo bem. Então, deixe-me dizer isto: eu quero que você venha para São Francisco. Quero ir a cada um de seus jogos em casa, já que não pude fazê-lo quando você estava crescendo.

Um caroço se formou instantaneamente na minha garganta.

— Quer?

— Claro que sim. Não quero nada mais do que compensar todos os anos em que estive na estrada.

— É possível que eles ainda me queiram depois dos meus dois anos com Houston — disse.

— Então, você vai para Houston?

— Eu não disse isso.

— Certo, bem, deixe-me perguntar uma última coisa. São Francisco está lhe oferecendo um acordo de cinco anos. Você se vê jogando por mais de cinco anos?

Eu me ajeitei no banco.

— Eu tenho vinte e oito anos.

EXPOSTO

— Hoje em dia, a maioria dos jogadores se aposenta aos trinta e cinco.

Olhei para o Drew. Ele tinha trinta e três anos e ainda joga. Eu não ia me aposentar em cinco anos. — E alguns jogam até os quarenta.

— Isso é verdade, mas você sabe que não são muitos que fazem isso. Só estou dizendo que seria possível você se aposentar como um Giant, como eu.

Olhei pela janela do lado do passageiro, vendo as árvores passarem enquanto descíamos a interestadual. Meu pai tinha um ponto, mas eu não estava pronto para decidir.

Após alguns momentos em que nenhum de nós falava, meu pai disse:

— Também estou ligando por causa do Dia de Ação de Graças.

Minha testa se sulcou, e olhei novamente para Drew.

— Dia de Ação de Graças.

— Como nós dois finalmente temos pessoas especiais em nossas vidas, eu estava pensando que todos nós poderíamos fazer algo juntos aqui em São Francisco.

— E os meus avós? — Depois que minha mãe morreu, sempre fomos à casa dos pais de meu pai para o Dia de Ação de Graças e eu passava o Natal com meus avós do lado da minha mãe.

— Eles já estão com certa idade. Acho que está na hora de eu começar a receber a família.

— Você sabe ao menos cozinhar um peru? — Eu sorri. Meu pai podia fazer ovos mexidos, mas não tinha certeza se ele sabia como assar um peru grande.

— Vou procurar instruções on-line.

— Ou talvez Francine possa ajudar. Ela parece ser uma boa cozinheira.

Drew levantou uma sobrancelha e olhou para mim, e eu sorri.

— Sim, vou perguntar a ela.

— Ela está aí com você? — perguntei.

— Não. Ela voltou para Nebraska por alguns dias.

— Está tudo bem entre vocês dois? — Drew inclinou levemente a cabeça e eu disse: — Sua mãe está em Nebraska. — Ele acenou com a cabeça.

— Está tudo bem. Ela queria verificar a casa e outras coisas.

— E você não quis ir com ela?

— As mulheres às vezes gostam de espaço. Eu não queria exagerar.

— Você a ama? — Eu não tinha certeza, porque as palavras escorregaram da minha boca, mas escorregaram.

— Eu… — Ele hesitou. — Eu amo.

— Estou vendo. Então, devemos começar a fazer planos?

— Deixe-me falar com a Francine primeiro. Ela pode querer ficar em Nebraska ou algo assim.

— Por falar nisso, estamos indo para lá depois de St. Louis.

— Ah, sério?

— Para fazer uma viagem completa.

— Isso deve ser legal. Estou feliz que você tenha encontrado alguém com quem ama passar tempo.

— Eu também. — Eu sorri para Drew antes de dizer: — Mesmo que um dia tenha sentido vontade de mata-lo.

Drew revirou os olhos.

— Sabe o que dizem? — meu pai perguntou. — Inimigos são os melhores amantes.

— Sim, são. — Pisquei o olho para o meu namorado.

Ohio não tinha complicações.

Quando decidimos encerrar o dia, eu estava dirigindo, e Drew e eu estávamos ambos exaustos. Encontramos um hotel fora da autoestrada e, após o *check-in*, compramos *fast-food* e levamos de volta ao quarto onde comemos, tomamos banho e desmaiamos na cama.

Levantamos cedo na manhã seguinte e seguimos o resto do caminho para o Missouri.

— Bem-vindo de volta — eu disse, destrancando minha porta da frente. Memórias da última vez que Drew esteve em minha casa me bateram e, mesmo que estivéssemos juntos novamente e Jasmine não estivesse grávida, a dor que eu sentia ainda era forte.

— Nunca pensei que voltaria aqui. — Ele entrou e eu fechei a porta atrás de nós.

— Eu também não. — Não era porque eu achava que não íamos voltar a ficar juntos, mas, além de arrumar minhas coisas, não havia razão para estarmos lá.

Drew me seguiu até a cozinha. Abri a geladeira, vendo que tinha algumas Buds dentro, e peguei duas latas e lhe entreguei uma. Nós as abrimos, e cada um tomou um gole.

EXPOSTO

— Quer apenas relaxar hoje à noite e arrumar minhas coisas amanhã? — perguntei.

— O que você quiser fazer.

Meu olhar se moveu para o quintal onde estava minha piscina e banheira de hidromassagem.

— Sabe, ainda não batizei este lugar. Seria uma pena deixá-lo ir antes que eu tivesse a chance.

— É mesmo? — Ele arqueou uma sobrancelha.

— Acho que deveríamos relaxar na banheira de hidromassagem. — Eu sorri maliciosamente. Poderíamos batizar a propriedade inteira.

— Eu não tenho calções de banho.

— Você não vai precisar deles. — Pisquei o olho.

CAPÍTULO 19
DREW

Estávamos de volta à estrada em direção a Nebraska. Aron havia se encontrado com um agente imobiliário que Lee recomendou, e nós empacotamos tudo o que ele queria levar. Ele não tinha uma tonelada de coisas, optando por vender sua casa totalmente mobiliada como eu, mas ele tinha cerca de três vezes o número de caixas que eu, que consistiam em roupas, videogames e uma tonelada de prêmios. Por sorte, ele havia planejado com antecedência e alugado um carro grande o suficiente.

Ainda tínhamos cerca de duas horas antes de chegarmos à casa de minha mãe. Liguei para ela enquanto ainda estávamos em St. Louis para informá-la sobre nosso plano. Ela ficou emocionada por estarmos a caminho e prometeu que o jantar estaria pronto quando chegássemos.

Aron estava dormindo no banco do passageiro, e eu não queria acordá-lo, mas precisávamos parar para abastecer. Fomos cedo pra estrada, e ele dirigiu durante as primeiras cinco horas antes de eu assumir o volante.

Ao ver a placa de um posto de gasolina à frente, estiquei o braço e esfreguei a perna dele.

— Vou parar para abastecer. Você quer se levantar e esticar as pernas?

Seus olhos se abriram e ele esticou os braços sobre a cabeça até onde a cabine permitia. A camisa dele subiu, dando-me um pequeno vislumbre de seu abdômen. Porra, meu namorado era gostoso.

— Quanto tempo ainda vamos levar?

— Cerca de duas horas.

— Está bem. Vou pegar alguns lanches para forrar o estomago enquanto você abastece.

Uma vez no posto de gasolina, Aron entrou na loja de conveniência enquanto eu enchia o tanque. Depois de uma rápida pausa no banheiro, voltamos para o caminhão.

— Você ainda está bem para dirigir, ou quer que eu faça isso? — perguntou, revirando o saco cheio de lanches que ele tinha comprado.

— Estou bem. — Meu olhar se moveu para a sacola em seu colo. — O que você tem aí?

Ele sorriu antes de atirar um saco de Skittles para mim. Durante a temporada, fiquei o mais longe possível do excesso de açúcar, mas eu tinha um fraco por doces, que Aron tinha descoberto durante nossa viagem de carro. Rasguei o saco e derramei alguns na boca antes de voltar para a estrada.

— Você vai dividir?

Olhei para ele de forma brincalhona.

— Você deveria ter comprado um pra você.

— Não. Eles não são tão bons assim, de qualquer forma.

Eu bufei.

— Acho que as coisas não vão funcionar entre nós. Skittles são meus favoritos.

— Pensei que o meu pau fosse o seu favorito. — Ele sorriu.

— Idiota arrogante — murmurei.

— Você adora.

Mudei os olhos para ele brevemente.

— Eu amo você.

Nunca me canso de dizer essas três palavras. Nossa relação pode ter sido inesperada, mas sentia nos meus ossos, que ele era a pessoa com quem eu deveria estar.

Tinha tentado falar com Aron algumas vezes depois do Havaí sobre qual time ele poderia assinar, mas sempre que eu falava sobre isso, ele me dizia que ainda não sabia. Eu não tinha certeza do que o estava atrasando, e me incomodava um pouco que ele parecesse se fechar cada vez que eu abordava o assunto, mas o tempo não estava do nosso lado e ele precisava decidir nos próximos três dias.

— O que está em sua mente? — ele perguntou, enfiando um pedaço de carne seca na boca.

— Só pensando na decisão que você precisa fazer.

— Drew... — ele suspirou.

Passando a mão pelo cabelo, levei um momento para pensar sobre o que eu queria dizer. Em última análise, a decisão era dele, mas o que quer que ele decidisse afetaria nosso relacionamento.

— Sei que você ainda não escolheu um time, mas odeio que não tenha sequer falado comigo sobre isso desde o Havaí.

Ele não respondeu.

— Então, agora não vamos falar sobre nada?

— O que você quer que eu diga?

Olhei para ele, que estava olhando pela janela. Nós estávamos no meio do nada, sem nada para ver. Ele podia tentar me ignorar, mas nós dois não tínhamos para onde ir.

— Quero que me diga como está a sua decisão.

— Eu não sei, porra — ele disse.

Atravessando o console, coloquei a mão sobre a coxa dele.

— Deixe-me ajudá-lo. O que está te segurando?

Ele respirou fundo.

— Eu quero jogar com os Giants desde que eu era criança. Então, eles me contratarem para um acordo de longo prazo é como um sonho se tornado realidade. Eu deveria ser o cara mais feliz do mundo neste momento.

— Por que você, não é?

Ele virou seu olhar para mim.

— Se eu os escolher, estarei em São Francisco por cinco anos.

— Sim, é assim que funciona. — Olhei para ele brevemente de novo, e ele rolou os olhos.

— O que acontece depois da próxima temporada, quando seu contrato terminar? Você pode acabar no outro lado do país, jogando em uma divisão diferente. Podemos não nos ver durante meses. Se eu for para Houston por dois anos, poderia assinar com outro time. Talvez estaríamos no mesmo time novamente, ou, pelo menos, em algum lugar próximo um do outro. São Francisco também poderia me fazer uma oferta.

— Baby, me escute. Não há garantias no beisebol. Você poderia assinar com os Astros, mas isso não significa que nossa situação será diferente daqui a dois anos. Você precisa seguir seu coração.

— Se eu fizesse isso, nunca deixaria o Colorado — murmurou.

— Infelizmente, não é uma opção. Mas saiba que eu o apoiarei em qualquer decisão que tomar, e prometo que descobriremos uma maneira de fazer com que funcione.

Ele apertou minha mão.

— Está bem.

EXPOSTO

Chegamos à casa da minha mãe um pouco antes das cinco. A casa dela ficava um pouco fora da estrada principal, e ela deve ter ouvido o caminhão passando por cima do cascalho, porque correu para fora da porta da frente antes de eu colocar o mini baú no estacionamento.

— Estou tão feliz que vocês dois estejam aqui. — Ela enrolou seus braços ao redor da minha cintura enquanto eu me curvava para beijar o topo da cabeça dela.

— Eu também — respondi.

Depois que me soltou, ela se mudou para Aron e o abraçou também. Observei-o de perto para avaliar sua reação, preocupado que o afeto público pudesse ser demais para ele. Mas ele a envolveu em seus braços musculosos e sorriu com um sorriso brilhante.

— Obrigado por me deixar ficar com vocês. Estou entusiasmado em ver onde Drew cresceu.

Minha mãe sorriu para ele.

— Você é sempre bem-vindo aqui. Agora vamos levar suas coisas para dentro. O jantar está quase pronto.

Aron e eu pegamos nossos sacos de viagem e a seguimos para dentro. A minúscula casa de dois quartos onde eu havia crescido não mudou muito ao longo dos anos, exceto pelas fotos nas paredes que a minha mãe mudava de posição de vez em quando. Havia fotos de quando eu era bebê até o Natal anterior. Notei que as que ela tinha de Jasmine e eu tínhamos sido removidas, graças a Deus.

Eu podia imaginar que nossa casa era diferente daquela em que Aron cresceu. Ele teve um jogador de futebol profissional como pai, então eles provavelmente poderiam ter oferecido algo muito melhor. Depois de ter assinado meu primeiro negócio multimilionário, eu tinha me oferecido para comprar uma casa maior para minha mãe, mas ela recusou. Deu-me um sermão sobre como poupar dinheiro para o futuro. A partir daquele momento, transformei a minha missão pessoal em fazer coisas por ela, eu só precisava ser esperto fazendo isso. Quando olhei para Aron, não vi nenhum julgamento em seus olhos. Em vez disso, ele estudou as fotos enquanto andávamos pelo corredor estreito com um sorriso espalhado pelo rosto.

— Ahhh, olhe para você com o uniforme da Liga Infantil — ele provocou, enquanto eu abria a porta do meu antigo quarto.

— Cale a boca. — Sorri. — Aposto que seu pai enviaria algumas fotos embaraçosas de você se minha mãe pedisse.

Os olhos dele se alargaram.

— É melhor ele não se atrever a fazer isso.

— Você pode colocar sua bolsa ali. — Apontei para a cadeira no canto do meu quarto.

O quarto era pequeno, e era quase impossível para nós dois contornarmos a cama *queen*. É claro que estávamos acostumados a dormir em uma king, mas eu podia pensar em coisas piores do que me espremer em uma cama com ele.

— O jantar está pronto — minha mãe gritou do outro lado da casa.

Meu estômago roncava quando entramos na cozinha. E não fiquei surpreso quando vi que minha mãe tinha caprichado no nosso jantar. Havia frango assado e legumes, purê de batata com molho, uma salada e pães caseiros. Eu mal podia esperar para comer.

— Francine, isto parece e cheira maravilhosamente bem — Aron declarou.

Ela sorriu com o elogio dele.

— Estou feliz por ter pessoas aqui para cozinhar.

Notei um toque de tristeza em sua voz, mas seu sorriso não havia desvanecido. Ela tinha amigos no Nebraska, mas eu era sua única família. Isso me deixou ainda mais grato por ela ter conhecido Joel e gostado de passar tempo com ele.

Aron estava deitado ao meu lado, com o seu ressonar sendo o único som no cômodo. A comida da minha mãe o havia colocado em coma alimentar, mas eu não conseguia dormir porque nossa conversa no caminhão estava me corroendo. Eu não queria nada além do melhor para ele e odiava vê-lo lutando para tomar uma decisão quando deveria estar celebrando as ofertas que tinha recebido. Ambas eram incríveis e eu conhecia muitos caras — inclusive eu mesmo — que matariam por ofertas como ele tinha recebido.

Sabendo que dormir não era uma opção, escorreguei da cama, peguei uma cerveja da geladeira e fui para a varanda dos fundos. Quando eu era mais novo, sempre que algo me incomodava, eu podia ser encontrado sentado do lado de fora sob as estrelas, desfrutando da paz e do sossego da vida rural.

EXPOSTO

Inclinei a cabeça para trás e fechei os olhos, tentando limpar minha mente. Não fazia sentido enfatizar a situação, porque Aron tomaria sua decisão nos próximos dois dias, e juntos chegaríamos a um plano sobre como lidar com a separação.

A porta de vidro se abriu atrás de mim.

— Não consegue dormir?

Olhei por cima do ombro para minha mãe.

— Como você sabia que eu estava aqui fora?

— Você nunca é silencioso, mesmo quando pensa que está se esgueirando — ela provocou, puxando uma cadeira para sentar-se ao meu lado. — Além disso, eu podia dizer que você tinha muito em que pensar durante o jantar. Tinha a sensação de que o encontraria aqui em algum momento.

— Como você sempre sabe quando algo está acontecendo?

Ela piscou pra mim.

— Intuição de mãe. Quer falar sobre isso?

Tomei um gole da cerveja.

— Aron está sem contrato. Os Rockies não lhe fizeram uma oferta, então ele vai jogar em outro lugar na próxima temporada.

— Joel mencionou que é entre São Francisco e Houston. Posso imaginar que vai ser difícil para vocês dois.

Acenei com a cabeça.

— Odeio a ideia de vivermos longe, mas isso vem com o trabalho. Ambos sabíamos que era uma possibilidade.

— Saber não facilita nada, mas tenho a sensação de que não é só isso que está te incomodando.

Ela sabia como chegar ao centro de um problema.

— Temo que ele possa ficar ressentido comigo se escolher com base no que nos mantém mais próximos um do outro em vez de ir atrás do que quer.

— O que você quer?

— Eu quero um futuro com ele.

— E como é esse futuro?

Levou alguns momentos para que eu chegasse às palavras certas.

— Eu sei que é rápido, mas acredito que ele foi feito para mim. Quero sossegar com ele e começar uma família em algum momento. Ele está preocupado com onde eu possa assinar depois da próxima temporada, mas não tenho nem mesmo certeza se vou querer continuar jogando. — Era a primeira vez que eu falava essas palavras em voz alta, mas vinha pensando nisso desde que Joel e Aron tinham falado sobre a aposentadoria da maioria dos jogadores em meados dos trinta anos. — Tenho quase trinta e cinco anos. Tive uma grande carreira, e provavelmente poderia conseguir um time para me oferecer mais dois anos, mas talvez sair no topo seja a melhor opção.

Minha mãe agarrou minha mão.

— Você já disse alguma coisa a Aron sobre isso? — Neguei com a cabeça. — Talvez você devesse compartilhar como está se sentindo. Isso pode facilitar sua decisão.

— Sim. — Soprei um fôlego.

Nós dois ficamos sentados um pouco mais do lado de fora, curtindo a companhia um do outro, até que o frio se tornou demais.

— Tenho me questionando se você pensou mais sobre a situação com aquele jovem que você conheceu em Houston — minha mãe disse, enquanto andávamos pra dentro de casa. — Acha que vai tentar encontrá-lo novamente?

Eu tinha pensado em procurar Hunter algumas vezes, talvez encontrá--lo nas mídias sociais, mas, com meu foco no World Series, viajando com Aron, e depois esperando para ver com qual time ele iria assinar, eu não tinha procurado nada. Não tinha nenhum interesse real em conhecer meu pai. Ele teve décadas para fazer um esforço para fazer parte da minha vida e escolheu não o fazer. Eu não precisava dele, mas saber que talvez tivesse irmãos era talvez algo que eu gostaria de investigar mais tarde.

— Eu não sei. Talvez, eventualmente.

Ela enrolou um braço em volta da minha cintura.

— Bem, o que quer que você decida, eu o apoiarei.

Eu me inclinei e coloquei um beijo no topo da cabeça dela.

— Obrigado, mãe.

Quando subi na cama, pensei no que minha mãe havia dito sobre conversar com Aron sobre meus sentimentos. Ela estava certa; se eu fosse honesto com ele, isso poderia ajudá-lo a tomar uma decisão.

No dia seguinte, peguei o carro da mãe emprestado para poder mostrar ao Aron a cidade. Passamos pelo parque onde joguei meu primeiro jogo da Liga Infantil, o hospital onde minha mãe trabalhava e minha escola primária. Quando chegamos ao meu colegial, entrei no estacionamento e parei.

EXPOSTO

— Quer ver onde alguém bateu seu primeiro *home run* com um arremesso meu? — Eu sorri.

Ele olhou de relance para a escola.

— Caramba, sim.

Pegamos os casacos que tínhamos jogado no banco de trás e então o conduzi em direção aos campos de beisebol localizados na parte de trás do campus. Havia dois times se aquecendo no campo de calouros, então nos penduramos de volta pela cerca de campo à direita e observamos.

— Drew Rockland, é mesmo você?

Eu me virei e vi um fantasma do meu passado caminhando na nossa direção.

— Uau, Cindy. Já faz um bom tempo.

— Sim. — Nós nos abraçamos rapidamente. Cindy e eu tínhamos namorado na escola secundária por três anos, mas terminamos porque eu estava indo para a faculdade e ela queria ficar em Nebraska, casar e começar uma família. Terminamos em boas condições, e isso mostrou como ela não teve dúvidas em se aproximar de mim depois de dezesseis anos de separação. — E você deve ser Aron Parker.

— Esse sou eu. — Ele sorriu para ela.

Foi tolice minha pensar que a notícia não tinha se espalhado pela cidade sobre mim e Aron. Por mais que eu gostasse de fingir que era apenas um cara comum quando voltava para casa para visitar, a realidade era que eu era uma celebridade local e muita gente seguia minha carreira de perto.

— Esta é a Cindy. Fizemos o colegial juntos — esclareci.

Ele apertou a mão dela.

— Prazer em conhecê-la.

— Igualmente. Então, o que vocês dois estão fazendo aqui? — ela perguntou, voltando sua atenção para mim.

— Só mostrando tudo para o Aron. Dando-lhe um vislumbre da vida em uma pequena cidade. E você? Está aqui para o jogo?

— Sim, meu filho David está jogando, e meu marido é um dos treinadores. É o campeonato de outono. — Ela se vangloria com orgulho materno.

— Qual deles é o David?

— O número oito. — Ela apontou para a primeira base, e ele lhe deu um pequeno aceno. — É melhor eu ir para lá antes que eles comecem. Foi ótimo ver você.

Ela e eu nos despedimos e depois me virei para Aron, que estava me encarando com um sorriso no rosto.

— O quê?

— Então, vocês dois fizeram o colegial juntos?

— Sim.

Seu sorriso se tornou um risinho.

— E foi só isso?

— Talvez tenhamos namorado por um tempo.

Ele parecia gostar de me colocar contra a parede.

— Por quanto tempo?

Fiz uma careta.

— Três anos.

— Três anos? — ele questionou.

— Mantenha sua voz baixa. O marido dela está ali em algum lugar — eu disse, o afastando do campo de beisebol e começando a caminhar em direção às arquibancadas de futebol.

— Quantas de suas ex-namoradas eu vou encontrar?

Eu o empurrei brincando.

— Com sorte, só ela.

— Então, por que vocês se separaram?

— Nós queríamos coisas diferentes. Como muitas pessoas por aqui, ela estava pronta para assentar depois do colegial. Você sabe, casar e ter filhos.

— Mas não era isso que você queria? — ele perguntou.

Chegamos às arquibancadas e subimos para a fila superior.

Eu não sabia bem como responder à pergunta sem que ele pensasse que estávamos indo muito rápido.

— Sim, agora é. Naquela época, eu tinha dezoito anos, indo para a faculdade e não queria que nada interferisse na minha carreira no beisebol.

— Você ainda é um jogador de beisebol.

— Talvez eu devesse pensar além do beisebol.

— O que você quer dizer?

— Talvez seja hora de eu considerar a minha aposentadoria.

EXPOSTO

CAPÍTULO 20

ARON

— Você está pensando em se aposentar? — repeti suas palavras, caso não o tivesse ouvido corretamente.

Drew acenou com a cabeça e olhou fixamente para o campo de futebol.

— Ouvir você falar com seu pai no outro dia me fez começar a pensar. Tenho quase trinta e quatro anos e sou mais velho que a maioria dos arremessadores titulares.

— Roger Clemens não se aposentou aos quarenta e cinco anos ou algo assim? — perguntei, tentando forçar o meu cérebro sobre os arremessadores mais velhos. — Que se dane. Conheço alguns arremessadores no final dos trinta anos agora.

— Sei que é possível continuar jogando, mas sinto que cheguei ao auge da minha carreira. Por que não sair por cima?

— Você tem uma temporada inteira para se decidir — eu o lembrei. Tirando quando meu pai mencionou isso, eu nunca tinha pensado muito em me aposentar. Queria continuar jogando o máximo de tempo possível, por isso não sentia que poderia dar o melhor conselho a Drew.

— Eu sei. — Ele respirou e olhou para mim. — Acho que meu ponto é: não tome sua decisão com base em mim, porque posso não estar jogando daqui a um ano.

— Você se mudaria de volta para cá? — perguntei, de olho na escola secundária de Drew.

— Não. — Ele balançou a cabeça.

— Então você ficaria em Denver?

Ele balançou a cabeça de novo.

— Não. Eu me mudaria para Houston ou São Francisco.

— Sério? — Eu sorria.

— Você realmente está surpreso?

Eu estava, mas ao mesmo tempo não. Esperava que ainda estivéssemos juntos em um ano, mas não ficarmos juntos todos os dias seria difícil, e eu nunca vivi um relacionamento de longa distância antes. Nunca vivi relacionamento nenhum.

Inclinei-me e pressionei meus lábios nos dele.

— Surpreendido, entusiasmado, esperançoso. Eu poderia citar mais alguns, se você quiser.

— Eu entendi. — Sentamos por mais um momento antes que Drew perguntasse: — Quer voltar e assistir ao jogo?

Olhei em direção ao campo de beisebol à distância e abanei a cabeça.

— Não, acho que preciso ligar para o meu agente.

— Você já decidiu?

— Sim — eu disse, me voltando para Drew e sorrindo. — Não estou baseando minha decisão inteiramente em estarmos juntos, mas é parte da razão.

— Ah, é? — Ele levantou uma sobrancelha.

— Se eu tivesse recebido esta oferta e não estivéssemos namorando, eu teria feito a escolha dias atrás. Não quero estar longe de você por um longo período de tempo, mas também quero viver meu sonho e agora é minha chance.

— Isso significa que você vai para São Francisco?

Eu acenei.

— Eu vou para São Francisco.

Há cinco meses, eu teria ido de bom grado aos Astros porque eles tinham a melhor oferta. Mas, no fim das contas, o dinheiro não era tudo. Claro, eu teria alguns milhões a mais, e para a maioria era muito dinheiro, mas viver meu sonho de me tornar um Giant era mais importante para mim. Drew me fez perceber o que era importante na vida. Não era transar com garotas aleatórias em banheiro de bares ou exalar minha agressividade no campo. Era olhar para o panorama geral e fazer o que estava no meu coração. Havia muitas razões pelas quais eu deveria escolher São Francisco e apenas uma razão para Houston.

— Eu esperava que você dissesse isso. — Drew sorriu.

— Por quê? Você sentiria minha falta?

— Já estou sentindo sua falta, mas estar na mesma divisão vai tornar as coisas mais fáceis.

EXPOSTO

153

— Vai — concordei. Não só a decisão parecia certa, como também parecia que eu estava indo para casa. Suponho que sim, já que tinha crescido na área da baía de São Francisco, mas também sabia que sempre voltaria e era uma maneira de começar a voltar a ter minhas raízes por lá. Eu poderia comprar uma casa ou apartamento e ter meu próprio espaço novamente. Um no qual eu poderia ficar permanentemente. — E quando chegarmos a São Francisco, talvez você possa me ajudar a encontrar um lugar para comprar, porque não quero passar a baixa temporada com meu pai.

— Combinado. Sei que você tem todo o fetiche do irmão postiço, mas eu não estou a fim de ficar debaixo do mesmo teto que os nossos pais enquanto a minha mãe transa com o seu pai.

— Sim, nós não queremos isso. — Estremeci com o pensamento.

Nas últimas semanas, comecei a ver Francine mais como uma figura materna e definitivamente não queria mais imaginar nossos pais fodendo. Embora o sexo de irmão postiço ainda fosse quente.

Colocando a mão no bolso do meu casaco, peguei meu celular e encontrei o número de Lee.

— Aron! — ele cumprimentou. — Espero que esteja ligando porque já se decidiu.

— Eu decidi.

— E? — ele perguntou.

— Os Giants.

— Tem certeza?

— Sim, por quê?

— Os Astros estão lhe oferecendo a melhor oferta.

— Você sabe o que eu sinto sobre São Francisco.

— Sei, mas eles podem lhe oferecer um acordo melhor em dois anos.

Olhei para Drew, fechei os olhos e abanei a cabeça.

— Lee, é só avisá-los, está bem?

— Tudo bem.

Desligamos e Drew perguntou:

— Está tudo bem?

Eu respirei fundo.

— Ele soou como se quisesse que eu escolhesse Houston.

Ele inclinou um pouco a cabeça.

— Provavelmente porque ganha mais dinheiro com esse negócio.

— Bem, ele consegue uma pilha de dinheiro comigo.

— Ele vai sobreviver.

Eu ri.

— Sim, ele vai sobreviver. E eu provavelmente deveria ligar para o meu pai agora.

— Ele vai ficar superfeliz.

— Eu sei. — Sorri e apertei o botão para ligar para meu pai.

— Ei, filho. Como você está? — ele respondeu, depois de alguns toques.

— Estou voltando para casa — respondi.

Ele não disse nada por alguns instantes e depois perguntou:

— Você escolheu São Francisco?

Meu sorriso se espalhou de orelha a orelha. — Sim, escolhi. Acabei de desligar o celular com Lee e disse para oficializar.

— Eu... estou tão feliz, Aron. Você não tem ideia.

— Eu sei, e também estou feliz.

— Vamos celebrar quando você chegar na cidade.

Apertei o joelho do Drew, querendo celebrar com ele, mesmo que isso também significasse estarmos separados.

— Eu adoraria.

— Te vejo daqui a alguns dias.

— É esse o plano.

Desligamos e Drew perguntou:

— Qual é o plano?

Levantei um ombro.

— Vamos sair para comemorar quando chegarmos na cidade.

A ideia de sair para um bom jantar com meu pai e Drew fez meu coração inchar. Eu, é claro, havia comemorado quando fui escolhido por St. Louis, mas isto foi diferente. As pessoas sabiam quem eu era em São Francisco — conheciam o meu pai — e poder voltar para casa de mãos dadas com o homem por quem eu estava apaixonado era excitante. Especialmente desde que São Francisco estava aberto ao nosso estilo de vida.

Eu me sentiria em casa.

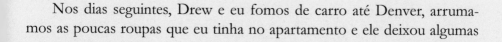

Nos dias seguintes, Drew e eu fomos de carro até Denver, arrumamos as poucas roupas que eu tinha no apartamento e ele deixou algumas caixas que não tinha colocado na garagem de sua mãe em seu apartamento. Trocamos o mini baú por uma caminhonete alugada e, mesmo sendo uma viagem mais longa, escolhemos passar um dia em Las Vegas antes de seguirmos para São Francisco. Nossa viagem rodoviária nos levou de costa a costa, e eu sabia que não havia nenhum lugar onde eu preferisse estar do que com o Drew. Com o dinheiro que nós dois ganhamos, poderíamos facilmente ter contratado alguém para mover nossas merdas — como Drew quase tinha feito —, mas, nos muitos quilômetros que tínhamos passado na estrada, eu sentia que eles nos tinham aproximado mais.

Meu agente havia informado São Francisco que aceitei a oferta deles e no dia seguinte à nossa chegada à baía, eu assinei o contrato. Naquela tarde, Francine voou para o aeroporto de São Francisco e nós quatro saímos para jantar em comemoração.

— Tem certeza disso? — Drew sussurrou, enquanto andávamos de mãos dadas na calçada em direção ao restaurante em Sausalito. Nossos pais estavam à nossa frente, de mãos dadas e em sua própria bolha.

— Tenho. — Apertei a mão dele para tranquilizá-lo.

— Você me disse antes que este era o restaurante favorito de sua mãe.

— Era. — Eu sabia onde o Drew estava querendo chegar, mas, honestamente, estava bem com isso. Era também o lugar a que meu pai e eu sempre íamos quando queríamos celebrar qualquer coisa que valesse a pena comemorar, e valia a pena comemorar o fato de eu me tornar um Giant. — E acho que minha mãe também não se importaria com isso. Meu pai esperou mais de vinte anos para seguir em frente.

Meu celular tocou no bolso, e o peguei quando chegamos à entrada da frente do restaurante à beira mar.

> Rodgers: Vi a notícia que você assinou com o SF. Vou oficializar amanhã.

Eu parei de andar e mandei uma mensagem de volta:

> Eu: Com o SF?

> Rodgers: Sim!

— Puta merda — eu respirei.

Meu pai, Drew e Francine se viraram para olhar para mim.

— O que aconteceu? — Drew perguntou.

— Slate Rodgers também está assinando com os Giants.

— Rodgers dos D-Backs? — Meu pai perguntou.

Acenei com a cabeça.

Além de mim e do Drew, Rodgers era o único outro jogador da MLB abertamente gay na ativa. Eu não tinha ideia de que ele também estava sem contrato ou que os Giants queriam assinar com ele também. Mas ter Rodgers no time seria quase como ter um mentor para mim, porque ele tinha jogado quase duas temporadas tendo se assumido abertamente. Definitivamente, eu o admirava nesse aspecto.

— Sim, ele é, hm — limpei a garganta —, gay também.

E estava namorando uma estrela do rock, mas não achei que isso fosse uma informação pertinente.

— Tenho certeza que isso não tem nada a ver com o porquê de eles terem assinado com os dois — Drew disse.

— Sim, é claro. Estou apenas chocado, é tudo.

— Rodgers é um excelente defensor externo central — meu pai disse. — Parece que os Giants estão tentando se reconstruir e lutar pela flâmula de novo.

— E parece que você terá um amigo em seu primeiro dia. — Francine sorriu.

— Mãe, Aron já conhece todos os jogadores. — Drew deu uma risadinha.

— Sim, e aqueles que não me conhecem tão bem, acertaram uma bola rápida nas minhas costelas. — Pisquei o olho para o meu namorado. Eu falava da briga sempre que tinha a oportunidade. Não porque ainda estivesse bravo, mas porque gostava de irritá-lo com isso.

Drew estreitou os olhos de brincareira.

— Sim, e eu vou fazer isso de novo.

Eu lhe dei a língua enquanto meu celular vibrava na minha mão de novo.

> **Rodgers: Vaughn e eu vamos ficar em SF hoje à noite para que eu possa assinar amanhã. Você está na cidade?**

> **Eu: Sim. Drew e eu estamos jantando com meu pai e sua mãe para celebrar.**

EXPOSTO

> **Rodgers:** Vocês dois deveriam nos encontrar mais tarde.

> **Eu:** Está bem, me diga onde.

Sua próxima mensagem foi uma localização. Eu o deixei carregar enquanto entrávamos no restaurante. Quando estávamos sentados em uma mesa para quatro pessoas ao lado da janela, espreitei no meu celular. Meus olhos se arregalaram, e eu disse novamente:

— Puta merda.

— E agora? — perguntou Drew.

Engoli em seco e lhe entreguei meu celular.

— Rodgers quer que nos encontremos com ele e seu namorado lá depois do jantar.

Não era como se ele estivesse nos dizendo para nos encontrarmos com ele em um clube de sexo, mas era definitivamente um lugar onde eu não tinha ido antes.

— Ah, uau — Drew respondeu

— Sim.

Tanto o meu pai quanto Francine estavam olhando para nós do outro lado da mesa, esperando que disséssemos do que estávamos falando.

— Uma boate gay — respondi a pergunta silenciosa deles.

— Ah, divertido. — Francine sorriu.

— Quer ir? — perguntei ao Drew.

— Você quer?

Levantei um dos ombros.

— Sim, claro, por que não?

— Tudo bem. — Ele acenou com um pequeno sorriso. — Vamos lá então.

Depois do jantar, Drew e eu dissemos boa noite aos nossos pais. Fizemos um passeio até o bar no distrito de Castro sobre o qual Rodgers me havia mandado uma mensagem, e eu esperava que, se nossos pais se empolgassem, eles o fizessem antes de chegarmos de volta em casa.

— Pronto para conhecer uma estrela do rock? — perguntei ao Drew, quando o motorista parou em frente ao bar, que estava no segundo andar acima de uma loja de nutrição esportiva.

— Sim, vai ser divertido.

Ao ouvir Drew falar sobre se divertir, coloquei um sorriso no meu rosto. Antes de eu conhecê-lo, ele parecia sempre nervoso e mal-humorado. Ele ainda era mal-humorado, mas eu tinha uma maneira de tirá-lo desse humor.

Deslizamos para fora do carro e instantaneamente ouvimos a multidão enquanto conversavam no pátio acima de nós. Uma vez que encontramos a entrada para subir as escadas, Drew e eu entramos no bar lotado com nossos dedos entrelaçados. Pensei que ficaria nervoso ao entrarmos no estabelecimento, assumindo que as pessoas se virariam e olhariam para nós, mas ninguém fez isso. Alguns olharam, mas depois se afastaram como se fôssemos apenas dois caras gays entrando no bar. É claro que éramos, mas também éramos conhecidos no mundo do esporte e assumi que as pessoas começariam a sussurrar. Fiquei tranquilo quando ninguém fez uma cena sobre a nossa chegada.

Depois de procurar por alguns momentos, finalmente vi Rodgers e Vaughn sentados em uma mesa ao longo da parede dos fundos. Rodgers nos viu e acenou para gente e, uma vez que Drew e eu nos aproximamos, todos apertamos as mãos, e Rodgers apresentou seu namorado.

— Nenhuma apresentação é necessária. Sou um grande fã — eu disse, apertando a mão de Vaughn. Algumas das músicas da banda dele, Playing with Fire, estavam na minha lista de reprodução pré-jogo.

— Obrigado, cara. Não sou um grande fã de beisebol, mas vou torcer pelos Giants de agora em diante — ele respondeu, sorrindo.

— E os Rockies — Drew entrou em cena.

— Exceto quando estivermos jogando um contra o outro — brinquei.

— Vamos buscar algumas cervejas para vocês dois e então poderemos falar sobre como os Giants ganharão a próxima temporada — Rodgers declarou.

É claro que a gente ganharia!
Me desculpe, Drew.

Antes de minha mãe morrer, meus pais organizavam o Dia de Ação de Graças todos os anos. Minha mãe fazia o peru e preparava todos os acompanhamentos. Os avós de ambos os lados vinham à nossa casa e éramos uma grande e feliz família.

Então, não éramos mais.

Nem uma vez meu pai teve a ideia de receber a família.

Até Francine.

Se tivesse sido qualquer outra mulher, eu não teria aceitado tão bem. Mas não era só Francine; Drew também ia passar o feriado conosco. Meu primeiro namorado. Meu primeiro relacionamento.

Meu primeiro amor.

E eu gostava de pensar que a minha mãe estava olhando para baixo e sorrindo. Que havia uma razão para meu pai e eu termos começado a namorar ao mesmo tempo, e talvez isso tenha sido feito por minha mãe.

Meus olhos se abriram e encarei o teto familiar. Drew se aconchegou mais perto de mim, enterrando seu rosto na curva do meu pescoço. E então eu percebi.

— Que cheiro é esse? — Era doce, delicioso e me fez salivar.

Ele farejou o ar e sorriu contra o meu ombro nu.

— Isso, baby, é a torta de noz-pecã da minha mãe.

— Podemos comê-la no café da manhã? — Eu queria devorá-la nos próximos segundos.

— Só se você quiser que ela seja a última coisa que você vai comer na sua vida. — Ele riu.

— Quando podemos comê-la?

— Depois do jantar.

Espreitei o relógio na minha mesa de cabeceira.

— O jantar é só daqui a cinco ou seis horas.

— Sim, e?

— E eu acho que não vou conseguir resistir.

— Bem, é melhor você conseguir ou a minha mãe vai ficar furiosa.

— Será que conseguiremos comer três tortas depois do jantar? — argumentei. Francine havia dito que estava fazendo uma torta de noz-pecã, uma torta de maçã e uma torta de abóbora. Eu poderia comer uma fatia, certo?

Meu pai convidou seus pais para que eles pudessem conhecer Francine. O jantar seria para nós seis, mas isso ainda era muita sobremesa para nosso pequeno grupo.

— Que tal você ir lá embaixo e ver o que ela diz?

— Isso é um desafio? — Estreitei meus olhos.

— Eu conheço minha mãe — justificou. — Não há como ela aceitar que você pegue um pedaço antes que seja hora de servi-la.

— Bem, talvez ela possa fazer outra. — Diabos, quanto tempo levava para fazer uma torta de nozes? Embora eu nunca tivesse cozinhado nada em toda minha vida, eu ajudaria a fazer outra se isso significasse que poderia comer uma fatia com uma xícara de café.

Nós saímos da cama, colocamos nossas boxers e pijamas e depois descemos as escadas. Quando entramos na cozinha, parei no meio do caminho. Meu pai estava sentado à mesa da cozinha, lendo em seu tablet, e Francine estava no fogão. Tive um flash de memória de quando eu era menino, descia as escadas e encontrava minha mãe fazendo o café da manhã e meu pai lendo o jornal na mesma mesa.

— Você está bem? — Drew apertava meu ombro.

— Sim. — Engoli em seco. — Só...

— Eu sei. — Será que o Drew sabia? Ele só podia assumir o que eu estava pensando, mas não ter que dizê-lo em voz alta era o que eu precisava.

— Bom dia. — Francine sorriu ao dar a volta. — Espero que esteja com fome. Fiz bolo de café com canela e acabei de colocar o bacon no fogo.

Drew se inclinou e sussurrou:

— Seu bolo de café é tão bom quanto sua torta de noz-pecã.

Obrigado por isso, porque eu realmente não queria ajudar a cozinhar nada. Eu ia acabar fodendo com tudo de alguma forma. Comer era mais a minha vibe, e eu estava lentamente aprendendo que Francine era tão boa cozinheira quanto minha mãe tinha sido.

— Vou pegar uma fatia de bolo de café agora mesmo, se você não se importa, Francine — perguntei, tomando um assento na mesa redonda.

Meu pai tinha um prato vazio na sua frente, que parecia ter migalhas do bolo que sobrou.

— Eu também vou querer — disse Drew, tomando outro assento.

— Vou querer outro, querida — pediu o meu pai e deu a Francine um sorriso caloroso.

Ele parecia estar feliz, chamando Francine de querida, e eu também estava.

Especialmente depois que devorei dois pedaços de bolo de café.

EXPOSTO

CAPÍTULO 21

DREW

Os feriados passaram num piscar de olhos. Aron fez uma oferta em um apartamento em São Francisco e recebeu as chaves no final de janeiro. Antes que a gente notasse, era hora de os arremessadores e receptores se reportarem ao treinamento de primavera. Como ele não precisava se apresentar por mais uma semana, Aron ficou em São Francisco por mais alguns dias para terminar de montar sua nova casa.

Meu agente havia encontrado uma casa alugada com quatro quartos, onde ficaríamos com outros dois homens representados pela firma de Barry enquanto estivéssemos no Arizona. Eu nunca tive problema em dividir um lugar antes durante o treinamento de primavera, mas havia uma ponta de medo de que nossos colegas de quarto temporários pudessem encrencar conosco, desde que eu e Aron éramos um casal. Confiei em Barry para entender a situação e usar seu melhor julgamento, assim como avisar os outros caras que Aron e eu ficaríamos com o quarto principal. Josh Moore, um lançador dos Dodgers, também estava se reportando ao treinamento no dia seguinte. Os outros dois, Ryan Phillips, que jogou pelos Diamondbacks, e Alex Bell, com os Angels, eram jogadores de posição e provavelmente apareceriam por volta da mesma hora que Aron.

As indicações no GPS do meu carro alugado me levaram a um condomínio fechado localizado centralmente nos vários estádios onde estaríamos jogando. Quando cheguei à casa, não havia nenhum outro carro estacionado na entrada, mas isso mudou rapidamente assim que peguei minhas coisas do porta-malas e ouvi um veículo barulhento encostar ao meu lado. Uma grande caminhonete F-250 parou alguns segundos depois, um cara enorme com um chapéu de cowboy e botas saltou para fora e caminhou na minha direção.

— Você deve ser o Rockland. — Ele esticou a mão para apertar a minha. — Eu sou Josh Moore.

— Prazer em conhecê-lo, oficialmente — respondi, deixando cair minhas malas para agarrar a mão dele. — Você chegou de Los Angeles?

— Sim, acabei de comprar um rancho a leste de Los Angeles, por isso foi apenas cerca de cinco horas de carro.

Ele me lembrou de alguns dos caras com quem eu costumava sair em Nebraska.

— Isso é legal. Quando eu era mais novo, visitava com frequência o rancho em que meu avô trabalhava. — Peguei minhas malas novamente para trazê-las para dentro.

Ele me olhava de cima a baixo.

— Sério? Eu achava que você era um cara de cidade grande.

— Por que isso?

Ele sorriu.

— Posso ser um rapaz do campo, mas sou conhecido por olhar para os tabloides no meu celular. — Eu ri, esperando que ele continuasse. — Parece que você era um frequentador regular de algumas festas elegantes em Nova York. — Ele abriu a porta traseira do veículo e tirou duas malas.

Maldição. Ele me pegou, e não pude deixar de rir.

— Não é mais a minha cena.

Ele acenou com a cabeça, mas não disse mais nada.

— Vamos levar nossas coisas para dentro, e podemos checar o lugar. — Eu me dirigi para a casa.

— Lidere o caminho.

— Recebeu o e-mail de seu agente sobre eu pegar o quarto principal?

— Recebi, e não é um problema.

— Legal. — Destravei a porta com o código que Barry me deu e entramos.

— Vou só desfazer as malas. Te vejo mais tarde — Moore declarou.

— Tudo bem. — Viramos em direções opostas para ir para nossos quartos, onde levei algum tempo para desempacotar tudo. Quando terminei, voltei para a sala de estar para encontrá-lo assistindo TV.

— Ei, cara, você está com fome? — perguntei, sentado na cadeira ao lado do sofá onde ele estava. — Eu estava pensando em pedir uma pizza.

— Parece bom. A menos que você ponha alguma merda desagradável como abacaxi. — Ele riu.

Enruguei a testa.

EXPOSTO

— Caramba, não. Pepperoni sempre.

— Boa decisão.

Procurei por uma pizzaria local e fiz um pedido on-line.

— Deve estar aqui em cerca de quarenta minutos.

— Então, quando seu homem Parker se juntará a nós? — ele perguntou, seus olhos focados em um programa de carros.

— Dentro de alguns dias. Isso é um problema? — Eu estava tentando manter minha voz nivelada, não querendo ter uma discussão na primeira hora com um companheiro de quarto.

Ele lançou seu olhar na minha direção.

— Não é um problema. Só me surpreende que ele não esteja aqui.

Relaxei na almofada da minha cadeira.

— Ele ainda está se instalando em sua nova casa em São Francisco.

— Entendi. Vai ser interessante quando vocês dois forem jogar um contra o outro novamente.

Dei uma pequena risada, pensando no Aron dizendo algo sobre eu lhe acertar nas costelas de novo. Ele nunca me deixaria esquecer aquele momento.

— Não vou facilitar para ele.

— Eu também não o faria. Aquele cara pode lidar com qualquer coisa que jogarem nele.

— Sim, ele pode.

Conversamos um pouco mais, principalmente sobre o programa que ele estava assistindo enquanto esperávamos por nossa comida. Quando a pizza chegou, pegamos algumas cervejas da geladeira que haviam sido armazenadas para nossa chegada e decidimos comer no quintal.

A pizza e a companhia eram ambas agradáveis, mas eu estava cansado da viajem e pronto para encerrar a noite depois de um tempo.

— Acho que vou para a cama. — Peguei meu prato e as duas garrafas que eu tinha bebido. — Vai ser um longo dia amanhã.

— Sim, acho que eu deveria fazer o mesmo.

Ao caminhar até meu quarto, meu celular tocou com uma chamada de vídeo e o nome de Aron apareceu na tela. Eu podia sentir o sorriso espalhado pelo meu rosto. Nós dois não passávamos uma noite separados há meses e, embora eu o tivesse visto de manhã cedo, já estava com saudades.

— Ei, baby, você tem o *timing* perfeito. Eu estava indo para a cama.

— Já?

— Tem a diferença de horário — eu disse.

— Esqueci que você estava uma hora à frente, mas, se está indo para a cama, tenho que concordar sobre eu ter um *timing* perfeito. — Ele sorriu e balançou as sobrancelhas.

— Não consigo imaginar porque você ficaria entusiasmado com isso. — Eu sorri.

— Que tal você se despir, e eu lhe digo?

Pousei o celular para que eu pudesse tirar a roupa. Uma vez despido, escorreguei debaixo das cobertas e peguei meu celular novamente. Puxando a câmera para baixo para que ele pudesse ver meu peito nu e meu abdômen, perguntei:

— Feliz?

— Por enquanto. — Ele sorriu. — Então, como foi o seu voo?

— Sério? — Bufei. — Você me diz para me despir e depois me pergunta sobre minha viagem.

Ele riu.

— O que você achou que ia acontecer?

Revirei os olhos, mas dois podiam jogar aquele jogo.

— Nada. De qualquer forma, meu voo foi ótimo. A casa é legal, e conheci Moore. — Continuei a divagar sobre merdas aleatórias. — Basicamente é isso, mas estou exausto. Podemos conversar amanhã?

Sua boca ficou aberta, e eu não pude deixar de rir.

— Sério? — ele repetiu minha pergunta de antes.

Encolhi os ombros.

— Talvez você não devesse ser tão provocador.

— Você disse que queria ver o meu pau?

Antes que eu pudesse responder, ele virou a câmera para que eu pudesse ver sua mão envolta em sua grande ereção.

— Maldição — sussurrei.

Ele bombeou seu pau algumas vezes, e pude ver uma gota de pré sêmen se formando na ponta. Eu desejava estar ao lado dele para poder me inclinar e lamber a gota salgada. Incapaz de me deter, joguei as cobertas para o lado e bombeei meu eixo enquanto mantinha os olhos colados ao meu celular.

— O que você está fazendo? — Aron perguntou.

Em vez de responder com palavras, baixei a câmera novamente para que ele pudesse me ver acariciando o meu pau.

— Deus, as coisas que eu faria se você estivesse aqui.

— Diga-me — pedi, com a respiração entrecortada.

— Primeiro, eu te colocaria na minha boca e iria te chupar até praticamente engasgar no seu pau. — Minha mão trabalhava mais rápido enquanto eu esperava que ele continuasse. — Depois, eu ia te provocar com minha língua antes de abrir seu traseiro com meus dedos.

Meu eixo inchou enquanto eu o imaginava fazendo essas coisas comigo. — Continua.

— Quando você estivesse perto de perder o controle, eu ia te virar e enterrar o meu pau no seu rabo apertado e ia te foder até você gozar tão forte que ia ver estrelas.

Eu gozei na minha mão e eu sentia o calor do meu sêmen no meu estômago enquanto vinha com força, como ele havia dito. Continuei observando enquanto ele bombeava seu pau mais rápido até que seu esperma disparou e pousou sobre seu peito.

— Porra — murmurei enquanto nós dois tentávamos recuperar o fôlego. — Eu adoro vê-lo gozando.

<hr />

Foi mais difícil do que eu esperava acordar na manhã seguinte, quando meu despertador disparou. Eu tinha continuado com meus exercícios durante a baixa temporada, mas tinha sido bom dormir e fazer as coisas no meu próprio ritmo. Estava na hora de voltar à rotina.

Saltei para o chuveiro, me vesti e depois fui tomar um café da manhã.

— Bom dia — Moore me cumprimentou ao entrar na cozinha.

— Bom dia.

— Fiz um bule de café, se você quiser.

— Obrigado. Eu definitivamente preciso dele esta manhã.

Ele riu.

— Nunca é fácil voltar ao ritmo das coisas.

— Não, não é. Ou talvez sejamos apenas velhos — brinquei.

Ele encolheu os ombros.

— Alguns dias eu sinto o mesmo.

O beisebol faz um estrago no corpo, e é por isso que a maioria de nós se aposenta antes de meados dos trinta anos. Mesmo assim, jogar valia a pena.

Quando terminei de tomar meu café e de comer minha aveia, peguei a bolsa que havia empacotado quando arrumei meu quarto e saí.

— Vejo você mais tarde — eu disse a Moore.

Quando entrei no estacionamento do estádio, vi que a imprensa já estava montada lá fora para tirar fotos e fazer entrevistas conosco no caminho de entrada. Outro carro chegou ao meu lado antes de eu sair do meu, e vi que era o Barrett.

Saímos de nossos veículos ao mesmo tempo.

— Rockland, prazer em vê-lo — ele disse e demos um abraço rápido um ao outro.

— Você também, cara. Senti falta disso. — Era a verdade. Eu adorava jogar beisebol, e estava animado para começar a nova temporada.

— Eu vi Aron assinar com os Giants. Esperava que os Rockies lhe fizessem uma oferta que ele não pudesse recusar. Vou sentir falta de tê-lo no time.

Não tanto quanto eu sentiria.

— Faz parte do jogo. — Levantei um ombro, tentando agir como se não estivesse me matando que Aron e eu estivéssemos prestes a ficar separados por muito tempo.

Barrett e eu acenamos para os fãs que já tinham aparecido e depois nos aproximamos da área onde estava a imprensa.

— Drew! — Alguns dos jornalistas esportivos gritaram enquanto eu passava e, quando parei, todos começaram a gritar perguntas:

— Você e Aron Parker ainda estão juntos?

— Qual é a sensação de fazer parte do primeiro casal gay do beisebol?

— Sua relação será uma distração quando vocês dois se enfrentarem?

Sabendo que eles iriam continuar se eu não respondesse, respondi com uma breve declaração:

— Aron Parker e eu ainda estamos juntos, e embora eu entenda que é uma grande história para vocês, nós só queremos nos concentrar em jogar beisebol. Esperamos que nossas atuações em campo falem por si mesmas, e ninguém terá motivos para questionar se nosso relacionamento terá impacto em nosso jogo.

Eles continuaram a fazer mais perguntas, mas eu tinha dito tudo com o que me sentia confortável e voltei a andar para dentro.

— Cara, eu não te invejo agora — Barrett disse quando o alcancei.

— Tenho certeza de que eles vão se cansar de falar sobre mim e Aron em breve.

Ele olhou para mim com as sobrancelhas erguidas.

Sim, eu também não acreditava nisso.

EXPOSTO

CAPÍTULO 22

ARON

Antes da negociação, o treinamento de primavera era meio *meh*. Todos os anos, eu ia para Júpiter, Flórida, e principalmente, ficava de conversa fiada com meus amigos de time. A gente levava um tempo para voltar a ficar em forma e nos preparar para a próxima temporada. Os novos jogadores tentavam conseguir vagas, e era um jejum de três semanas até o Dia de Abertura. Honestamente, eu não precisava disso porque, mesmo durante a baixa temporada, eu continuava a treinar fazendo várias atividades para trabalhar minha velocidade, agilidade e força.

Isso não era mais necessariamente o caso.

Eu ainda estava em forma e treinei com Drew durante a baixa temporada, embora estar no Arizona fosse diferente. Não sentia mais como se o treinamento da primavera fosse pouco inspirador. Era divertido, e não por causa do que estava acontecendo durante os treinos ou jogos.

Era porque eu estava vivendo minha vida ao máximo.

Era um clichê dizer isso, mas, no final do dia, eu estava jogando com o meu time dos sonhos e pude voltar para nossa casa alugada e passar um tempo com o Drew. Não queria que isso acabasse. Não só porque eu estava me divertindo muito nas duas semanas desde que começou, mas também porque, quando o treinamento da primavera terminasse, minhas noites com o Drew também terminariam. Pelo menos por um tempo. Os Giants não jogariam contra com os Rockies por mais de um mês após o início da temporada.

Um mês sem ver Drew.

Um mês de não ir para a cama e acordar com Drew.

Um mês de apenas sexo por telefone com Drew.

Sexo por telefone tinha sido gostoso da única vez que fizemos, mas usar minha mão não seria o mesmo. Como eu sobreviveria?

Jogar seria uma distração, mas eu também sentia que não seria suficiente. Eu tinha que continuar dizendo a mim mesmo que seriam apenas seis meses, mais ou menos, antes de passarmos meses juntos novamente.

Todos os olhos se voltaram para mim e para Drew enquanto entrávamos na cozinha de nossa casa temporária.

— O quê? — Levantei uma sobrancelha e fui direto para a cafeteira.

— Hoje é o grande dia. — Moore sorriu e olhou para Phillips e Bell, que estavam tomando o café da manhã na mesa da sala de jantar.

— Sim, sim, e todos vocês vão perder. — Entreguei ao Drew uma caneca de café.

Parecia que todos estavam esperando pelo dia em que os Giants jogariam contra as Rockies, e não porque os Rockies eram o meu time antigo.

— Eu nem sequer estou lançando hoje — Drew informou.

— Bem, isso não é divertido — Bell lamentou.

Quando cheguei em casa pela primeira vez e nos sentamos para beber cervejas, falou-se sobre o que aconteceria quando Drew e eu nos enfrentássemos.

— Vai pegar leve com ele? — Phillips perguntou a Drew.

Drew sorriu por cima do gargalo de sua garrafa de cerveja.

— Eu nunca peguei leve antes.

— Antes vocês dois não namoravam — Moore argumentou.

— Eu não quero que o Drew pegue leve comigo de qualquer maneira — respondi.

Antes do treinamento da primavera, Drew e eu tivemos uma breve discussão sobre o que aconteceria quando nos enfrentássemos. Tínhamos concordado que, embora fosse divertido, éramos ambos profissionais e iríamos jogar como se fosse qualquer outra pessoa no monte e no prato. Alguns arremessadores eram casados com as irmãs de outros jogadores, e a liga tinha irmãos ou primos jogando um contra o outro em times opostos. Só porque eu e Drew estávamos namorando não deveria importar. Além disso, seria um desafio.

EXPOSTO

169

— Você está lançando no próximo? — Moore perguntou.

Drew levantou um ombro e depois tomou um gole de seu café preto.

— Talvez.

— Que tal você se preocupar quando for me enfrentar amanhã? — desafiei Moore. Ele era um lançador para os Dodgers e os Dodgers eram o rival número um dos Giants. Ele deveria estar mais preocupado em ser derrotado por mim do que meu namorado.

— Eu não estou lançando amanhã — Moore respondeu.

— Bem, isso não é divertido — repeti as palavras de Bell.

Após a negociação, quando as Rockies jogaram contra os Cardinals, recebi uma saudação calorosa em St. Louis. Os torcedores sentiam minha falta desde que eu tinha sido seu jogador estrela por várias temporadas. Mas enquanto eu caminhava para o prato, os fãs do Rockies que estavam presentes não me aplaudiram. Os fãs dos Giants sim, mas eu me sentia como se fosse inimigo dos Rockies. Suponho que eu era, e como os Rockies não tinham vencido a World Series, talvez houvesse animosidade, ou talvez estivesse tudo na minha cabeça porque eu esperava o mesmo resultado de um time com o qual só tinha jogado por alguns meses, não vários anos.

A questão era que me sentia preocupado quando não tinha pensado muito nisso antes, e tinha que admitir que era por causa do homem com quem eu tinha trocado olhares brevemente no banco de reservas dos Rockies. Ele estava me transformando em um grande molenga.

Porra, eu sentiria falta dele.

Entrando na caixa, eu flexionava o meu braço esquerdo e esperava que Garcia conseguisse seu sinal. Ele era um novo lançador que os Rockies haviam adquirido, e eu nunca o havia enfrentado antes. Não estava preocupado.

Ele fez seu arremesso, enviando-o para o meio do prato. Balancei, mas, quando o acertei, sabia que não sairia. Deixando o taco cair, corri até a primeira base, não parando até que deslizasse para a segunda quando Santiago pegou o lançamento de Ellis. Santiago tentou me marcar, me acertando de lado com sua luva com um pouco de força demais para o meu gosto.

— Cara, eu estou seguro — eu disse.

— Você é um viadinho — ele murmurou.

— Mas que porra você disse? — explodi.

— Você me ouviu.

Ele estava me provocando, querendo que eu saísse da minha posição para que fosse eliminado. Eu não era estúpido e não cairia nessa.

— Cala a boca, cara.

— Vá se foder, Parker. Ah, espera — ele riu —, Rockland já faz isso.

Meu olhar se moveu para o Drew, me encarava do *dugout*. Será que ele sabia que Santiago estava falando merda? Santiago tinha dito coisas ao Drew, e ele não tinha me contado? Ou Santiago só implicava comigo?

Eu me virei para o árbitro e dei-lhe o sinal de tempo.

— Tempo.

— Tempo. — Ele acenou com as mãos no ar, sinalizando o intervalo.

Dando um passo atrás, eu disse:

— Você pode jogar a bola para o Garcia agora.

Eu queria dar-lhe um soco, para tirá-lo fisicamente de cima de mim, mas sabia que não podia. Não queria ser conhecido como *aquele cara*. Aquele que brigava em campo com frequência. Os Giants não eram assim, e eu tinha que agir de acordo com eles, porque, se manchasse sua imagem ou quebrasse a fé que tinham em mim, eu decepcionaria meu pai.

— Farei o que me der vontade — Santiago disse.

— Olha, cara. Éramos amigos antes e agora que você tem algum tipo de problema comigo, estou mais do que feliz em resolver esta merda fora do campo.

— Vocês dois precisam parar. Atire a bola para seu arremessador, Santiago — ordenou o árbitro.

Santiago olhou para mim e depois fez o que lhe foi dito. Voltei para a segunda base, e retomamos o jogo. Nada mais foi dito entre mim e ele, mas, no final, os Giants venceram os Rockies por 4-2.

A notícia sobre o desentendimento que tive com o Santiago estava se espalhando. Enquanto a maioria das pessoas estava bem comigo e Drew estando juntos, era claro que alguns caras não sentiam o mesmo. Moore nos disse que um cara dos Dodgers tinha uma opinião sobre nós,

EXPOSTO

e ouvimos dizer que outros também não acreditavam que dois homens deveriam namorar. Ou que os gays não deveriam jogar beisebol, como se só porque Drew e eu nos atraímos um pelo o outro, quiséssemos automaticamente foder cada um dos jogadores. Quanto a Santiago, eu disse ao Drew para deixar isso para trás. Eles eram colegas de time e tinham que se ver quase todos os dias, e enquanto Drew pensava que a próxima temporada poderia ser sua última, ele não precisava sair por causa de besteiras. Também parecia que Santiago só tinha problema comigo, porque não tinha tido trocado uma palavra com Rodgers naquele jogo.

— *Será que vai ser sempre assim?* — *perguntei ao Rodgers quando voltei ao banco.*

— *Não, mas a princípio, é difícil. Então você aprende a ignorá-los* — *respondeu.*

— *Como eu posso só ignorar? É uma droga.*

— *Porque eles querem que você falhe. Eles nos veem como jogadores mais fracos, mas você tem que provar a eles que não é.*

— *Eu posso fazer isso, socá-los até desmaiarem.*

— *E ser suspenso e toda essa merda? Mostre-os quando você estiver no prato. Faça seus* home runs *e vamos ganhar jogos. No final, vamos provar que nossa sexualidade não importa na forma como jogamos.*

Eu ainda queria usar meus punhos, mas sabia que Rodgers estava certo; como eu jogava o jogo seria a resposta, e era isso que Drew e eu tínhamos feito o tempo todo.

A noite seria agridoce.

Mesmo que ainda houvesse mais alguns jogos de treinamento de primavera, os Giants e os A's jogariam um contra o outro na baía. Era uma tradição e na qual eu sempre quis participar quando criança. Era uma porcaria para mim, porque significava menos tempo com Drew. Os Giants viajariam para San Diego para nosso primeiro jogo da temporada regular contra os Padres.

Como muitos dos caras deixavam suas famílias por uma temporada inteira? Meu pai tinha feito isso, mas nós também tínhamos vivido onde ele jogava a maior parte do tempo. Alguns caras tinham famílias em estados diferentes de onde jogavam. Eu estava me transformando em um grande bobo.

— Como você faz isso? — perguntei a Rodgers, enquanto trocávamos de uniforme.

— Faço o quê?

— Deixa o Vaughn por tanto tempo.

— Bem, ele não está em turnê agora e nós moramos aqui no Arizona.

Isso era verdade. Rodgers tinha jogado para os Diamondbacks e podia ir para casa todas as noites para Vaughn.

— Mas, nesta temporada, você estará em São Francisco. — Enfiei meu celular na mochila.

— Eu sei. — Ele soltou um suspiro.

— Então, estamos meio que no mesmo barco.

— Suponho que estamos, mas ele não está em turnê, então espero que seja meu caseiro e fique na baía comigo.

Nós dois rimos.

— Você tem uma piscina? Ele poderia ser seu garoto da piscina — brinquei.

— O condomínio tem uma piscina e eles têm alguém cobrindo isso.

— Como é que vocês se conheceram?

Um sorriso se espalhou pelos lábios de Rodgers.

— Você só vai tirar essa história de mim se eu estiver bêbado.

Eu me calei.

— Sério?

— Sim. Está pronto? — Rodgers mudou de assunto. Por que ele estava sendo tão sigiloso?

— Sim — respondi, sem pressionar o assunto. Eu tinha meu próprio homem para ir ver.

Deixamos o campo e entramos em seu BMW. Drew e eu tínhamos reservado um quarto em um hotel próximo para que pudéssemos ter privacidade para nossa última noite juntos, antes que tudo mudasse.

— Sabe, quando conheci Vaughn, ele estava morando em Los Angeles. Eu meio que sei pelo que você está passando — Rodgers declarou.

— Como você passou por isso?

Ele sorriu.

EXPOSTO

— Muito sexo pelo FaceTime e ele vindo para onde quer que eu estivesse jogando, na Califórnia ou em Phoenix.

— Você sabe que isso não vai funcionar para mim e para o Drew.

— Eu sei, mas saboreie à noite de hoje. Foi isso que me fez passar pelos dias em que não estávamos juntos.

— Eu planejo fazer isso.

— E saiba que, se você não puder andar amanhã, todos saberemos o porquê.

— Ai, Deus. — Nós dois rimos muito. — Nossa. Obrigado.

Rodgers encostou na frente do hotel.

— Até amanhã. — Abri a porta lateral do passageiro.

— Tenha uma boa-noite.

— Eu terei. — Sorri.

Depois de sair de seu carro, entrei na recepção. Drew já tinha me mandado o número do quarto, e entrei nos elevadores, apertei o botão para o quinto andar. Quando as portas se abriram, encontrei o caminho para o quarto e bati na porta. Ele a abriu alguns momentos depois.

— Querida, cheguei.

Ele agarrou minha mão e me puxou para dentro do quarto, atacando minha boca no mesmo momento com a dele.

— Tire suas roupas.

Ele não precisou me dizer duas vezes. Desde que estávamos no treinamento da primavera, só tínhamos usado nossas mãos e bocas, sem ir até o final com o sexo com medo que um dos caras nos ouvisse. Queríamos respeitar toda a situação, mesmo que os rapazes tivessem trazido mulheres para casa, e por isso tínhamos escolhido passar nossa última noite juntos em um quarto de hotel.

Apressamo-nos a sair de nossas roupas, meu sangue correndo como fogo enquanto minha testosterona ganhava vida. Eu sabia que íamos foder, mas não tinha ideia de que começaríamos assim que eu entrasse no quarto.

Caindo de joelhos, não hesitei em levar Drew para dentro da boca, engolindo todo o seu eixo no processo. Ele gemeu enquanto eu agarrava os quadris dele e balançava para cima e para baixo de seu comprimento. Ele me guiou com sua mão contra a parte de trás da minha cabeça enquanto eu o trabalhava em chupadas lentas e deliberadas da minha boca.

— Vou sentir falta desta maldita boca — ele gemeu.

Olhando para ele, continuei a chupar. Não queria pensar no que estava para acontecer na manhã seguinte; queria estar no momento, saborear a última noite que passaríamos juntos por um longo tempo.

Levando suas bolas na boca, trabalhei seu pau com a mão, acariciando-o para cima e para baixo enquanto chupava seus testículos. Nós dois soltamos um gemido, seu pau tremendo na minha boca e o meu doendo por algum tipo de contato.

— Quero montar em você — admiti.

Drew me levantou pelo queixo e me levou para a cama, jogando-me uma garrafa de lubrificante antes de subir nela. Pegando o lubrificante, esguichei diretamente em seu comprimento, vendo o líquido transparente correr pelo seu pau. Minha ereção estava gritando quando lhe dei uma bombeada.

— Você vai sentir falta da minha boca, mas eu vou sentir falta desse pau. — Eu nunca me cansaria de senti-lo me esticar e me consumir. A forma como sua circunferência atingiu todas as extremidades nervosas certas me fez ter sede de mais. E como estávamos fodendo sem camisinha, era ainda, melhor porque a gente sentia um ao outro sem nenhum tipo de barreira.

Ele se levantou em um cotovelo, agarrando a parte de trás do meu pescoço e trazendo sua boca para a minha.

— Não vai haver um dia que passe que eu não sinta falta do seu corpo inteiro.

Minha garganta se apertou, mas não respondi. Se eu respondesse, tinha certeza de que o clima mudaria para outra coisa. Ao invés disso, o empurrei para trás, fui para sua cintura e coloquei lubrificante no meu buraco. A primeira vez que tivemos sexo, tínhamos feito na mesma posição, mas desta vez meu coração parecia como se fosse saltar do peito enquanto eu olhava nos olhos do meu namorado. Estávamos falando quase que telepaticamente um com o outro enquanto eu o posicionava contra meu buraco e me abaixava sobre seu eixo.

Drew separou as bandas da minha bunda com suas mãos fortes, ajudando-me a deslizar pelo seu pau. Continuamos a olhar nos olhos um do outro enquanto eu me inclinava para frente, e ele estocava lentamente para dentro de mim.

— Eu te amo — sussurrei, e o beijei suavemente.

— Eu também te amo, baby.

Eu me levantei, meus quadris se movendo em sincronia com suas estocadas cada vez mais rápidas. Meu pau saltou entre nós, atingindo o

EXPOSTO

estômago duro de Drew e continuando a implorar por atenção. Segurando o meu pau duro feito pedra, eu me acariciei. Todas as minhas terminações nervosas ganharam vida, a cama saltando e rangendo com cada empurrão de nossos quadris.

Drew assumiu o controle, agarrando meu eixo e bombeando rápido. Pré-gozo revestiu meu pau enquanto sua haste escorregadia me perfurava até o núcleo. Mesmo sentindo minhas pernas queimarem, não havia como eu parar e ficar em outra posição. Queria observar meu homem enquanto ele jorrava seu esperma quente dentro de mim. Para experimentar a pressa de seu calor que eu tinha a sorte de sentir. Saber que eu era o único no futuro que poderia ser esticado por ele. Fodido por ele. Amado por ele.

— Eu vou gozar — ele gemeu.

— Eu também — murmurei.

Enquanto olhava para seus olhos castanho-claros, eu o sentia tenso sob mim e então ele gozou dentro do meu buraco apertado. A sensação de seu gozo dentro de mim me aqueceu e cheguei no meu clímax, atirando jatos de esperma branco sobre seu abdômen ondulado.

Caí para a frente, meu peito deitado contra o dele e sem me importar que o esperma me atingisse. Era um pequeno preço a pagar para continuar me sentindo tão perto de Drew.

Mas eu não conseguia e ambos sabíamos disso.

Levantando a cabeça, pincelei meus lábios com os dele.

— Então, serviço de quarto, depois outra rodada?

— Que tal o serviço de quarto e eu de sobremesa? — ele contra-argumentou.

— Combinado.

<hr>

Os alarmes em nossos celulares dispararam ao mesmo tempo.

— Não — murmurei e me aproximei de Drew, que me estava me abraçando por trás.

— Merda. — Seus braços se apertaram ao meu redor.

— E se a gente ligar e falar que estamos doentes? — Eu nunca tinha feito isso antes, mas para tudo tinha uma primeira vez.

— Estou lançando hoje. Eles querem que eu jogue por pelo menos cinco entradas.

— Certo — suspirei.

Queria gritar com quem quer que tivesse feito o horário e que achava que era uma boa ideia para os Giants e A's jogarem de volta na baía. Após nosso jogo do dia, e o time e eu voaríamos para São Francisco para jogar o jogo na tarde seguinte.

Desligamos os alarmes e nos aconchegamos juntos novamente.

— Então, sexo pelo FaceTime hoje à noite quando eu chegar em casa? — perguntei.

Senti o sorriso de Drew no meu ombro nu.

— Estarei esperando por isso.

— Como você e Jasmine fizeram isso? — As palavras escorregaram da minha boca antes que eu percebesse, e o senti tenso atrás de mim.

— Baby — ele suspirou.

— Eu não quis dizer...

— Sei o que você quer dizer. Ela e eu estávamos sempre viajando em momentos diferentes. Quando estávamos separados, sim, eu sentia falta dela, mas era fácil dizer adeus.

Eu me virei para enfrentá-lo.

— É fácil dizer adeus a mim?

— Absolutamente não. Sei que parece ser só uma frase, mas a verdade é que as coisas com você são diferentes. Não quero sair desta cama.

Engoli em seco.

— Mas temos que sair.

Seus lábios formaram uma linha fina.

— Mas temos que sair.

E o fizemos quando o próximo alarme disparou no telefone do Drew, alguns minutos depois.

Enquanto arrumávamos nossas coisas que tínhamos largado na sala, um caroço se formou na minha garganta. Parecia que eu estava prestes a dizer adeus para sempre. Que eu sairia pela porta e nunca mais o veria novamente. Um mês não seria tão ruim assim, né?

— Pronto? — perguntou Drew, pegando suas chaves.

— Não. — Abanei a cabeça e passei pela porta de qualquer maneira. — Mas não temos escolha.

Ele agarrou meu pulso e me virou para encará-lo. Nós nos seguramos

EXPOSTO

um ao outro quando o caroço na minha garganta ficou do tamanho de uma bola de beisebol e as lágrimas brotaram em meus olhos. A última vez que chorei foi quando terminamos em minha casa em St. Louis, e talvez por não ter previsto isso, não doeu tanto quanto saber o que nos aguardava. Eu também tinha visto Drew todos os dias depois disso, e, como não ia mais ver, era quase demais.

Nós dois nos beijamos muito brevemente e depois nos afastamos. Não tínhamos mais segundos a perder, pois precisávamos estar em nossos respectivos campos para os jogos.

— Vamos conversar todas as noites — ele disse.

— Eu sei.

— E podemos até adormecer no FaceTime como adolescentes excitados, então é como se estivéssemos na mesma cama. — Ele sorriu.

Eu funguei.

— Drew Rockland acabou de fazer uma piada?

— Sou conhecido por fazer isso.

— Só comigo.

— Só com você.

CAPÍTULO 23
DREW

Os últimos dois dias sem Aron haviam sido mais difíceis do que eu havia previsto. Esperava sentir falta dele, mas a casa alugada parecia vazia sem sua presença. Foi fácil voltar ao meu eu calmo e reservado sem ele por perto, e percebi que nos equilibrávamos perfeitamente. Já sentia muito a falta dele e vê-lo somente pela tela do celular não diminuía o quanto eu queria abraçá-lo.

Enquanto eu estacionava no estádio, uma multidão bastante grande estava pendurada perto da entrada. Conseguir autógrafos e fotos com os jogadores era sempre mais fácil nos treinos de primavera devido ao fato dos estacionamentos serem menores e permitirem acesso mais fácil aos jogadores.

Era nosso último dia no Arizona, e eu estava ansioso para começar a temporada regular. Os Rockies tinham um jogo contra os Cubs, e então voaríamos de volta para casa como um time para Denver para o Dia de Abertura contra os Braves.

Um grupo perto do estacionamento chamou meu nome enquanto eu me aproximava da multidão. Como não estava lançando, podia tomar meu tempo interagindo com aqueles que esperavam para nos encontrar.

— Rockland, pode assinar minha bola de beisebol, por favor? — Um jovem garoto, provavelmente não muito mais velho que seis anos, me entregou sua bola e uma caneta.

— É claro. Qual é o seu nome?
— Connor.
— Em que posição você joga, Connor?

Ele deu um pulo enquanto ria.

— Eu sou um arremessador como você.

EXPOSTO

179

— Isso é fantástico. — Devolvi-lhe a bola de beisebol e a caneta. — Continue praticando, e talvez eu esteja vendo você jogar na TV daqui a alguns anos.

— Você ouviu isso, pai? Ele disse que eu poderia jogar na TV.

— Eu ouvi. — Olhei para o homem de pé atrás do Connor, que estava olhando para seu filho com um sorriso no rosto. O olhar dele se moveu para mim. — Muito obrigado. Ele esperava encontrá-lo hoje. Acho que você acabou de fazer o ano dele.

Apertei a mão do homem.

— O prazer foi meu.

Passei algum tempo assinando autógrafos e posando para mais fotos do que podia contar, mas estava me divertindo. Ao terminar e caminhar em direção à entrada dos jogadores, vi um rosto familiar de pé perto da cerca.

— Ei, Drew — chamou, e me aproximei dele.

— Hunter? — O jovem que eu tinha conhecido em Houston, aquele com quem eu achava que podia ter algum grau de parentesco, estava de pé na minha frente. — O que você está fazendo aqui? Não deveria estar na Flórida assistindo os Cardinals em vez disso?

Os olhos dele se arregalaram.

— Você se lembra de mim?

— Claro que sim. Não é todo dia que você encontra alguém que compartilha nosso sobrenome.

— Ah, sobre isso. — Seu olhar se moveu para seus pés. — Alguma chance de podermos conversar?

Se ele viajou do Texas para conversar, eu só poderia supor que ele tinha as mesmas suspeitas que eu. Senti como se devesse a ele pelo menos uma conversa depois que ele saiu do seu caminho para me ver, mas será que eu estava pronto para isso? Definitivamente não podíamos falar sobre o assunto ao ar livre, e eu devia estar no banco de reservas em breve. Entretanto, conversar com ele poderia ser minha única chance de descobrir se eu tinha uma família que nunca conheci.

— Sim, talvez eu possa dar uma fugidinha. Deixe-me falar com o meu treinador. Se você me der seu número, posso enviar-lhe uma mensagem para que nos encontremos.

Ele acenou com a cabeça, e trocamos números antes de eu entrar e ir direto para o escritório de Schmitt.

— Senhor, você tem um minuto? — perguntei, de fora de sua porta aberta.

Ele olhou de sua mesa.

— É claro.

Entrei, fechando a porta atrás de mim, e um olhar de preocupação passou por cima de seu rosto enquanto arqueava uma sobrancelha.

— Eu estava pensando se poderia pular o jogo para tratar de um assunto pessoal... Normalmente eu não pediria, mas isso não pode esperar.

— Está tudo bem?

Encolhi os ombros e respirei fundo.

— Sim. É uma coisa inesperada de família.

— Preciso me planejar para o caso de você perder algum jogo?

Neguei com a cabeça.

— Não. Estarei no avião hoje à noite.

— Está bem. Vá tratar dos seus assuntos. Me avise se algo mudar. Contamos com você para arremessar para nós no Dia da Abertura.

— Obrigado, senhor. — Apertei a mão dele antes de sair de seu escritório e caminhei até a sede do clube para pegar as poucas coisas do meu armário que havia armazenado nas últimas semanas. Felizmente, meus colegas de time estavam todos no campo, então não precisei dizer a ninguém para onde estava indo. Até saber o que estava acontecendo, eu não queria falar com ninguém sobre isso. Digitei uma mensagem para Hunter dizendo a ele onde me encontrar e fui até o estacionamento.

Cheguei na casa alugada e entrei para esperar por Hunter. Se tivesse sido em qualquer outro momento, eu nunca teria dado a alguém que fosse basicamente um estranho o endereço onde estava hospedado. Os outros caras podem não ter se importado em trazer pessoas aleatórias para casa, mas eu valorizava minha privacidade; como era nosso último dia na cidade, isso não importava. Eu também não queria discutir nada onde outros pudessem ouvir.

Dez minutos depois, a campainha tocou. Respirei fundo e caminhei até a porta. Meu estômago estava se contorcendo. Se Hunter tivesse descoberto que éramos parentes, como eu suspeitava, nossa conversa poderia potencialmente mudar ambas as nossas vidas.

— Olá — cumprimentei, abrindo a porta.

EXPOSTO

— Ei — Hunter respondeu, esfregando a parte de trás de seu pescoço.

— Entre. — Dei um passo para o lado. Fechando a porta atrás dele, comecei a caminhar em direção à cozinha. — Quer algo para beber?

— Isso seria ótimo. Obrigado.

Ele tomou um lugar na ilha enquanto eu ia à geladeira.

— Não temos muito, já que estamos todos saindo. Tem água e Bud Light.

— Eu aceito a água.

Peguei uma garrafa para cada um de nós e lhe entreguei uma. Um estranho silêncio se instalou sobre a sala enquanto ambos tomávamos metade de nossa garrafa.

Depois de alguns segundos, Hunter suspirou e olhou para mim.

— Cara, isto é estranho, e eu nem sei como começar. — O suor se formava em sua testa enquanto ele se agarrava em sua garrafa.

— E se eu pedisse uma pizza e depois a gente começasse a falar? — Não só estava com fome, mas parecia que ambos precisávamos de um minuto para organizar os pensamentos.

Eu tinha chegado à conclusão de não querer um relacionamento com meu pai, mas nunca tinha pensado sobre a possibilidade de ter irmãos até depois de encontrar Hunter em Houston. Quando criança, houve momentos em que desejei não ser filho único, e como parecia muito provável que eu não fosse, me senti confuso. Como eu havia dito a Aron há algum tempo, parte de mim estava entusiasmada com a possibilidade de ter irmãos, e outra parte estava preocupada com o fato de ter passado muito tempo para construir qualquer tipo de relacionamento com eles. Mas será que Hunter, ao aparecer, queria ter um relacionamento comigo se fôssemos parentes?

— Soa bem para mim — ele respondeu.

— Pepperoni? — perguntei, procurando o número da pizzaria da qual havia pedido algumas vezes.

— Sim, por mim tudo bem.

Fiz nosso pedido antes de sentar em frente a ele.

— Então, suponho que você descobriu que podemos ser parentes? — perguntei, indo direto ao assunto.

Os olhos dele se alargaram.

— Você sabia?

Encolhi os ombros.

— Tive minhas suspeitas depois de conhecê-lo, mas não sabia ao certo. Você sabe com certeza? — A única maneira de ter certeza era com um teste de DNA, mas eu estava perguntando para ver se o pai dele tinha admitido que também era o meu pai.

Ele respirou fundo.

— Bem, depois de sair do restaurante naquele dia, Amy continuou falando sobre como éramos parecidos, e era estranho que compartilhássemos um sobrenome. Então, eu procurei na internet. Quando vi que seu nome do meio era Hunter, pensei que talvez fôssemos primos distantes ou algo assim.

Eu não havia considerado a possibilidade de sermos primos e não irmãos, especialmente depois do que minha mãe me disse, mas talvez tenha sido o caso.

— Está bem. Então, somos primos?

Ele balançou a cabeça.

— Decidi perguntar ao meu pai sobre você, pensando que talvez ele soubesse de algo...

— E? — insisti.

— E, quando falei nisso, ele ficou furioso. Disse que eu precisava esquecer isso e nunca mais mencionar você novamente. A verdade é que a reação dele não foi inesperada. Ele e eu temos um relacionamento difícil, e ele não é a pessoa mais fácil de se lidar. — Parou por um momento, parecendo perdido em seus pensamentos, e olhou para a garrafa de água na sua frente. — De qualquer forma, ele saiu depois disso, o que só me deixou mais curioso. Eventualmente, perguntei a minha mãe se ela sabia de alguma coisa, e ela me disse que você é meu irmão. — Ele olhou para mim depois de eu não ter dito nada por alguns segundos. — Você não parece surpreso.

Tomei um gole da minha água.

— Eu não estou. Após minha viagem a Houston, falei com minha mãe, e achamos que era uma possibilidade.

— Sinto muito por aparecer assim. Prometo que não estou tentando forçá-lo a me conhecer. — Ele ficou de pé e parecia pronto para fugir.

— Está tudo bem.

— Você tem certeza?

Acenei com a cabeça.

— Eu planejei ir até você eventualmente, só não tinha certeza de como fazer isso. Não estou interessado em conhecer nosso pai, o que espero que você possa entender, mas não significa que eu não queira falar com você.

Não havia razão para eu não poder ter um relacionamento com Hunter sem envolver a pessoa que era a ligação entre nós.

EXPOSTO

Ele tomou seu lugar novamente.

— Eu entendo. Vou ser honesto; provavelmente é melhor você não tentar ter um relacionamento com ele. Por mais que eu adorasse fingir que todos nós poderíamos ser uma família feliz, ele pode ser um idiota às vezes. Ele também está preso nessa situação, e tenho a sensação de que diria algo estúpido sobre seu relacionamento com o Parker.

— Por que ele faria isso?

— Ele acha que dois homens não devem namorar.

Então, meu pai era um idiota e um homofóbico.

— Mas você está de acordo com isso? — Claro, a opinião dele não importava no grande esquema das coisas, mas eu não poderia nos ver tentando ter algum tipo de relacionamento se ele compartilhasse a opinião de nosso pai.

— Você está brincando? Meu irmão está namorando meu jogador de beisebol favorito. É incrível.

Não pude deixar de rir, embora fosse estranho ouvi-lo se referir a nós como irmãos.

— De qualquer forma, não sei se você se lembra de eu ter mencionado que tenho um irmão mais velho. Seu nome é Phillip, e ele também está interessado em conhecê-lo. Se você estiver aberto a isso, é claro.

Fiz uma pausa antes de dizer:

— Admito que tudo isso é um pouco demais, mas acho que gostaria.

Ele sorriu.

— Tudo bem, legal. Ele não veio hoje, porque não queríamos sobrecarregá-lo, especialmente porque não sabíamos como você reagiria às notícias.

A campainha da porta tocou, interrompendo nossa conversa.

— Essa provavelmente é a nossa pizza.

Recebi nossa comida do motorista da entrega e peguei alguns pratos de papel da despensa antes de me juntar novamente à Hunter na ilha. Cada um de nós pegou algumas fatias.

— Eu adoraria conversar com o Phillip algum dia — eu disse, ao dar uma mordida na pizza. — Com o início da temporada, não sei quando vou conseguir tempo para me encontrar com ele. Talvez vocês possam vir a um jogo em St. Louis ou algo assim — sugeri, já que não jogaríamos contra nenhum dos times do Texas durante a temporada. — Enquanto isso, podemos mandar mensagens de texto ou algo assim.

— Isso seria ótimo — ele respondeu. — Tenho que admitir que é meio surreal sentar aqui almoçando com você. Quem diria que um encontro casual com um casal de jogadores famosos levaria a isso?

Eu ri.

— Isso definitivamente me chocou muito.

Depois de terminarmos nossa comida, continuamos a conversar, principalmente sobre beisebol. Descobri que ele jogou um pouco na faculdade, mas estava concentrado no curso de Direito. Ele também compartilhou que Phillip era casado e que ele e sua esposa estavam esperando seu primeiro filho dentro de alguns meses.

Um pouco mais tarde, Hunter olhou de relance para o celular.

— Estou feliz por termos conversado, mas preciso sair daqui. Só estou na cidade por um dia, e meu voo decola em algumas horas.

— Tenho certeza de que não foi fácil vir aqui, sem saber como eu reagiria, mas estou feliz que você tenha vindo.

Ele ficou de pé.

— Eu também. Adoraria conversar mais um pouco. Vou verificar com Phillip se podemos fazer uma viagem a St. Louis quando você estiver na cidade.

Estendi a mão para apertar a mão dele.

— Eu gostaria disso. Agora você tem meu número. Fique à vontade para entrar em contato a qualquer momento.

— Obrigado.

Eu o segui até a porta e, uma vez lá fora, vi meu irmão entrar no carro dele e dirigir para longe.

***

Era um pouco depois das nove, e eu estava finalmente em casa em Denver. Quando entrei, meu apartamento estava escuro, lembrando-me que eu estava sozinho e que ficaria sozinho durante a maioria dos seis meses seguintes.

Desfiz minhas malas e comecei a lavar roupa antes de sentar no sofá para ver um pouco de TV. Aron disse que ligaria quando chegasse em seu hotel em San Diego, então esperava falar com ele em breve.

Depois que Hunter partiu, eu tinha ligado para minha mãe e contado a ela sobre sua visita. Como era de se esperar, ela me apoiou em tudo o que eu queria fazer. Ela poderia facilmente ter deixado que qualquer ressentimento ardente em relação ao meu pai a afetasse, mas entendeu porque eu queria conhecer meus irmãos.

Fazia sentido que eu contasse logo à minha mãe, mas eu também queria falar com Aron sobre isso.

Por volta das dez, meu celular tocou com uma ligação do FaceTime. Vi o nome do Aron na tela e a aceitei imediatamente.

— Olá, baby.

— É bom ver você — ele disse, e eu sorri. — Senti saudades suas.

— Eu também. Meu apartamento não parece o mesmo sem você nele.

— Sim, é estranho não ter você aqui no meu quarto de hotel. Mas já chega com essa merda deprimente. Como foi seu último jogo no Arizona?

Respirei fundo.

— Hm, bem, eu não estava no jogo.

— Por quê?

— Você se lembra daquele cara que conhecemos em Houston? Hunter?

— Sim. Aquele com o mesmo sobrenome que você e que você pensou que poderia ser um parente seu.

— Bem, acontece que ele é meu irmão.

— Sério? — Eu o informei sobre o que Hunter e eu tínhamos conversado. — Então, como você se sente sobre tudo?

Passei a mão pelo cabelo.

— Bem, depois do que ele me contou sobre nosso pai, eu me sinto tranquilo por não tentar entrar em contato com ele. Não parece que eu esteja perdendo nada lá. Mas acho que quero conhecer Hunter e Phillip. Passei trinta e três anos pensando que era filho único. Estou meio entusiasmado em saber que tenho irmãos.

— Estou feliz por você, baby. Espero que tudo dê certo para você.

— Eu também.

— Agora chega de coisas pesadas. Por que você ainda está vestido?

Eu ri e tirei minhas roupas. Só tínhamos mais trinta e quatro dias até nos reunirmos, mas quem estava contando?

CAPÍTULO 24

ARON

De pé no círculo *on-deck*, a multidão vibrava enquanto eu esperava que Moore aquecesse. A temporada já tinha algumas semanas e estávamos jogando um jogo noturno em casa contra os Dodgers. Eu me virei e meu olhar encontrou o de meu pai; meu coração inchou com ele sorrindo brilhantemente para mim. Nunca me cansaria de ver o orgulho em seu rosto. Ele vinha a cada jogo em casa, e Francine também, quando não estava em outra cidade da Califórnia quando o Drew estava arremessando.

Se eu tivesse que adivinhar, diria que ela tinha ido morar com meu pai. Eles ainda não tinham anunciado nada oficialmente, mas eu estava quase certo disso. Não me importava. Se Drew se aposentasse e se mudasse para São Francisco como me disse que queria, estaríamos todos na mesma cidade. Bem, a menos que os Giants estivessem em jogos fora.

Como qualquer outro arremessador que conheci pessoalmente, subi ao prato como se não tivesse uma amizade com ele. No treinamento da primavera, Moore não teve a chance de me enfrentar, apesar de termos brincado com isso. Antes dos Dodgers, ele jogou pelos Royals, então eu nunca tinha jogado contra e estava ansioso para ver o que ele tinha.

Eu me preparei e esperei pelo arremesso. Ele deu a volta por cima, e a bola veio voando pelo meio. Não rebati. Sorri para meu amigo enquanto o receptor jogava a bola de volta. Moore tinha um arremesso rápido. Tive que reconhecer, mas não fiquei preocupado.

Ele atirou a próxima e, desta vez, eu rebati, enquanto ela entrava onde eu gostava. A bola voou do meu taco, subindo para o centro direito, e eu pulei, deixando cair o taco no processo. Ao rodear a primeira base, o defensor externo central, pegou a bola e a jogou para a segunda, me fazendo recuar e ficar na primeira.

— Como você está? — perguntei ao Bass, o primeira base. Eu sabia por Moore que era ele quem tinha um problema comigo e Drew namorando, mas jogaria como sempre fiz, e isso incluía conversar com o primeira base.

Ele não disse nada.

Moore pegou a bola e olhou para seu receptor enquanto eu dava alguns passos primeiro. Não estava pronto para roubar, mas estava pensando sobre isso. Antes de fazer uma tentativa, precisava marcar o Moore e ver como estava os ânimos, já que eu estava na primeira base, sem nenhuma eliminação.

Dando mais um passo, me preparei. Batendo o taco no chão, eu iria em direção à segunda. Se Moore virasse seu corpo para mim, eu estaria de volta para a primeira. Ele pegou seu sinal e se endireitou. Num instante, se virou para me encarar e me agachei, minha mão bateu no saco antes que Bass me acertasse no rosto com sua luva. Os jogadores de primeira base normalmente fazem o *tag out* do seu lado ou na perna, não na porra da cara.

— Obrigado por isso — eu disse, ficando de pé e esfregando a sujeira.

— Da próxima vez, vou enfiar a bola pela sua garganta — Bass afirmou, jogando a bola de volta para Moore. — Ou não, você provavelmente gostaria disso, já que está acostumado a bolas em sua boca.

— Desculpe? — rosnei.

Ele não respondeu e deu um passo à frente.

Dei alguns passos fora da base, pronto para sair, porque já tinha acabado com o fodido. Assim que Moore recebeu seu sinal e seu movimento foi em direção ao *home plate*, eu saí e deslizei para o segundo lugar como meu amigo, Forrester, que tinha estado nos Cardinals comigo, e me marcou na parte de trás.

O árbitro me chamou e disse que eu estava salvo.

— Ei, cara — Forrester saudou e jogou a bola de volta para seu arremessador. Ele era um dos meus amigos mais próximos em St. Louis, e agora estávamos em times rivais.

— Você precisa checar seu cara lá. — Movi minha cabeça em direção ao Bass.

— Que se foda aquele cara.

— Você não gosta dele? — Dei um passo fora da base, esperando que Moore conseguisse o sinal dele. Forrester estava a alguns metros de distância para o caso de Moore jogar a bola para tentar me tirar de lá.

— Bass é um idiota.

— E seu colega de time na temporada.

— Não significa que eu tenha que gostar do cara.

Antes que qualquer outra coisa pudesse ser dita, Hayes acertou o próximo arremesso de Moore, enviando-o para o campo direito. Fiquei na segunda, vendo a bola subir e ir direto para o defensor externo direito. Ele a pegou e fui para a terceira base, ficando salvo de novo.

Meu olhar se moveu para Moore quando ele pegou a bola da terceira base, e pisquei para ele. Ele balançou a cabeça com um leve riso.

No entanto, no final não importou, porque nossos dois batedores seguintes saíram e a entrada tinha acabado.

Entregando meu capacete e minhas luvas de rebatedor ao nosso treinador da terceira base, corri para o campo direito onde Rodgers me encontrou com a luva no caminho para o centro.

— O que foi aquilo com Bass? — ele perguntou.

Durante o treinamento da primavera, eu havia contado a Rodgers sobre Moore dizer que Bass tinha um problema com jogadores gays. Não tivemos nenhuma discussão com ele na época, e eu esperava que não tivéssemos durante a temporada. Obviamente, ele não estava na mesma página que eu.

— Apenas sendo um idiota.

— Ele só quer te irritar. Mantenha sua calma e seja superior.

Rodgers estava certo, mas se Bass continuasse assim, eu não tinha certeza de que seria capaz de deixá-lo ir. Ser acertado na cara com uma *tag out* não era algo que eu quisesse que continuasse acontecendo. E tudo porque o cara se importava com quem eu namorava.

O resto do jogo correu, e não me encontrei mais de pé na primeira base de novo. Fiz três dos quatro *home run* que tentei na sexta. Acabamos vencendo os Dodgers na décima com um duplo de Rodgers, que me fez entrar para marcar e subir por um. A multidão em casa ficou louca, e pude sentir a energia fluindo através de mim enquanto os caras e eu comemorávamos. Queríamos ganhar cada jogo, mas vencer os Dodgers era diferente.

Depois do jogo, os caras e eu ainda estávamos no nosso auge e queríamos tomar uma cerveja. Você teria pensado que tínhamos varrido os Dodgers em vez de ganhar apenas um jogo. Eu não me importava.

Sendo um fã dos Giants durante toda a vida, eu sabia como era monumental apenas uma vitória quando se tratava do rival da Califórnia, e comemorava cada uma delas, não importava o que acontecesse.

Alguns dos caras e eu caminhávamos até um bar do outro lado da rua do parque. Sabíamos que o lugar estaria lotado de fãs, mas não nos importamos. Os fãs de São Francisco eram os melhores por perto, e eu sabia disso, já que sempre fui um deles.

Só que, quando entramos no bar, não eram só os fãs dos Giants que estavam presentes. Algumas poucas pessoas estavam usando suas blusas dos Dodgers enquanto se sentavam ao redor, bebendo cervejas e lamentando sua derrota. Mas, quando os outros clientes observaram quem entrava pela porta, o bar entrou em erupção com aplausos.

Sorrimos e acenamos, e eu esperava que os fãs dos Dodgers saíssem do bar. Em vez disso, um deles se levantou e andou para até onde Rodgers e eu estávamos de pé e murmurou:

— Maricas.

Rodopiei, pronto para colocar o babaca em seu lugar, quando um torcedor dos Giants se levantou e empurrou o cara de volta.

— Não diga isso, porra — o cara gritou.

— Uau! — disse um dos meus colegas de time atrás de mim. Eu não sabia quem, porque não me virei.

— Bem, é verdade — disse o fã dos Dodgers.

— Olha, cara. Só viemos para uma cerveja — respondi. — Ou nos deixe em paz ou vai embora.

— Eu não recebo ordens de um homossexual — rebateu.

Antes que eu pudesse dar um soco — porque estava prestes a fazer isso — o fã dos Giants empurrou o cara de volta. Seus amigos vieram se juntar a ele e o grupo de fãs dos Dodgers também. Ser pego em uma briga de bar não era algo que eu queria, especialmente depois de estar no auge de derrotar um rival.

Como se ele soubesse o que eu estava prestes a fazer, Rodgers agarrou meu braço e me puxou de volta.

— Deixe-os lidar com isso. Temos muito a perder para desperdiçar em algum bêbado.

Eu sabia que ele tinha razão, mas também me sentiria muito bem em derrubar o babaca. Entretanto, escutei Rodgers, e não querendo me envolver, os caras e eu saímos do bar.

— Aquele idiota vai pensar que ganhou — gemeu Collier.

— Então não vamos embora — Hayes sugeriu, e apontou para trás de mim. — Eles têm assentos ao ar livre.

— Nós não mordemos — disse um grupo de mulheres, uma delas nos pedindo para nos juntarmos a elas.

— Não se importem se eu morder. — Waller sorriu e se dirigiu para a mesa.

Rodgers olhou para mim.

— Você está bem?

— Sim, e você?

— Estou lidando com isso há mais tempo, mas sim — ele respondeu. — Eu estou bem.

Não deveríamos ter que lidar com isso. Uma coisa era nos odiar, porque éramos do time adversário, mas não por causa de nossa sexualidade. Foi uma merda, e eu desejava estar no mesmo time que o Drew novamente, porque teríamos simplesmente ido para casa.

Antes de sairmos do clube para irmos ao bar, eu tinha mandado uma mensagem de texto para ele avisando que sairia com os caras para uma cerveja e o chamaria quando voltasse para casa. Pegando o meu celular, percebi que ele tinha me mandado uma mensagem de volta.

> Drew: Legal. Nós também ganhamos e estamos indo para a Draft House. É o aniversário de Matthewson.

Encostei-me na grade de madeira e esperei a chegada da cerveja. Eu não tinha ideia de quem tinha pedido — se foi mesmo pedido —, mas estava com saudades do meu homem.

— Vou para casa — avisei para Rodgers depois de alguns momentos.

— Não deixe aquele idiota entrar na sua cabeça.

Abanei a cabeça levemente.

— Não é isso.

— Está tudo bem?

— Só sinto falta do Drew, é tudo.

— Eu entendo. Vou voltar com você para os nossos carros.

— Você não precisa fazer isso.

— Sem problemas e, sem querer me gabar, mas tenho um homem em casa esperando por mim. — Ele piscou o olho.

EXPOSTO

Eu ri da piada dele.

— Tudo bem.

Antes de Drew, eu seria todo a favor das cervejas. E estava a favor disso antes que o idiota me deixasse de mau humor, mas, quando pensei nisso, não precisava mais da cena do bar. Ir para casa e ligar para meu namorado era o que eu realmente queria. Teria que esperar, já que ele saiu com os caras, mas, conhecendo Drew, não ficaria muito tempo fora.

Rodgers e eu nos despedimos dos outros caras e começamos a descer a rua.

— Vocês, viados, estão saindo para foder?

Eu rodopiei para ver o mesmo fã dos Dodgers que antes.

— Por favor, ignorem-no. Ele já bebeu demais — declarou um de seus amigos. — Vamos levá-lo de volta ao nosso hotel.

Um carro encostou na calçada enquanto o imbecil afastava os ombros de seus amigos.

— Eu não vou voltar para o quarto, imbecil.

— Você é que está sendo um imbecil — disse outro cara. — Basta entrar na porra do carro, Anthony.

Seus amigos o agarraram novamente e o forçaram a entrar no banco de trás do carro.

— Espero que não venham ao jogo amanhã à noite — declarou Rodgers, enquanto virávamos e descíamos a rua em direção ao estádio.

— Eu sim, e espero que ganhemos novamente, então o irritaremos ainda mais.

— Porra, sim — concordou.

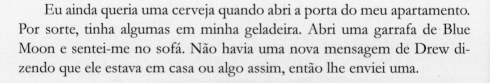

Eu ainda queria uma cerveja quando abri a porta do meu apartamento. Por sorte, tinha algumas em minha geladeira. Abri uma garrafa de Blue Moon e sentei-me no sofá. Não havia uma nova mensagem de Drew dizendo que ele estava em casa ou algo assim, então lhe enviei uma.

> Eu: Estou em casa. Aconteceu uma merda com um fã dos Dodgers e eu saí. Não se preocupe, nenhum soco foi dado. Me ligue quando chegar em casa.

Tomando um gole da minha cerveja, abri o Insta e rolei pelo feed. Isso foi até eu ver um poste de Fowler. Era uma foto dele e de Ellis, levantando canecas de cerveja. Mas meu olhar passou por eles para o fundo. Meu coração parou quando vi Drew inclinado, sorrindo e parecendo prestes a beijar Matthewson.

Mas. Que. Caralho?

CAPÍTULO 25
DREW

— Obrigado por terem vindo esta noite. — Matthewson passou um braço sobre meus ombros quando os rapazes e eu entramos no lobby do hotel. Sua fala estava arrastada. — Eu queria que os Giants estivessem jogando com os Dodgers em Los Angeles para que Parker pudesse ter saído conosco. Sinto muita falta daquele cara.

A gente estava em Anaheim para uma série de três partidas Interleague contra os Angels, mas os Giants estavam jogando contra os Dodgers em São Francisco. Nossos horários não se alinhariam por mais algumas semanas, e eu tinha acabado de vê-lo pela tela do meu celular. Mesmo assim, não pude deixar de sorrir por causa do drama do Matthewson. Ele tinha bebido mais do que o de costume, visto que alguns membros do time pagaram alguns shots de aniversário para ele.

— Sim, eu também sinto falta dele.

Matthewson e eu tínhamos saído muito nas últimas duas semanas. Ele foi um dos primeiros a garantir que nos sentíssemos bem recebidos quando Aron e eu fomos negociados para os Rockies na temporada anterior. E quando a merda tinha acontecido durante a World Series, ele foi um dos nossos maiores apoiadores. Eu o considerava como o melhor amigo no time desde que não jogava mais com Aron.

— Você vai estar pronto para o jogo de amanhã? Sabe que eu espero a melhor defesa atrás de mim quando estou arremessando — brinquei, apertando o botão dos elevadores.

— Não se preocupe comigo. Só preciso de algumas aspirinas e água, e estarei pronto. — Ele deixou o braço cair ao lado do corpo e se encostou à parede.

— Você tem certeza? Porque não quero Schmitt reclamando porque a gente levou essa velharia para comemorar — Ellis acrescentou.

— Quem você está chamando de velho? — Matthewson deu uma cotovelada brincalhona em Ellis, e entramos no elevador. — Todos sabemos que o título pertence ao Rockland.

— Cara, eu sou apenas seis meses mais velho que você. — Revirei os olhos. Ellis abriu a boca, e eu abanei a cabeça. — Não se atreva a dizer nada, garoto.

Ele riu e apertou os botões conforme cada um dizia o seu andar.

Eu estava ansioso para voltar para o meu quarto para ligar para Aron. Depois do jogo dele, ele havia mencionado algo sobre sair com os rapazes, e eu esperava que ele já estivesse de volta para que pudéssemos conversar antes que eu precisasse ir dormir. Enquanto esperava que o elevador chegasse no meu andar, peguei o celular e meu estômago afundou quando li a última mensagem que Aron enviou.

— Porra — murmurei, vendo que ele tinha tido um desentendimento com um torcedor dos Dodgers.

— Está tudo bem? — Fowler perguntou.

— Hm, sim. Está tudo bem.

Eu não tinha ideia se tudo estava bem ou não, mas não diria nada até saber o que aconteceu. Aron disse que voltou para casa, o que significava que ele estava bem. Pelo menos eu esperava que fosse isso.

Quando as portas se abriram no meu andar, eu disse aos rapazes que os veria mais tarde e depois passei a caminhar pelo corredor até o meu quarto. Cliquei no FaceTime com uma das mãos, destravando a porta com a outra.

— Ei — Aron cumprimentou sem rodeios quando seu celular se conectou.

Joguei a chave do meu quarto e a minha carteira na cômoda e sentei-me na cama.

— Acabei de ver sua mensagem. O que aconteceu?

— Com o quê?

Arqueei uma sobrancelha.

— O fã dos Dodgers.

— Ah. — Ele levantou um ombro. — Só um idiota qualquer falando merda no bar. Não se preocupe com isso.

Ele estava sentado contra a cabeceira de sua cama, mas não parecia relaxado. Em vez disso, havia uma expressão de raiva entre suas sobrancelhas, e ele estava apertando a mandíbula.

EXPOSTO

— Como assim, não se preocupe com isso? Você ainda parece irritado.

— Como eu disse, não se preocupe com isso. Então, como foi sua noite? — perguntou.

— Foi divertida, eu acho. Por que você não quer falar sobre o que aconteceu? — Ele estava agindo como se não estivesse bem, e eu odiava vê-lo de mau humor.

— Você e Matthewson se divertiram? — Seus lábios se curvaram, mudando de assunto, mas não foi um sorriso amigável.

— Espere. Você está bravo por eu ter saído com os caras?

— Por que eu ficaria bravo com isso? Eu fiz a mesma coisa.

— Parece que você está chateado comigo, e está agindo de forma estranha. Se eu fiz alguma coisa, basta dizer.

Ele fechou os olhos e suspirou.

— Eu vi uma foto sua esta noite.

— Do que você está falando? Que foto?

— Fowler postou uma no Instagram com você e Matthewson ao fundo, parecendo superconfortáveis.

Eu não sabia que alguém havia tirado uma foto. Matthewson e eu tínhamos conversado a maior parte da noite sobre eu ter crescido como um garoto do campo e ele era um cara da cidade que viveu em Long Beach.

— Espere aí. — Abri o aplicativo e olhei a conta de Fowler. Com certeza, ele tinha postado uma foto tirada enquanto estávamos no bar. Ele e Ellis estavam posando para a câmera com Matthewson e eu no fundo.

— Nós estávamos conversando. Qual é o problema?

Ele olhou para mim através da tela.

— Parecia que vocês estavam se preparando para fazer mais do que só conversar.

Fiquei de pé e comecei a andar pelo quarto.

— Você está me acusando de alguma coisa?

Ele revirou os olhos.

— Estou apenas lhe dizendo o que parecia que estava acontecendo.

— Se você realmente precisa saber, ele tinha acabado de me mostrar um vídeo que seus filhos tinham feito para o seu aniversário. Eu estava inclinado para ver melhor o celular dele, e estava sorrindo porque o vídeo era muito fofo.

— Drew…

Eu estava zangado demais para deixá-lo falar.

— Você realmente acredita que eu o trairia? Principalmente porque você, de todas as pessoas, me viu depois que encontrei Jasmine me traindo?

— Só estou lhe contando o que parecia — ele repetiu.

— Sim, bem, isso é uma situação bem fodida. Obrigado por acreditar que eu faria algo assim.

— Não é que eu acredite que você faria isso comigo. Acabei de ter uma noite de merda e depois ver aquela foto realmente me pegou.

— Diga-me o que está acontecendo. — Caí de volta na cama.

Ele suspirou.

— Durante o jogo, Bass disse algo que me irritou. E depois, no bar, alguns fãs dos Dodgers falaram mais idiotices.

— O que é que eles disseram? — perguntei, apesar de ter uma ideia muito boa do que foi.

Moore já nos tinha dito que Bass tinha um problema com Aron e eu namorando, então não me surpreendi que ele tivesse dito algo a Aron durante o jogo deles. Desde que a gente se assumiu, nós dois tivemos a sorte de que a maioria das pessoas não tinha problemas com nosso relacionamento. E as pessoas próximas a nós nos apoiaram muito.

No entanto, havia alguns que achavam que tinham o direito de comentar sobre nosso relacionamento e, infelizmente, Aron ficou com o pior da situação. Como jogador de posição, ele interagia com outros em campo mais diretamente do que eu. Era algo com o qual eu não queria que nenhum de nós lidasse, e odiava especialmente o fato de ele ter que fazer isso sozinho.

— Apenas o de sempre, falando insultos e coisas assim. Embora Bass tenha me atingido no rosto quando ele fez um *tag out* em mim.

Eu me sentei novamente.

— Que porra é essa?

— Está tudo bem. Não acho que seus colegas de time estejam muito felizes com ele. Duvido que tente de novo.

Eu esperava que isso fosse verdade. Como jogamos na mesma divisão, tanto os Giants quanto os Rockies enfrentariam os Dodgers várias vezes. Eu não queria que isso se tornasse algo recorrente durante toda a temporada. Entretanto, isso não me impediu de perguntar:

— Preciso mirar nele quando jogarmos contra eles dentro de algumas semanas?

Aron riu.

— Meu grande e mau namorado quer defender a minha honra?

EXPOSTO

— Eu faria qualquer coisa por você.

— Eu sei. Mas não, não faça nada estúpido no campo. Definitivamente, não vale a pena arriscar levar uma suspensão por ele.

Acenei com a cabeça e depois ficamos os dois em silêncio por alguns segundos.

— Então, estamos bem?

— Sim, baby, estamos bem. Desculpe por ter assumido o pior.

Seu pedido de desculpas me fez sentir melhor, mas eu ainda estava preocupado que ele tivesse tirado conclusões precipitadas depois de ver uma foto.

— Você tem que saber que eu nunca o trairia dessa maneira.

— Eu sei. Acho que senti mais ciúmes do que qualquer outra coisa, o que é uma emoção com a qual não estou muito familiarizado. Quando saí do bar, eu sentia muito a sua falta. Meus sentimentos estavam um pouco sobrecarregados hoje à noite, só isso.

Suas palavras faziam sentido.

— Eu também sinto sua falta.

Esperávamos que as coisas fossem desafiadoras, tanto com o nosso relacionamento sendo público quanto com a separação, e foram. Mas eu tinha fé em nós e em nosso relacionamento, e sabia que tudo o que tínhamos que suportar só nos tornaria mais fortes uma vez que a temporada terminasse.

Era o nosso segundo jogo contra os Angels, e eu estava programado para estar em campo. Se passaram apenas algumas semanas da temporada, mas estávamos jogando tão bem quanto tínhamos jogado quando me juntei aos Rockies. Se essa temporada fosse a minha última, eu estava feliz em jogar no Colorado e esperava poder terminar minha carreira com uma nota alta.

Como era habitual nos dias em que eu começava como titular, entrei no clube antes da maioria dos meus companheiros de time. Depois de me trocar para o meu equipamento de aquecimento, fui até o escritório de Raineri para nossa reunião pré-jogo.

— Ei, cara. Fico feliz em vê-lo aqui cedo e pronto para o jogo. É do meu conhecimento que alguns caras podem ter se divertido um pouco demais ontem à noite.

Eu ri. Era difícil esconder as coisas do pessoal de treinamento quando todos ficamos no mesmo hotel.

— Não foi uma loucura muito grande.

— Não? Ouvi alguns dos caras no corredor quando todos vocês voltaram.

— Bem, talvez eles, mas como eu sabia que iria arremessar hoje, só bebi uma cerveja.

— Ótimo. — Ele sorriu.

Alguns segundos depois, Barrett entrou, e fiquei aliviado ao ver que não parecia estar de ressaca. Ele definitivamente tinha se divertido na noite anterior.

Nós três revisamos alguns vídeos e olhamos juntos os relatórios analíticos. Os Angels tinham uma equipe decente, mas eu não estava preocupado. Talvez um pouco da arrogância de Aron tenha passado pra mim.

Voltamos para a sede do clube, onde peguei uma lanche rápido para comer antes de ter que ir para o campo para o aquecimento. Eu estava quase acabando com o meu sanduíche quando Matthewson sentou na cadeira ao meu lado.

— Cara, por que você me deixou beber tanto ontem à noite?

— Eu não sabia que estava em serviço de babá — brinquei.

— Bem, você tem idade o suficiente...

Meu olhar se voltou para Ellis quando ele começou seu discurso.

— Não comece essa merda de novo.

Ele adorava implicar com os caras mais velhos do time, mas eu gostava do garoto. E ele era um ótimo defensor externo. Não tão bom quanto Aron, é claro, mas, se continuasse jogando do jeito que jogava, faria um nome para si mesmo.

Enquanto continuávamos a zoar Matthewson, Santiago entrou e pegou algo para comer. Ele não disse nada enquanto passava por mim a caminho de seu armário. Depois do jogo de treinamento da primavera, onde ele e Aron haviam trocado algumas farpas, eu estava preparado para confrontá-lo. Mas, antes que eu tivesse oportunidade, alguns dos meus companheiros de time se levantaram e o puxaram para o lado, deixando-o saber que estava passando dos limites.

Não achei que ele tivesse ficado muito contente com isso, mas fiquei grato por tantos homens do time terem me apoiado. Desde então, ele tinha me evitado o máximo possível, o que eu achava ótimo. Estávamos no mesmo time, quer ele gostasse ou não, e eu não o deixava chegar até mim.

EXPOSTO

Quando chegou a hora, segui Barrett até o campo. Estava quente para uma noite de primavera no sul da Califórnia, e não havia brisa. Era a noite perfeita para jogar.

O estádio estava localizado atrás da parede do centro do campo, e já havia uma multidão pairando por perto, assistindo ao treino de rebatidas. Eu sabia que minha mãe estava no estádio porque ela tinha voado para estar no meu jogo e me mandou uma mensagem de texto quando chegou.

Peguei uma bola e depois me preparei para arremessar. Um estrondo alto, semelhante a um motor de avião, começou quando puxei meu braço para trás, me fez parar no meio do meu arremesso. Um momento depois, o chão tremeu, e as luzes do estádio começaram a piscar.

CAPÍTULO 26
ARON

Estávamos jogando uma série de dois jogos contra os Dodgers e, se ganhássemos o segundo jogo, nós os varreríamos. Eu não queria nada mais do que participar disso pela primeira vez contra o time que eu não tinha gostado durante toda a minha vida. Era assim que as coisas eram. Não porque os jogadores não prestavam — embora Bass fosse um completo idiota —, mas, não importava o quê, eu nunca gostaria deles, porque eram o rival número um dos Giants.

Antes de ter sido negociado, eu temia que os Dodgers me contratassem. Se tivesse sido assim, eu teria jogado para eles, mas não tinha certeza se teria gostado. Felizmente, eles não me quiseram e acabei onde sempre devia estar.

Depois de estacionar o carro no estacionamento do estádio, peguei minhas coisas e fui para dentro. Durante a baixa temporada, minha casa em St. Louis havia sido vendida, e eu havia trazido meu Jaguar F-Pace para São Francisco. Não percebi o quanto sentia falta de ter meu carro, mas senti, e era bom poder dirigir pela cidade que frequentava quando mais jovem.

— Parker!

Eu me virei para ver Rodgers andando atrás de mim.

— Acabei de ver o arremesso de Drew hoje à noite contra os Angels.

— Sim. — Eu sorri. Parecia estranho torcer pelo time que não tinha se dado ao trabalho de me oferecer um acordo, mas eu torcia. Queria que o meu homem tivesse sucesso.

— Você vai ficar bravo quando eu foder com ele quando jogarmos contra?

Parei de andar e estreitei os olhos.

— Cara, não diga isso.

— O quê? — perguntou. — É só uma competição amigável.

— Sim, mas as pessoas vão pensar que vamos fazer uma orgia ou alguma merda assim.

Sua boca caiu aberta, e ele limpou a garganta.

— Você sabe que não era isso que eu queria dizer.

— Me desculpa — murmurei. — Acho que ainda não superei ontem à noite.

— Olha. — Ele me puxou para o lado e abaixou sua voz. — As pessoas que têm um problema com quem dividimos nossas camas são o verdadeiro problema. Elas não têm nada melhor para fazer do que serem babacas. Nós não estamos prejudicando ninguém. E o cara de ontem à noite ficou irritado por termos vencido seu time.

— Eu sei.

— Agora, preciso cantar um pouco de Taylor Swift para você ou você vai esquecer isso e nos ajudar a vencer esses caras de novo?

Um sorriso lento se espalhou pelo meu rosto.

— Acho que preciso ouvi-lo cantar.

— Vai se foder. — Nós rimos. — Vaughn é o cantor do nosso relacionamento. Você não quer me ouvir cantar.

— Ele vai cantar Taylor Swift para mim então?

— Que tal isso? Se eu não rebater um *home run* do Drew quando jogarmos contra os Rockies, então farei Vaughn cantar todas as músicas desse álbum.

— E se você rebater um *home run* dele?

— Então você terá que pagar as bebidas para mim quando sairmos para comemorar.

— E se o Drew te vencer, então você nos conta como você e Vaughn se conheceram? — propus.

— Tudo bem, mas ele não vai.

Eu não fazia ideia por que era um segredo como eles se conheceram. Vaughn era o ex da irmã dele? Rodgers sequer tinha uma irmã? Talvez Vaughn tenha namorado a mãe de Rodgers. Diabos, havia tantas possibilidades, mas parecia que não importava como eles se conheciam, os dois eram felizes e apaixonados, e isso era tudo o que importava.

Entramos no clube, peguei meu celular e mandei uma mensagem de texto para Drew.

> Eu: Boa sorte hoje à noite, baby. Você vai arrasar. Além disso, Rodgers e eu fizemos uma pequena aposta, por isso, quando os enfrentarmos, vou precisar que você o vença. Amo você.

Quando abaixei o celular, eu percebi. Estava torcendo para que o adversário ganhasse do meu colega de time.

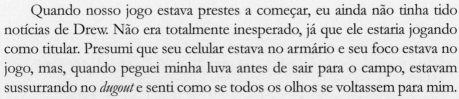

Quando nosso jogo estava prestes a começar, eu ainda não tinha tido notícias de Drew. Não era totalmente inesperado, já que ele estaria jogando como titular. Presumi que seu celular estava no armário e seu foco estava no jogo, mas, quando peguei minha luva antes de sair para o campo, estavam sussurrando no *dugout* e senti como se todos os olhos se voltassem para mim.

— O quê? — perguntei.

— Houve um terremoto em Anaheim — Richards, o treinador dos Giants, disse.

Pisquei e sussurrei:

— Quão grave?

Parecia que o meu coração ia sair do peito enquanto eu esperava uma fração de segundo para Richards responder:

— 5,9.

— Está tudo bem? — Eu não entendia porque todos estavam olhando para mim. A Califórnia tinha terremotos o tempo todo. Mas, sendo californiano, eu sabia que eles não costumavam estar perto de um 5,9. A gravidade da situação não estava me atingindo.

— Soube que houve danos no estádio dos Angels. E...

— E? — perguntei, as coisas começando a fazer sentido.

— E alguns jogadores saíram machucados.

— Drew? — Engoli em seco e olhei para Rodgers, porque ele era o amigo mais próximo que eu tinha no time e senti que, se Richards dissesse que Drew estava machucado, eu desmaiaria.

— Não sei a respeito dele. Só ouvi dizer que vários jogadores estavam machucados e que alguns estavam sendo levados para um hospital próximo.

Parecia que estava tudo girando. Vários jogadores estavam machucados? E se um deles fosse o Drew? E se ele estivesse a caminho do hospital e eu estivesse a centenas de quilômetros de distância?

— Como podemos descobrir isso? — indaguei, precisando de respostas.

— Teremos que esperar até recebermos notícias da Liga — Richards respondeu.

— Eu não posso ficar esperando para saber se meu namorado está ferido! — rugi. — Ou… ou pior!

— Por que você não liga para ele? — Rodgers sugeriu.

Estávamos a minutos de começar o jogo e meu celular estava no meu armário. Olhei para Richards para confirmar.

— Seja rápido — ele respondeu à minha pergunta silenciosa.

Meu coração estava batendo tão rápido quanto meus passos enquanto eu saía correndo pelo túnel em direção ao clube. O que eu faria se ele estivesse ferido? Ou pior? Tentei não pensar nisso, pois não tinha certeza, mas era difícil e o medo do desconhecido era assustador.

Ao chegar no meu armário, tirei o celular da mochila e disquei o número de Drew. Sem mais um segundo, pressionei o botão para ligar para ele, apenas para obter um sinal de ocupado. Desde quando os celulares têm sinal de ocupado? Tentei novamente, apenas para obter o mesmo sinal. Enviei-lhe uma mensagem de texto.

> **Eu:** Ouvi dizer que houve um terremoto aí. Por favor, me avise se você estiver bem. Eu te amo.

Esperei alguns segundos, e não houve resposta. Não dizia que a mensagem não foi enviada, mas foi transmitida pela internet e não usando os créditos do meu celular. Pensei, com certeza, que teria chegado. Talvez tivesse, e Drew não estivesse com o telefone dele. Onde ele estava quando o terremoto aconteceu? Alguma coisa caiu sobre ele? Tantas perguntas passavam pela minha mente enquanto eu olhava as mensagens trocadas entre nós, esperando ver os três pequenos pontos da mensagem de resposta.

Não havia pontos.

— Parker. — Olhei por cima do ombro para ver Richards entrar no cômodo. — Vou colocar o Lopez para te substituir. Acho que sua cabeça não estará no jogo até que você saiba que Rockland está bem.

O treinador estava certo; não havia como eu me concentrar em um jogo de beisebol quando não tinha nada além de maus pensamentos passando pela cabeça.

— Certo.

— Leve todo o tempo que precisar.

Outra pessoa entrou no cômodo e meu olhar passou por Richards para ver que era o meu pai.

— Pai. — Respirei fundo. — Houve um terremoto.

— Eu sei. Não consigo falar com a Francine.

— Não consigo ligar para o Drew.

— Preciso voltar lá para fora — Richards disse. — Se eu ouvir alguma coisa, avisarei.

— Obrigado, senhor — eu disse.

— Obrigado, Kurt — meu pai respondeu.

Respirei fundo e olhei para o teto.

— O que a gente faz? Não posso simplesmente sentar aqui e esperar, torcendo para que o Drew me ligue a qualquer momento para me dizer que está bem.

— Richards te substituiu?

— Sim. — Acenei com a cabeça. — E eu não o culpo.

— Você precisa estar em San Diego amanhã à noite. Que tal sairmos agora mesmo e irmos até Anaheim? Podemos dirigir até lá ou conseguir um voo.

— Dirigir levará umas seis horas. Não posso esperar tanto tempo.

— Então vamos de avião.

— Está bem, mas e se eles não estiverem bem? — Engoli em seco, as lágrimas queimando os meus olhos.

Meu pai me puxou para um abraço.

— Não vamos nos preocupar com isso agora. Temos que encontrá-los.

— Então, vamos até lá procurar?

— Você tem um plano melhor?

Eu não tinha porque, como disse antes, não podia ficar sentado esperando que meu celular tocasse. Se por acaso eu estivesse no ar quando Drew me ligasse de volta, pelo menos estaria a caminho para vê-lo.

— Não. Acho que precisamos verificar se há voos.

— Um amigo meu tem um jato particular. Deixe-me ver se podemos usá-lo.

EXPOSTO

205

— Está bem.

Meu pai deu um passo atrás e pegou o celular. Enquanto ligava para o amigo, tentei novamente com Drew. O celular tocou ao invés de ter um sinal de ocupado, mas ele não atendeu. Em vez disso, foi para o correio de voz.

— Ei, sou eu. Você pode me ligar ou me mandar uma mensagem de texto? Estou preocupado. Te amo.

O que eu faria se Drew não estivesse bem? Quem contou ao Richards que os jogadores foram levados para o hospital tinha que saber a gravidade dos feridos, certo? Eles teriam dito a ele caso alguém tivesse morrido. Ou talvez não estivessem mortos, mas morreram no caminho. Eu odiava pensar o pior, porém como não poderia?

Meu pai ainda estava falando no celular, então procurei na internet para ver o que as notícias estavam relatando.

TERREMOTO DE 5.9. RELATOS DE ELE TER SIDO
SENTIDO DE BAKERSFIELD ATÉ TIJUANA.

Examinei o artigo para ver se havia relatos de vítimas. Não havia nada, mas parecia que eles ainda estavam avaliando os danos.

— Certo. Bruce está verificando para ter certeza que os aeroportos estão aceitando voos. Ele disse que podemos ir e até chegarmos lá ele já saberá — o meu pai disse, virando-se para me enfrentar.

— E se não pudermos voar?

— Ele disse que nos levará para o mais perto possível de Anaheim.

Troquei de roupa rapidamente e peguei minhas coisas antes de correr para o *dugout* para que Richards soubesse o que estava acontecendo. Estávamos prestes a rebater e o jogo ainda estava 0-0. Depois de dizer adeus aos rapazes e garantir a Richards que o manteria atualizado, eu e o meu pai fomos em direção ao meu carro.

— Você vai deixar seu carro aqui? — perguntei.

— Vou pedir ao Bob para vir buscá-lo. — Bob era vizinho e amigo de longa data do meu pai. Pelo menos ele poderia levá-lo de volta para a casa.

Entramos no meu Jag e meu pai me deu as direções para o aeroporto executivo de Hayward, de onde o jato particular levantaria voo. Durante toda a viagem de trinta minutos, meu pai ligou repetidamente para Francine, mas ela nunca atendia. Havia uma sensação de desespero em meu estômago, mas mantive minha boca fechada, porque, se algo tivesse acontecido com Francine, eu não tinha certeza de que meu pai sobreviveria. Ele não se apaixonava desde a minha mãe. Eu não podia imaginá-lo passando por aquela dor novamente.

Também não conseguia me imaginar perdendo Drew, a primeira e única pessoa por quem eu havia me apaixonado. Não tínhamos filhos e não éramos casados, mas, se ele morresse, será que eu conseguiria seguir em frente? Meu pai havia me dito algumas vezes que a única coisa que o fez superar a morte de minha mãe fui eu. Que eu era a razão de ele viver.

Qual seria a minha?

Após parar no estacionamento, eu e meu pai entramos no prédio para encontrar seu amigo piloto, Bruce, esperando.

— Diga-me, você tem boas notícias?

— Tenho. O aeroporto John Wayne está aberto e não foi danificado.

Suspirei de alívio. Pelo menos algo positivo.

Apressamo-nos para o avião e o voo de uma hora e meia até Anaheim parecia que estava demorando o triplo do tempo. O avião tinha Wi-Fi, e eu continuava checando meu celular para obter notícias, mas não havia atualizações dignas do que eu estava procurando, e Drew também não me respondia ou me ligava de volta.

O sol já se tinha se posto na hora em que aterrissamos no aeroporto John Wayne.

— Como vamos chegar ao estádio dos Angels? — perguntei, o avião ainda parado na pista.

— Eu pedi um carro para nos levar — meu pai me informou.

Acenei e puxei os mapas para ver quanto tempo levaria, e meus olhos se esbugalharam.

— Diz que vai demorar uma hora para dirigir 17 quilômetros.

— Merda — meu pai exalou.

Por que Drew não pôde simplesmente pegar a porra do celular? Era tudo o que eu queria — tudo o que eu precisava — e, quanto mais tempo passava, mais eu sabia que algo estava errado.

Assim que a porta se abriu, meu pai e eu descemos as escadas apressadamente e entramos no sedã preto que nos esperava. Meu joelho saltava para cima e para baixo enquanto eu olhava pela janela. Mesmo sabendo que era surreal, parecia que conseguiria correr mais rápido do que o carro por causa do trânsito. Alguns prédios pareciam ter desmoronado parcialmente. As pessoas estavam de pé ou pegando placas ou o que quer que elas pudessem que tivesse caído.

EXPOSTO

— Pergunto-me como estará o estádio dos Angels — comentei, ainda olhando pela janela.

— Sim — meu pai suspirou.

Quando olhei para ele, vi que estava tentando ligar para Francine novamente.

— Ainda nada?

Ele balançou a cabeça.

— Ainda nada.

— O que vamos fazer se não conseguirmos encontrá-los? — Eu estava preparado para procurar cada centímetro quadrado do lugar, se fosse preciso. — Ou se não nos deixarem entrar?

— Eles vão nos deixar entrar, porra — meu pai disse.

O motorista pegou alguns atalhos e, após trinta minutos, nos deixou na entrada, onde os ônibus deixaram os jogadores. Eu e o meu pai corremos para o estádio. Não havia ninguém nos dizendo que não podíamos entrar e, pelo que pude ver, partes do prédio tinham rachado ou quebrado.

Corremos para o clube dos visitantes, vendo-o vazio e um monte de coisas no chão quebradas.

— Passaram-se horas desde o terremoto. Talvez eles nem sequer estejam aqui — sugeri. Não parecia haver muitas pessoas no estádio, exceto funcionários e o pessoal de emergência.

— Deveríamos perguntar a alguém.

— Perguntar o que para eles?

Antes que o meu pai pudesse responder, alguém virou no corredor. Meu coração errou uma batida quando vi quem era.

— Drew! — gritei e minhas pernas dispararam. Corri o mais rápido que pude, meu corpo se chocou com o dele.

— Ai, meu Deus, o que você está fazendo aqui?

— Houve um terremoto — respondi, como se ele não soubesse. — Não conseguimos falar com você ou com sua mãe, e ficamos preocupados.

Seus braços ficaram ao meu redor enquanto ele olhava por cima do meu ombro para meu pai.

— Também estou preocupado. Não consigo encontrá-la.

CAPÍTULO 27
DREW

O som dos passos chamou minha atenção e, espreitando por cima do ombro de Aron, vi um policial caminhando na nossa direção.

— Vocês não podem ficar aqui embaixo. O estádio foi evacuado — ele ordenou.

Enquanto eu me desprendia de Aron, o rádio do policial apitou e alguém começou a falar.

— Temos uma mulher adulta no corredor do nível um perto da seção 138, presa sob uma placa. Precisamos de médicos por aqui.

Meu olhar se voltou para Aron e Joel. Essa era a seção onde minha mãe deveria estar sentada, mas eu já havia verificado as arquibancadas e não a havia visto.

— Vocês precisam sair por ali. — O oficial apontou para a porta no final do corredor antes de correr de volta pelo caminho que veio.

Uma vez que o oficial virou a esquina e estava fora de vista, fui pelo túnel que levava ao campo ao invés da saída. Estava desesperado para encontrar minha mãe e, apesar do pânico que me apertava o peito, que estava dificultando a minha respiração, comecei a correr.

— Para onde estamos indo? — Aron me perguntou, enquanto ele e Joel corriam atrás de mim.

— Minha mãe estava sentada na seção 138. Poderia ser ela.

Imaginei que haveria menos pessoas no campo para tentar nos deter. Quando saímos do *dugout*, pudemos ver os danos que o terremoto havia causado ao estádio. Algumas das placas ao redor das arquibancadas tinham caído nos assentos ou estavam balançando precariamente dos andares superiores, e várias das luzes do estádio tinham caído. Corremos para a seção na qual ela deveria estar sentada e encontramos uma abertura na rede que protegia os torcedores de bolas perdidas. Nós três subimos as escadas até o corredor, encontrando várias pessoas da emergência no canto perto da área que os torcedores teriam usado para evacuar. Eles pareciam estar ajudando alguém.

Corri na direção deles, mas fui parado por outro oficial antes de poder ver quem estavam socorrendo.

— Senhor, você não pode ir até lá. O senhor precisa evacuar.

— Acho que essa pode ser minha mãe. Preciso verificar — supliquei. — Mãe!

Se fosse ela, eu esperava que pudesse me ouvir e soubesse que eu estava perto.

— Drew?

Era difícil ouvir por causa do barulho, mas era a voz dela. Passando por cima do oficial, corri até ela, me abaixando ao lado do socorrista parado perto de sua cabeça.

— Mãe, eu estou aqui.

Ela olhou para mim enquanto fazia uma careta de dor, e rapidamente a alcancei e segurei a mão dela.

Olhando por cima do ombro, Aron estava conversando com o policial que estava bloqueando ele e Joel de se aproximarem mais. O olhar de Joel estava fixo em mim, e acenei com a cabeça, confirmando que era de fato minha mãe.

— Você vai precisar se afastar para que possamos levá-la para a maca — o paramédico declarou.

Afastei-me alguns passos, mas parei quando a ouvi gritar:

— Você não pode dar a ela algo para a dor?

— Estamos fazendo tudo o que podemos.

Pelo que pude perceber através das várias conversas ao meu redor, uma das placas havia caído e prendido a perna dela. A equipe de resgate havia removido a placa, e os paramédicos estavam estabilizando a perna dela para que pudessem transportá-la para o hospital.

— Posso ir com ela? — perguntei ao paramédico, que estava monitorando seus sinais vitais.

Ele acenou com a cabeça.

— Claro que sim.

— Obrigado. Para onde você está levando-a?

— Centro Médico UCI.

Corri para Aron.

— Estamos indo para o Centro Médico UCI. Eu vou com ela.

— Está bem. Nós estaremos logo atrás de você. — Comecei a ir embora, mas Aron me parou e meu deu um selinho rápido nos lábios. — Eu te amo. Tudo vai ficar bem.

Quando chegamos ao hospital, fui levado para a sala de espera enquanto a minha mãe era levada para a triagem. O lugar estava lotado e me disseram que demoraria um pouco antes que eu ouvisse alguma coisa.

O hospital não era longe do estádio, mas ainda demoramos quase vinte minutos para chegar lá, e eu só podia assumir que Aron e Joel levariam ainda mais tempo para chegar. Havia um posto de café no canto da sala de espera, então fiz uma xícara e me instalei na única cadeira vazia da sala para a longa espera.

Trinta minutos depois, Aron e Joel entraram pela porta e se apressaram para chegar até onde eu estava. Eu me levantei e puxei Aron para um abraço, sem querer deixá-lo ir. Tínhamos sido eu e a minha mãe por tanto tempo, e agora tínhamos duas pessoas que nos amavam. Éramos uma família, por mais pouco convencional que fosse, e saber que Aron perdeu seu jogo para me procurar provava que eles sentiam o mesmo.

Quando Aron e eu finalmente nos separamos, Joel perguntou:

— Você já ouviu alguma notícia?

Balancei a cabeça, negando.

— Eles disseram que ia demorar um pouco.

Não havia mais assentos disponíveis, então dei o meu para Joel, enquanto Aron e eu nos encostávamos à parede, ombro a ombro.

— Presumo que você esteja perdendo seu jogo, mas como chegou aqui tão rápido?

— Ouvimos falar do terremoto um pouco antes do início do jogo e houve relatos de que os jogadores haviam se machucado. Tentei ligar e mandar mensagem para você, e o meu pai tentou falar com a sua mãe, mas não conseguimos falar com nenhum dos dois. Richards me tirou do time titular, sabendo que eu não estava em condições de jogar e o meu pai conseguiu que um amigo piloto nos trouxesse até aqui.

— Obrigado. — Sorri para Joel, e minha visão ficou embaçada quando tentei segurar as lágrimas. Ter os dois se preocupando profundamente comigo e a minha mãe encheu uma parte de mim que eu não sabia que estava faltando. Há menos de um ano, eu nunca esperaria ter a vida que tinha, e não iria mudá-la para agradar o mundo.

— Quer trocar de roupa? — Aron perguntou e levantou a bolsa que estava carregando.

Eu ainda estava de uniforme e chuteiras, pois não tinha tido tempo de me trocar.

— Sim.

Peguei a bolsa dele e encontrei um banheiro por perto. Eu era um pouco mais encorpado do que o meu namorado, mas a camiseta e os shorts de basquete cabiam. Não tínhamos o mesmo tamanho de sapato, mas eram números próximos e o chinelo que ele tinha serviria. Voltando para a sala de espera, eu lhe devolvi sua bolsa e voltei a encostar na parede ao seu lado.

— Eu estava preocupado com você. — Aron entrelaçou seus dedos com os meus e os apertou suavemente. — Estou tão feliz por você estar a salvo.

Eu sabia que um de seus maiores medos era perder outra pessoa que amava. Era por isso que ele nunca teve um relacionamento antes, e eu só podia imaginar como ele havia sofrido quando não conseguia entrar em contato. Era a mesma coisa que eu tinha sentido quando não conseguia encontrar minha mãe. A sensação de que a sua vida nunca mais seria a mesma sem essa pessoa e imaginar como você poderia continuar a viver sem ela.

— Sinto muito. Cheguei a pegar o meu celular, mas havia tanta gente quando corri para as arquibancadas, e alguém esbarrou em mim. Meu celular caiu da minha mão e quebrou quando bateu no chão. Eu não tinha como falar com ninguém. O time já estava voltando para o hotel, então eu não podia pedir um celular emprestado para ligar para você.

— Está tudo bem. Nós te encontramos. Isso é tudo o que importa. — Aron olhou ao redor do cômodo. — Acha que alguém do time está aqui?

— Acho que não. As coisas ficaram caóticas por um tempo, mas, pelo que pude perceber, os jogadores e funcionários que estavam lesionados foram para a sede do clube dos Angels. Todos do meu time foram socorridos. — Eu me virei para enfrentá-lo. — Isso me fez lembrar que preciso mandar uma mensagem para o Schmitt. Você acha que poderia me emprestar o seu celular? Ele tinha ficado bravo quando não fui embora com o time. Eu provavelmente deveria dizer a ele o que está acontecendo.

— É claro. — Aron cavou em seu bolso e depois me passou o celular.

Ele não tinha apagado o número de Schmitt, então peguei seu contato e digitei uma mensagem para ele saber que eu estava no hospital com minha mãe antes de devolver o celular de Aron. Alguns minutos depois, um alerta de notificação foi emitido e ele o segurou para que eu pudesse ler.

> Schmitt: Obrigado por me avisar. Espero que sua mãe fique bem. Nossa série contra os Angels foi adiada. O time vai voltar para Denver amanhã, mas não jogaremos até nossa próxima série em quatro dias. Se precisar de mais tempo, me avise.

Segundos depois, outra mensagem chegou:

> Schmitt: Estou feliz que Aron esteja aí com você.

Schmitt era um bom homem e havia mencionado que estava chateado pelos Rockies não terem feito uma oferta a Aron. Eu sempre seria grato a ele pela forma como lidou com as coisas quando nosso relacionamento se tornou público antes de estarmos prontos.

Parecia que horas tinham se passado antes que um médico finalmente saísse para falar conosco, embora eu não tivesse ideia de quanto tempo ficamos esperando.

— Você é da família de Francine Rockland?

Eu me afastei da parede.

— Sim, sou filho dela, Drew.

— Muito bem, vamos para o corredor para termos alguma privacidade.

A sugestão me deixou preocupado, mas o segui e fiz um gesto para Joel e Aron virem comigo. O médico me encarou novamente e depois levantou uma sobrancelha para os dois homens que se juntaram a nós.

— Este é o namorado de minha mãe, Joel, e este é meu namorado, Aron — expliquei.

Ele acenou com a cabeça.

— Bem, Francine está em condições estáveis. — Fechei os olhos e deixei sair um fôlego. — Ela tem várias fraturas na perna inferior direita, no tornozelo e no pé. Estamos preparando-a para a cirurgia agora. Ela terá que ficar no hospital por alguns dias para que possamos nos manter atentos a quaisquer complicações. Há várias preocupações com uma lesão como a que ela sofreu, incluindo um aumento do risco de coágulos de sangue.

Minha cabeça virou em direção a Joel, cujo rosto ficou pálido. Aron enrolou um braço ao redor de seu pai. A menção de coágulos de sangue, a coisa que tinha matado a mãe de Aron, foi provavelmente a pior coisa que ele poderia ter ouvido o médico dizer.

O homem passou por mais algumas coisas e nos disse que voltaria para nos avisar como foi a cirurgia.

O relógio na parede dizia que era quase uma da manhã.

— É tarde. Vocês dois querem ir para o meu quarto de hotel e dormir um pouco? Vou descobrir uma maneira de entrar em contato com vocês para informá-los como foi com a cirurgia.

— Baby, não vou te deixar sozinho. — Aron esfregou as minhas costas, e acolhi com satisfação o conforto que ele estava oferecendo.

Joel acenou com a cabeça.

— Não vou a lugar nenhum até saber que Francine está bem.

— Certo. Quer ir até a cafeteria e pegar algo para comer? — Houve um anúncio de que o pessoal manteria a cafeteria aberta a noite toda por causa do número de pessoas ainda na sala de espera. Eu não tinha comido nada desde antes do início do jogo, e estava faminto.

— Claro — Aron respondeu, mas Joel estava olhando para o corredor para onde o médico tinha ido.

Sem pensar duas vezes, andei em sua direção e o puxei para um abraço.

— Sei o quanto você se importa com minha mãe. Ela é uma mulher forte, e sei que ela vai ficar bem.

As complicações que o médico citou eram assustadoras, mas eu realmente acreditava que ela conseguiria passar por uma cirurgia e se recuperar.

Ele agarrou a parte de trás da minha camisa, apertando-me com mais força.

— Eu a amo.

Não pude deixar de sorrir. Quanta sorte minha mãe e eu tivemos em sermos amados pelos homens Parker?

O sol tinha começado a nascer quando nos foi permitido voltar a ver a minha mãe. Ela tinha um gesso na perna que ia do meio da coxa até os dedos dos pés, e estava ligada a alguns monitores, bem como a um soro. O médico explicou que ela recebeu uma forte dose de medicação para as dores, mas ainda sorria lindamente e parecia alerta quando entramos em seu quarto.

— Olá, mãe. — Eu me curvei para beijá-la na bochecha. — Como você está se sentindo?

— Os analgésicos parecem estar funcionando, então estou me sentindo bem por enquanto.

Joel caminhou até o outro lado da cama e envolveu cuidadosamente seus braços ao redor dela.

— Estou tão feliz por você estar bem.

— Não posso acreditar que você está aqui. Como? Quando? — Sua testa estava franzida em confusão, e percebi que, no meio do seu resgate, ela não tinha visto Joel ou Aron no estádio.

— Voamos até aqui assim que soubemos. Você nos deu um susto e tanto quando Drew disse que não conseguia encontrá-la. — A voz de Joel falhou conforme eu me lembrava de como todos nós estávamos preocupados.

— Sinto muito…

Joel passou os dedos pelo cabelo dela.

— Não peça desculpas, querida. Nada teria me impedido de chegar até você.

Uma única lágrima escorregou pelo rosto dela.

— Eu te amo.

Há alguns meses, eu nunca teria imaginado ouvir minha mãe proferir essas palavras para alguém, mas vê-la tão feliz fez com que eu me emocionasse um pouco.

— Eu também te amo — respondeu, e pressionou seus lábios contra os dela.

Aron estava observando a cena à nossa frente com um sorriso no rosto. Envolvi um braço em torno de seus ombros e dei um beijo na lateral de sua cabeça.

— E você deixou o seu jogo? — minha mãe perguntou a Aron.

— Vocês dois são mais importantes do que qualquer jogo — ele respondeu.

Ela acenou com a cabeça em entendimento.

EXPOSTO

215

— Eu te amo — sussurrei no ouvido dele, enquanto ambos nos sentávamos.

— Vocês todos parecem exaustos. Estiveram aqui a noite toda? — ela perguntou.

— Como se fôssemos deixá-la aqui sozinha — eu disse.

— Seus jogos foram cancelados?

— Sim. Nossa série contra os Angels será feita mais tarde na temporada. Alguns de seus jogadores estavam lesionados. Nada sério, mas a Liga ter decidido adiar foi a coisa certa a fazer. Eu deveria estar de volta ao Colorado dentro de alguns dias, mas veremos como você está antes de eu decidir quando vou voltar.

Ela se voltou para Aron.

— E quanto a você? Você não deveria estar em San Diego?

— Eu vou dirigir até lá daqui a algumas horas. Queria ter certeza de que você estava bem primeiro — ele respondeu.

— Você vai dirigir até San Diego, também? — ela perguntou para Joel, entrelaçando os dedos com os dele.

— Não, querida. Vou ficar com você até poder levá-la para casa.

— Vocês vão admitir que estão morando juntos? — Aron perguntou, com um sorriso; fiquei feliz que ele tenha feito a pergunta sobre a qual eu estava curioso.

Joel e minha mãe sorriram enquanto olhavam para nós.

— Nós não estávamos tentando manter segredo. Na verdade, não tínhamos realmente falado sobre isso nem oficializado nada — Joel disse, antes de voltar seu foco para minha mãe. — Mas, depois da noite passada, você vai ter dificuldade para se livrar de mim.

Minha mãe sorriu.

— Ai, querido, eu te amo.

Joel se debruçou e beijou minha mãe.

— Arranjem um quarto, vocês dois — Aron murmurou.

Eu lhe dei um tapa no estômago.

— Ei, é da minha mãe que você está falando.

Nós quatro rimos, e o momento leve era exatamente o que precisávamos depois da noite que tivemos.

Passamos o resto da manhã nos revezando para ir ao hotel para descansar e tomar um banho, nos assegurando que alguém estivesse com a minha mãe o tempo todo. Antes de Aron partir para San Diego, conseguimos encontrar uma loja de celulares para que eu pudesse substituir tanto o meu quanto o dela, já que não sabíamos onde sua bolsa e outros pertences tinham ido parar.

Joel manteve sua promessa de ficar em Anaheim até que minha mãe recebesse alta. Eu queria viajar com eles para São Francisco, mas, depois de várias conversas, minha mãe me convenceu de que ela ficaria bem com Joel e não precisava que eu continuasse tomando conta dela. Palavras dela, não minhas.

Senti-me culpado por ter ido embora, mas sabia que ela estava em boas mãos.

Algumas semanas depois, os Giants estavam em Denver para uma série de quatro jogos. Aron tinha vindo direto ao meu apartamento na noite anterior e acordar com ele ao meu lado me deixou de bom humor.

Não precisávamos estar no estádio por mais algumas horas, e ansiava por uma manhã preguiçosa com o meu homem. Tê-lo comigo me fez pensar como seria depois que a temporada terminasse. Eu mal podia esperar até que estivéssemos juntos todos os dias novamente.

Decidindo que queria fazer algo agradável para ele, escorreguei da cama e fui para a cozinha fazer o café da manhã. Eu não cozinhava com frequência, mas sabia como fazer um café da manhã decente. Ficaria com minha clara de ovo e minha omelete vegetariana antes do jogo, mas também tinha os ingredientes para fazer uma de presunto e queijo para Aron.

Coloquei o café para fazer na cafeteira e corri de volta para o meu quarto tranquilamente para pegar o celular. Apesar de estar de muletas, minha mãe e Joel estavam voando para ver eu e o Aron nos enfrentamos mais tarde, e eu queria fazer verificar o estado dela antes dos dois embarcarem no voo.

> Eu: Bom dia. Tem certeza de que se sente preparada para viajar hoje?

Segundo ela e Joel, os médicos estavam satisfeitos com sua recuperação, mas ainda era difícil viver longe quando tudo o que eu queria fazer era cuidar dela, mas saber que Joel estava lá para me ajudar me fez sentir melhor.

> Mãe: Você não precisa se preocupar. Estou me sentindo bem e mal posso esperar para vê-los hoje à noite. Mando mensagem quando chegarmos ao estádio. Amo você.

Digitei uma resposta rápida para que ela soubesse que também a amava, e depois pousei o celular para que pudesse começar a fazer as omeletes. Uma vez tudo preparado, peguei uma tigela de frutas pré-cortadas da geladeira e encontrei uma bandeja para levar tudo para o meu quarto.

— Ei, baby. Hora de acordar.

Aron gemeu e jogou as cobertas sobre a cabeça.

— Fiz o café da manhã para você.

Isso o fez espreitar de debaixo do cobertor.

— Café da manhã na cama? Você deve me amar de verdade.

— Talvez — brinquei.

Ele se empurrou para cima e se reclinou contra a cabeceira.

— Nossa, isso parece bom.

Coloquei a bandeja em seu colo e subi no outro lado da cama antes de pegar o meu prato.

Ele levantou o garfo, mas parou antes de dar uma mordida.

— Espere. Como eu sei que você não fez nada com isso? Talvez você tenha colocado laxante ou algo assim, para não ter que me enfrentar esta noite.

Encolhi os ombros.

— Acho que você vai ter que confiar em mim.

***

A manhã passou voando e, depois de uma rapidinha no banho, estávamos a caminho do estádio, embora um pouco mais tarde do que eu havia planejado.

Entramos no estádio de mãos dadas. Enquanto nos preparávamos para seguir nossos caminhos separados, eu o puxei para um beijo rápido.

— Vejo você no campo.

— Sabe, se você arremessar na minha direção, talvez eu não consiga fazer nada mais tarde esta noite. — Ele abanou as sobrancelhas e riu.

— Duvido que ser atingido por um arremesso o impediria de fazer sexo.

Ele encolheu os ombros.

— Verdade.

— Agora saia daqui antes que alguém me acuse de confraternizar com um jogador do outro time.

— Não foi isso que fizemos no chuveiro esta manhã. — Ele piscou o olho antes de caminhar pelo corredor.

Minha mente repetiu as lembranças do tempo que passamos juntos no clube dos Rockies, o que fez com que fosse estranho ver Aron indo em direção ao vestiário dos visitantes. Ainda parecia uma loucura que uma negociação, algo tão comum no beisebol, tivesse mudado completamente todos os aspectos da minha vida.

Quando entrei no clube, alguns dos meus colegas de time já estavam lá. Matthewson olhou de relance de seu celular enquanto eu parava ao seu lado para colocar minhas coisas no armário.

— Hm, você está chegando um pouco mais tarde do que o normal. — Ele sorriu. — Alguém teve uma noite longa? Ou talvez uma manhã divertida?

— Você adoraria saber, não é mesmo? — Eu sorri.

— Rockland! — Fowler gritou, do outro lado da sala. — Pronto para enfrentar seu homem esta noite?

— Estou pronto para eliminá-lo.

— Ai, merda. Não briguem em campo de novo — Ellis brincou.

— Esta noite vai ser épica. Vocês dois se enfrentando é tudo o que os canais esportivos falavam sobre esta manhã — Matthewson acrescentou.

— É apenas um jogo normal. — Eu entendia o interesse, mas para Aron e para mim era apenas mais um jogo em que jogávamos e que daríamos o nosso melhor.

Cerca de trinta minutos antes da hora do jogo, fui para o campo com Barrett. Os Giants estavam terminando o treino de rebatidas, e assisti Aron lançar um par de bolas sobre a parede direita do campo.

Arremessar em Denver proporcionou alguns desafios únicos. Devido à altitude e ao clima, nosso estádio era considerado um parque de rebatedores, e um rebatedor do calibre de Aron era um pesadelo para os arremessadores.

Depois que o Hino Nacional foi tocado e as escalações foram anunciadas, estava na hora de jogar.

Joguei alguns arremessos de aquecimento, e então Aron entrou na caixa do rebatedor. Depois da minha conversa anterior sobre esse ser como qualquer outro jogo, fiquei surpreso com o pico de adrenalina que sentia correr

EXPOSTO

219

por mim enquanto esperava pelo sinal de Barrett. Tínhamos a vantagem de saber quais os campos que Aron gostava e de quais ele deixava de jogar. Barrett pediu uma bola curva para baixo e para longe, esperando que pudéssemos tirar Aron da zona de ataque. Infelizmente, assim como conhecíamos Aron, ele também nos conhecia. O árbitro reconheceu a bola dentro.

O próximo arremesso que lancei estava em volta dos joelhos, e ele rebateu a bola fora. Barrett então pediu por um arremesso dentro. Fiquei em posição e deixei a bola voar. O arremesso foi projetado para empurrar o rebatedor para trás, e ele fez exatamente isso, passando por Aron a poucos centímetros de seu tronco.

Ele balançou a cabeça, mas pude ver que estava sorrindo. A contagem era de duas dentro e um *strike*. Eu me preparei para o próximo arremesso: uma bola rápida. Aron conseguiu acertar um pedaço dela, que foi parar no chão para Matthewson, nosso interbase, que a arremessou para fora.

Aron correu para além do monte do arremessador a caminho do banco de reservas e fez com a boca: "da próxima vez", enquanto eu piscava para ele.

Quando ele subiu para rebater novamente na terceira entrada, eu estava me sentindo muito bem com meu desempenho. Tinha eliminado quatro rebatedores e permitido apenas uma corrida. Mas, assim que a bola saiu da minha mão, pude sentir que meu arremesso estava fora. Aron colocou seu corpo inteiro na tacada, e eu sabia que era um *home run* no segundo em que ouvi o barulho do taco. Assisti a bola navegar profundamente para o campo direito.

Quando ele se virou, piscou o olho para mim, assim como eu tinha feito antes.

O jogo permaneceu acirrado durante as próximas entradas. Aron acertou um duplo de mim na sexta e acabou marcando. Fui colocado de novo no jogo para a sétima entrada, porque minha contagem de arremessos estava ficando alta. Quando saí de campo, estávamos liderando de seis a quatro.

No final da oitava, Littleton estava arremessando, e Aron estava de novo com as bases carregadas e dois eliminados. Fiquei no topo do *dugout* e esperava que pudéssemos sair de lá sem os Giants marcarem. Mas a sorte não estava ao nosso lado. Aron esmagou a bola para um *grand slam*.

Quando ele trotou em volta da terceira base, fizemos contato visual. Ele não piscou o olho, mas o sorriso em seu rosto me disse que eu ficaria ouvindo falar de seu *home run* a noite toda.

CAPÍTULO 28

ARON

Durante a primeira metade da temporada, os Giants jogaram contra os Rockies em três séries, os Giants ganharam duas delas. Mas os Rockies tinham uma pontuação sólida e, se as coisas continuassem como estavam, eu tinha certeza de que ambos chegaríamos às finais.

Drew e eu tínhamos dado muito duro, tentando provar que quem amávamos fora de campo não afetava negativamente a forma como jogávamos, e parecia ter valido a pena, porque ambos entramos para o time All-Star da Liga Nacional. Era minha oitava vez — a primeira de Drew — e eu não podia estar mais orgulhoso do meu homem.

Mesmo que tivéssemos conversado sobre passar o intervalo All-Star juntos, não importava o que acontecesse, eu estava ansioso para jogar no mesmo time que Drew novamente. Mesmo que fosse apenas por um jogo.

Com as três séries que tínhamos jogado um contra o outro, o tempo separados não tinha sido muito ruim. O primeiro mês foi o pior, mas, fora isso, o tempo pareceu voar até nos vermos novamente.

Depois de me certificar de ter empacotado tudo o que precisava, dirigi-me ao SFO para meu voo para Houston, onde o jogo estava sendo realizado. Drew e eu nos encontraríamos no aeroporto do Texas, já que nossos voos chegariam por volta da mesma hora. Eu não podia acreditar o quanto havia mudado em um ano. Durante o último All-Star, eu não tinha ideia de que minha vida estava prestes a ser virada de cabeça para baixo.

Ou que me apaixonaria.

Uma vez que aterrissei em Houston, apressei-me para ir pegar a minha bagagem onde Drew e eu deveríamos nos encontrar. Ele estava vindo um dia mais cedo para estar comigo, já que eu participaria do Home Run Derby. Estava nos dando um dia extra juntos também.

O voo de Drew chegou antes do meu e, enquanto eu descia as escadas rolantes, o vi de pé com sua mala. Seus olhos se iluminaram ao me ver e um sorriso se espalhou por nossos rostos. Com minha bolsa de mão, saltei dos últimos três degraus, ansioso para chegar até ele, e deixei a mala cair antes de envolver meus braços em torno de seu pescoço. Já se faziam algumas semanas que não nos víamos cara a cara, então dizer que eu estava feliz teria sido um eufemismo.

— Tive saudades suas, baby — ele disse, o rosto na curva do meu pescoço.

— Eu também senti saudades suas.

Pegamos nossa bagagem, entrelaçamos nossos dedos e saímos pelas portas para esperar o carro que eu havia pedido. O motorista já sabia para onde nos levar. Enquanto ele seguia para a rodovia, perguntei a Drew:

— Está com fome?

— Você deveria saber essa resposta.

Éramos caras e caras pareciam estar com fome o tempo todo.

— Que bom. Tenho uma surpresa para você.

Ele arqueou uma sobrancelha.

— Você tem?

Levantando um ombro, eu disse:

— Sim.

— E, deixe-me adivinhar, você não vai me dizer?

Balancei a cabeça.

— Não.

— Então, por que mencionou?

— Para te torturar.

— Ai, sério? — Drew jogou a cabeça para trás e riu. — Isso é maldade.

— Você vai me perdoar.

— É mesmo?

— Talvez. — Eu sorri. Ele me perdoaria. Bem, pelo menos eu achava que perdoaria, mas eu poderia estar errado, porque o que havia planejado era algo muito fora da minha zona de conforto.

O motorista nos deixou no hotel onde estávamos hospedados. Depois de ir buscar nossas chaves na recepção, seguimos para o quarto. Eu já havia feito o *check-in* pelo celular e avisei a eles aproximadamente a que horas chegaríamos.

— Depois de você. — Destranquei a porta.

Drew levantou uma sobrancelha e ergueu um pouco a cabeça.

— Apenas entre — insisti.

Quando liguei para fazer *check-in* para o quarto, tinha pedido para ser transferido para o serviço de quarto, onde tinha pedido almoço e sobremesa para nós.

Entrando na suíte, vi a mesa à luz de velas montada com tampas de prata cobrindo nossos dois pratos. Havia uma garrafa de champanhe em um balde de gelo, e morangos cobertos de chocolate para sobremesa.

— O que é isso? — ele perguntou.

Soltei minha mala, tirei o anel de tungstênio preto do bolso e me ajoelhei. Ele se virou, seus olhos se alargaram enquanto ele suspirava.

— Aron.

Engoli em seco.

— Sei que devia ter todo um discurso planejado...

— Espere. — Ele se moveu em minha direção.

— Esperar? — questionei.

Ele deixou sua mala cair, tirou algo do bolso e se ajoelhou na minha frente.

— Eu ia fazer isso depois do Home Run Derby amanhã.

Abri um sorriso quando olhei para um anel preto parecido com o que eu tinha comprado para Drew. O que ele estava segurando era elegante, enquanto o que eu havia escolhido para ele tinha ranhuras biseladas em torno.

— Bem, eu o venci.

— Pensei que teria que fazer isso, já que você nunca havia considerado casamento antes.

— Antes de você — eu disse. — Tudo é diferente com você, baby.

— Tudo é diferente com você, e você arruinou meus planos. — Ele me deu um falso olhar irritado.

— Não seja tão mal-humorado. Vai se casar comigo ou não? — Eu ainda estava sorrindo, porque não pude evitar. Gostei muito de ter um namorado, e saber que ele me pediria em casamento fez meu coração inchar ainda mais.

— Só se você disser que vai se casar comigo — contra-argumentou.

— Quero dizer, acho que vou casar. — Pisquei o olho.

— Então eu me casarei com você também.

— Bem, agora que isso está resolvido, já posso te beijar, porra?

— Acho bom você fazer isso logo.

EXPOSTO

Nossos amigos e pais ficaram felizes por nós quando lhes dissemos que estávamos noivos. Meu pai sabia que eu ia propor e guardava meu segredo, estava esperando para voar pela manhã antes do Home Run Derby com Francine para dar privacidade a mim e ao Drew. Eu queria gritar isso para o mundo, dizer a todos os idiotas que implicaram com o nosso relacionamento que, só porque eles não concordavam, eu não dava a mínima. Passaria o resto da minha vida com Drew Rockland.

Fomos de carro para o estádio no dia seguinte e, depois de seguir nossos caminhos separados, fui para o vestiário para me preparar. Estava nas nuvens, mas isso mudou rapidamente quando encontrei o idiota do Bass. Sabia que ele estaria no All-Star, mas esperava que nossos caminhos não se cruzassem, porque estava jogando no time adversário. Em meados de maio, ele havia sido negociado dos Dodgers para os Yankees e, como os Yankees estavam na Liga Americana, as chances de jogarmos uns contra os outros no futuro eram escassas.

Exceto pelo All-Star.

Mas, mesmo assim, para dar a todos os vinte jogadores da posição uma chance de jogar, os treinadores fizeram substituições com frequência, então eu estava apostando que ele não jogaria como primeira base quando eu fosse rebater. Também vi que ele não estava participando do Home Run Derby, então fiquei um pouco chocado ao vê-lo.

Caminhando na direção dele no corredor, Bass se aproximou e seu ombro bateu no meu.

— Desculpe — eu disse, irritado, enquanto me virava para enfrentá-lo.

— Vai se foder — ele cuspiu, não se preocupando em parar.

Olhei ao redor, não vendo mais ninguém nas proximidades.

— Você está pronto para resolver isso?

Ele parou de andar e girou em volta.

— Não há nada para resolver. Você sempre será um viadinho.

Eu estava ficando cansado de ouvir as palavras maricas, fruta e viadinho.

— Olha, cara. Não sei qual é o seu problema, mas aposto que é difícil de pronunciar.

Sua sobrancelha se franziu. Sim, eu tinha a sua atenção. Ele era estúpido demais para entender meu insulto. Pelo menos foi melhor do que dizer a mesma merda de novo.

— Que merda é essa, cara. Volte para sua cidade homo, onde você e Rodgers podem ter as suas orgias.

Abri um sorriso.

— Você está com ciúmes?

— Ciúmes de quê?

— Que estamos transando e você está usando a sua mão. — Quando eu não estava com Drew, usava minha mão, mas tanto faz. O babaca estava me testando, e eu, tentando manter a calma.

— Eu tenho bucetas para me satisfazer. Não se preocupe comigo.

— Então pare de se preocupar com quem estou dividindo a minha cama e se preocupe com sua própria vida, caralho.

Revirando os olhos, voltei para trás e deixei o imbecil fazer o que quer que estivesse planejando fazer. Parecia que ele sentia tesão em mim, na minha vida ou algo assim. Merda, talvez ele sentisse, e estava no armário, com medo de sair. Era assim que os valentões trabalhavam, certo? Eles eram maus com você, porque tinham inveja de algo que você tinha que eles queriam.

Tirando meu celular da bolsa, mandei uma mensagem para Drew:

> Eu: Acabei de esbarrar naquele babaca, Bass. O cara tem tesão em mim ou algo assim, porque estava falando mais merda.

Não demorou muito para que Drew respondesse:

> Drew: Aquele cara é uma idiota. Ignore-o.

> Eu: É um pouco difícil fazer isso quando ele bate com o ombro no meu.

> Drew: Ele te machucou?

Eu ri e mandei uma mensagem de volta:

> Eu: Vamos lá, baby. Você sabe que eu sou mais forte que isso.

> Drew: Espero enfrentá-lo amanhã.

EXPOSTO

> **Eu:** Você vai defender a minha honra?

> **Drew:** Claro que vou.

Fui o terceiro jogador no primeiro *round*, indo frente a frente com Teddy Burman. Fiz treze *home runs* enquanto Teddy fez doze, e avancei para o segundo *round*. Durante esse *round*, fui contra Dax Money — um nome épico a propósito — e fiz outros treze *home runs*, enquanto o Dax acertou doze. Indo para a última rodada, eu estava nervoso, porque o cara que eu estava enfrentando tinha feito dezesseis rebatidas em seu primeiro *round* e um épico vinte e um no segundo.

Caminhando até onde Drew e nossos pais estavam ao longo da cerca no *home plate*, eu sorri de nervoso e admiti:

— Não sei se consigo vencer o Schwimmer.

— Não pense assim. Você venceu no ano passado — Drew disse.

— Eu sei. — Soltei o ar. — Mas no ano passado estivemos em Denver e você sabe como esse campo é para os rebatedores.

— Se você for lá pensando que vai perder, então você vai perder — meu pai afirmou.

Eu meio que concordei com o seu tom assertivo.

— Então, se eu for lá em cima pensando que vou ganhar, eu vou ganhar?

— Sim — ele respondeu.

Drew se aproximou da cerca e disse em voz baixa:

— Você é Aron Parker, certo? Vá ser o noivo arrogante que eu sei que você é.

— Gostaria de poder te beijar agora. — Fiz um bico com os lábios e beijei o ar antes de virar para o *home plate*, esperando pela minha vez.

Tyler Schwimmer fez dezoito *home runs* e, enquanto eu caminhava para o prato, meu estômago estava se revirando.

Eu sou Aron Parker, porra, fiquei entoando isso a mim mesmo, e eu era porque, de alguma forma, acertei dezenove e consegui a minha segunda vitória consecutiva no Home Run Derby.

Ao contrário do último jogo que Drew e eu jogamos juntos, o All-Star não foi tão devastador. Nós ainda queríamos ganhar, mas não havia nenhuma flâmula na linha. Apenas o bom e velho direito de se gabar. Bem, e dividir cerca de 800.000 dólares entre os membros do time vencedor.

Drew arremessaria na terceira, e eu jogaria de titular na quinta.

— Você está pronto para isto? — perguntei.

— Claro que sim.

— É a sua primeira vez. Estou tão orgulhoso de você.

— Obrigado.

Fomos com o resto da galera para o banco de reservas e aguardamos a nossa vez de jogar. Como eu não jogaria até a quinta entrada, tomei um lugar ao lado do Drew. Ele, é claro, não estava rebatendo, mas esperando seu tempo para ir para o campo na terceira entrada.

Vi cada rebatedor subir e, quando havia três eliminados, os caras saíram para o campo. Bass nunca rebateu, nem estava em campo, e me perguntei se Drew conseguiria seu desejo.

Como se os deuses do beisebol estivessem do nosso lado, na terceira entrada, quando Drew saiu para o monte, Bass subiu para rebater na terceira. Já havia dois fora, e eu sabia que Drew não queria mais nada além de eliminar o imbecil.

Exceto que, quando me apoiei na grade e observei meu homem em seu elemento, ele olhou para mim brevemente e piscou o olho.

O primeiro arremesso foi para fora e para baixo, seguido por uma bola curva que ocasionou um *strike*. No terceiro arremesso, Drew se posicionou e, enquanto arremessava, Bass se preparou para fazer um *bunt*. A bola estava dentro e atingiu Bass no que parecia ser sua mão. Eu o assisti se dobrar de dor.

Fiquei contente por Drew ter acertado.

Aquele filho da puta mereceu.

EXPOSTO

CAPÍTULO 29
DREW

Eu olhava fixamente para Bass enquanto ele se agachava no chão. Por que diabos ele se preparou para fazer um *bunt*, com duas eliminações — especialmente em um jogo que só nos dava direito de nos gabar — estava além da minha compreensão. Eu tinha dito a Aron que mal podia esperar para enfrentar o imbecil, mas esperava que sua vez com o taco no jogo fosse a eliminação dele. Não havia tentado atingi-lo intencionalmente.

Brooks, o receptor dos Padres, saiu correndo para o monte.

— Que idiota. Ele provavelmente quebrou a mão ao tentar se exibir.

Ele poderia facilmente ficar fora por dois meses se sua mão estivesse quebrada. Posso não ter tido a intenção de machucá-lo, mas não podia dizer que lamentava por isso.

Depois que Bass saiu do campo, o próximo rebatedor foi até o prato e rebateu para o primeiro base, terminando a entrada.

Tomei um lugar no *dugout*, e Aron caiu ao meu lado.

— Bem, isso vai estar por toda a ESPN hoje à noite.

Sabendo que provavelmente havia câmeras focadas em mim para ver minha reação, mantive minha expressão neutra e levantei a luva para cobrir a boca enquanto falava com ele.

— Talvez o cretino aprenda a manter a porra da boca fechada da próxima vez.

— Pelo menos já terminamos de lidar com ele.

No mínimo, durante a temporada, ou seja, já que nenhum de nossos times estava jogando contra o Yankees no segundo turno.

A Liga Nacional venceu oito a três, graças em parte a um placar de três corridas do *homer* que o Aron conseguiu no sétimo tempo. Ao nos dirigirmos para o clube, parei no túnel onde alguns dos membros da família estavam esperando. Procurando na multidão, encontrei Hunter e Phillip parados ao lado.

— Obrigado por terem vindo — eu disse, os abraçando.

— Obrigado pelos ingressos — Phillip respondeu. Eles apertaram a mão de Aron antes de ele continuar caminhando em direção à sede do clube.

Na noite anterior, depois do Derby, compramos algumas bebidas na cervejaria onde eu tinha conhecido Hunter pela primeira vez, e os surpreendi com ingressos para o jogo. Nós três conversávamos regularmente, e eles tinham viajado para St. Louis quando eu tinha jogado lá algumas semanas antes. Eles respeitavam minha escolha de não querer saber mais sobre o meu pai, mas eu estava entusiasmado por termos formado uma relação fraterna rapidamente. Tínhamos até planos de nos visitarmos no inverno.

Antes de podermos sair do estádio, tive que fazer algumas entrevistas pós-jogo onde me perguntaram várias vezes sobre Bass e tive que explicar que foi um acidente e que eu esperava que ele se recuperasse rapidamente. A mentira tinha um sabor amargo na língua, mas eu não queria chamar a atenção para os problemas que Aron e eu tínhamos com o imbecil.

Quando chegamos ao hotel, fomos até o bar onde planejávamos encontrar nossos pais para um drinque noturno. Ao virarmos o corredor, nós os vimos aconchegados na mesa do canto. Com a exceção de alguns dos meus jogos para os quais minha mãe viajou, ela e Joel ficaram inseparáveis desde Anaheim. Honestamente, me vi surpreso por termos ficado noivos antes deles.

Minha mãe olhou para cima enquanto Joel sussurrava algo em seu ouvido e acenavam para gente.

— O jogo de hoje foi incrível — disse Joel, ao nos aproximarmos da mesa. — Não posso acreditar que Bass tentou fazer um *bunt* com dois eliminados.

— Aquele cara é um idiota do caralho. Espero que a mão dele esteja quebrada — Aron respondeu, antes que eu pudesse dizer qualquer coisa.

Os olhos da minha mãe se arregalaram.

— Eu não o atingi de propósito, mas Aron está certo. Ele tem falado merda desde o treinamento da primavera, então não me sinto mal com isso — respondi ao seu olhar preocupado.

— O que ele tem dito? — ela rosnou, sua mãe ursa saiu. Não importava que eu e Aron fôssemos homens adultos. Ninguém se metia com as pessoas de quem Francine Rockland se importava.

EXPOSTO

— Apenas suas típicas idiotices homofóbicas — respondi, enquanto Aron e eu deslizávamos para dentro da cabine.

— Bem, então estou feliz que você atingiu o babaca.

— Caramba, Francine. Não achei que você tivesse isso em você. — Aron riu.

Ela bufou.

— Ninguém se mete com os meus rapazes.

Joel fez um sinal para o barman, que trouxe uma garrafa de champagne para nossa mesa. Ele tirou a rolha e derramou em quatro taças. Meu sogro lhe agradeceu e depois levantou uma delas.

— Só queria dizer o quanto estou feliz por vocês dois. Preocupava-me que meu filho nunca sossegasse com alguém. — Ele piscou o olho para Aron. — Mas ver vocês juntos faz de mim um pai orgulhoso. Parabéns pelo noivado.

Lágrimas brotaram nos olhos de minha mãe enquanto ela ecoava as felicitações de Joel. Aron e eu tivemos a sorte de ter seu amor e apoio.

— Obrigado — respondi, com os olhos brilhando.

Minha mãe pôs um guardanapo nos olhos e perguntou:

— Já pensaram no casamento?

Aron apertou minha perna embaixo da mesa e sorriu para mim.

— Definitivamente não queremos esperar muito.

— Conversamos sobre talvez ir para o Havaí depois da temporada e casar lá.

Tínhamos nos divertido muito em nossas férias no final da temporada passada e pensamos que seria o lugar perfeito para dizer nossos votos.

O rosto da minha mãe se iluminou.

— Um casamento com viagem? Isso parece adorável.

Após o pedido e um pouco de celebração, Aron e eu tínhamos conversado sobre a contratação de um planejador de eventos, já que organizar um casamento durante nossos jogos seria um desafio, mas uma ideia diferente me atingiu enquanto falávamos com nossos pais.

— Sabe, mãe, vamos estar ocupados nos próximos meses. Acha que poderia nos ajudar a planejar?

Ela saltou de seu assento e nos abraçou com força.

— Eu ficaria honrada.

— Ah, garoto. — Joel riu. — Acho que você não sabe no que se meteu. Ela falou sem parar sobre o casamento durante todo o caminho até aqui.

— Então ela é a pessoa perfeita para fazer isso — Aron disse e beijou gentilmente a bochecha de minha mãe.

A segunda metade da temporada passou rapidamente enquanto os Rockies e Giants lutavam pelo primeiro lugar em nossa divisão. Os Giants acabaram vencendo, mas nos classificamos para as finais como um time Wild Card.

Infelizmente para Aron e os Giants, eles não conseguiram passar da primeira rodada. Por outro lado, os Rockies desafiaram as probabilidades, vencemos três jogos a um da World Series contra os Red Sox.

Schmitt estava me fazendo arremessar nosso quinto jogo em casa em três dias de descanso em vez dos habituais quatro dias. Minhas estatísticas foram as melhores da minha carreira, e ele me disse na noite anterior que acreditava que eu era o que eles precisavam no time para ganhar o campeonato. Eu estava tão entusiasmado por ele confiar tanto em mim, e nervoso por, de alguma forma, meu desempenho durante a temporada ter sido um acaso e eu não aguentar sob pressão, especialmente em frente à multidão da casa.

Eu me revirei na cama a noite toda, porque estava ansioso demais para dormir. Rolando, olhei a tela do celular e percebi que não precisava acordar por mais uma hora. Agarrando o travesseiro, tentei afofá-lo um pouco antes de me deitar novamente.

— Baby, você precisa se acalmar — Aron disse, com os olhos ainda fechados.

— Eu não consigo. Este é o último jogo da minha carreira. Ou vou sair como aquele que nos ajudou a ganhar o World Series ou como aquele que não conseguia fazer isso quando o time dependia de mim.

No final de agosto, eu havia anunciado que me aposentaria do beisebol. Tinha sido um choque para muitas pessoas, especialmente os analistas esportivos, que não conseguiam entender por que eu estava saindo quando possivelmente conseguiria um contrato lucrativo para a temporada seguinte.

Mas, em meu coração, eu estava satisfeito com a minha decisão. Era altamente improvável que eu tivesse outra temporada como a que estava

EXPOSTO

231

chegando ao fim. Eu tinha conseguido mais do que imaginava ao longo de minha carreira e estava pronto para seguir em frente com uma vida diferente, aquela que estava construindo com o homem que amava mais do que tudo.

Aron se apoiou no cotovelo.

— Você está colocando muita pressão sobre si mesmo. Talvez eu possa te ajudar a relaxar. — Ele enfiou a mão debaixo das cobertas e agarrou meu pau.

Fechei os olhos enquanto ele continuava a me acariciar. Quando senti a mão dele me soltar, olhei para ele.

— Não fique me provocando.

Ele sorriu antes que sua cabeça desaparecesse debaixo das cobertas e eu não consegui segurar o gemido que deixou os meus lábios enquanto ele engolia meu pau. Ele sabia exatamente o que eu precisava para relaxar.

Depois do meu banho, eu esperava ver Aron ainda na cama. Em vez disso, ouvi uns barulhos vindos do outro lado do apartamento. Vesti uma camiseta e calças de ginástica e caminhei em direção à cozinha. De pé em frente ao fogão, sem camisa e usando um moletom, Aron estava fazendo o café da manhã.

Ele olhou para mim e me pegou encarando seu corpo sexy e me mostrou um sorriso arrogante.

— Se você continuar me olhando assim, eu vou me distrair e queimar sua omelete.

— Tanto faz. — Eu ri. Foi tentador puxá-lo para os meus braços e fodê-lo bem ali na cozinha, apesar do boquete matinal que ele fez em mim, mas eu ainda era supersticioso sobre meu café da manhã pré-jogo, e não pensei que queimar minha omelete antes do meu último jogo como titular seria uma estratégia inteligente. Em vez disso, fui até a cafeteira e enchi uma xícara para mim e servi mais para ele.

Coloquei a caneca de Aron no balcão ao lado do fogão e espreitei por cima do ombro dele.

— Isso realmente parece comestível.

Ele me deu uma cotovelada no estômago.

— Eu sei cozinhar. Só não o faço com muita frequência.

— Eu sei. — Beijei-o na bochecha. — Obrigado.

Estar no monte em frente à multidão em casa para o que seria meu último jogo como titular foi uma experiência diferente de qualquer outra. Sabendo que Aron, nossos pais e meus irmãos estavam assistindo por trás do prato do time da casa, o momento se tornou muito mais especial. Meu coração bombeava com força no peito, enquanto a adrenalina corria pelas minhas veias. Agarrei o saco de colofónia para secar minha mão de arremesso e comecei a aquecer com Barrett.

Quando o primeiro rebatedor entrou na caixa em posição, eu estava focado. Os aplausos da multidão desvaneceram-se para o fundo, e me concentrei apenas na tarefa que estava diante de mim. Os três primeiros rebatedores caíram em ordem, sem que ninguém chegasse a uma base. Nenhum dos meus companheiros de time se aproximou de mim no *dugout*, o que foi bom para mim. Eu precisava manter minha atenção no jogo. A segunda entrada foi idêntica à primeira. Tive um pequeno problema na terceira quando o rebatedor da partida chegou na primeira base com um erro, mas consegui sair da entrada sem que os Red Sox marcassem ponto.

No final da oitava, eu tinha eliminado onze rebatedores e só tinha permitido uma corrida. Graças aos *home runs* atingidos por Matthewson e Ellis, estávamos liderando por 5-1.

Raineri se aproximou enquanto eu me preparava para voltar ao campo para o início da nona entrada. Ele não disse nada, mas levantou uma sobrancelha. Uma verificação silenciosa para ter certeza de que eu estava bem para continuar arremessando. Acenei com a cabeça. Não era comum que um titular fizesse as nove entradas, pois os treinadores ficavam preocupados em sobrecarregar demais seus jogadores. Como isso não era uma preocupação para mim — e era o último jogo da minha carreira —, me vi determinado a arremessar durante o jogo inteiro.

A multidão estava de pé enquanto eu pisava no campo. Olhei de relance para as arquibancadas onde Aron e nossa família estavam sentados.

Meus irmãos estavam torcendo, minha mãe e Joel sorriam orgulhosamente, e então meu olhar se fixou em Aron, que me encarou como se eu fosse a única outra pessoa no estádio. Mesmo estando no momento mais importante de minha carreira, não pude deixar de pensar que tudo pelo que eu tinha trabalhado me levou a esse ponto. E eu não me referia apenas a ganhar uma World Series, mas também a como o jogo me trouxe até Aron.

Isso significava mais para mim do que qualquer troféu.

Ainda assim, meu espírito competitivo estava pronto para terminar o que eu havia começado. O primeiro rebatedor apareceu no campo da esquerda para ser o eliminado número um da entrada. O segundo rebatedor bateu em uma linha para o centro do campo para uma simples. Quando o próximo rebatedor subiu para o prato, os torcedores aplaudiram mais alto e o estádio parecia vibrar. Olhando em direção a Barrett, esperei que ele me desse meu sinal. Primeiro, espreitei por cima do ombro do corredor para me certificar de que ele não roubasse, e depois joguei a bola rápida afundada que Barrett havia pedido. O rebatedor balançou e bateu uma bola no chão diretamente para Matthewson na interbase. Ele rapidamente jogou a bola para Santiago na segunda, que virou e jogou para Fowler na primeira para uma jogada dupla.

Atirando meus braços para o ar, comemorei com o time. Eles correram para dentro do campo pulando para cima e para baixo e abraçando.

Éramos campeões do World Series.

Duas semanas depois de ganhar o campeonato, eu estava dentro de um quarto de hotel no Havaí, me preparando para casar com o amor da minha vida. Estávamos de volta a Kauai e nos hospedamos no mesmo hotel que tínhamos estado um ano antes. Minha mãe trabalhou com o coordenador do evento e cuidou de tudo. A cerimônia seria realizada na praia, com uma recepção no hotel a seguir.

Nossos pais, os avós de Aron, meus irmãos, outras pessoas importantes, e alguns de nossos colegas de time e amigos estavam presentes. Era um grupo de tamanho decente, mas eles eram as pessoas que importavam para nós.

Houve uma batida na porta antes que ela se abrisse.

— Você está pronto? — minha mãe perguntou ao entrar no quarto.

— Mais do que pronto.

— Você está muito bonito. — Ela suavizou uma ruga da minha camisa de linho coral abotoada. — Estou tão feliz por você.

— Obrigado.

Ela começou a chorar, então envolvi meus braços nela. Depois de alguns segundos, ela se recompôs.

— Agora, vamos casar você.

Aron e eu saímos de diferentes portas do hotel e entramos na passarela de pedra que nos levaria até onde nossos hóspedes estavam esperando. Minha mãe e Joel foram à nossa frente enquanto Aron e eu sorríamos um para o outro e entrelaçávamos nossos dedos. Estávamos ambos usando calças brancas e a mesma camisa do mesmo estilo, mas a dele era verde azulada e fazia seus olhos azuis brilhantes se sobressaírem.

— Pronto para fazer isso? — ele perguntou.

— Sim, baby. Estou pronto.

Caminhamos pelo corredor de areia de mãos dadas, sorrindo e dando pequenos acenos para nossa família e amigos. Uma vez que estávamos no arco de flores, nos voltamos um para o outro e seguramos nossas mãos juntas na nossa frente.

— Eu te amo — Aron sussurrou.

— Eu também te amo — respondi, antes de me concentrar no que o juiz de paz estava dizendo.

Recitamos nossos votos, e trocamos os anéis que tínhamos usado no pedido de noivado, que desde então haviam sido gravados com as palavras "somente com você". Meu coração estava transbordando de felicidade enquanto prometemos nos amar para sempre. Quando Aron e eu nos beijamos pela primeira vez como casados, nossa família e amigos aplaudiram.

Nossa recepção foi muito casual, como havíamos pedido. Não fizemos nenhuma dança tradicional nem nada. Ao invés disso, tratava-se de passar tempo um com o outro enquanto comíamos comidas deliciosas e bebíamos.

Cerca de duas horas depois, decidi que não podia esperar mais para ter Aron sozinho. Ele estava perto do bar conversando com Matthewson, e fui na direção dele, determinado a sair sorrateiramente.

Matthewson sorriu quando me aproximei e deve ter visto o olhar nos meus olhos, porque disse a Aron:

EXPOSTO

— Parece que alguém está vindo para roubar você.

Meu marido me encarou, e agarrei sua mão, me inclinando para sussurrar em seu ouvido:

— Preciso de você em nosso quarto. Agora.

Ele bebeu sua cerveja de uma só vez e nós nos despedimos rapidamente dos convidados. Depois de abraçar nossos pais, ele se virou para mim e disse:

— Mostre o caminho.

Assim que entramos em nosso quarto de hotel, eu o encostei contra a parede, meus lábios se encontraram com os dele em um beijo frenético. Eu queria dedicar meu tempo para fazer amor com meu marido em nossa noite de núpcias, mas nós dois estávamos tão elétricos, e eu precisava fazer algo para tirar aliviar um pouco da tensão, ou nenhum de nós duraria muito tempo.

Caindo de joelhos, fiz um trabalho rápido ao desabotoar suas calças e empurrar o material para os pés dele para que pudesse chutá-las.

Enrolei a mão na base de seu pênis e me inclinei para frente para traçar a língua para cima e para baixo em seu comprimento. Ao olhar para cima para ver Aron, meu coração inchou quando enxerguei o amor brilhando de volta em seus olhos. Saber que ele era meu para sempre foi a sensação mais incrível que eu já havia experimentado.

— Vê-lo de joelhos é sexy como o inferno. — Ele enroscou os dedos em meus cabelos.

Levei-o à boca o mais fundo que pude e chupei ao redor dele quando a ponta bateu na parte de trás da minha garganta.

— Merda — ele gemeu. Seu aperto no meu cabelo ficou mais forte quando começou a bombear seus quadris.

Com uma das mãos segurando sua coxa, alcancei entre suas pernas com a outra e massageei gentilmente suas bolas. Seu ritmo aumentou, e senti seus músculos das pernas tensos sob meu toque.

— Se você não parar, eu vou gozar.

Como essa tinha sido minha intenção, dupliquei meus esforços e chupei com mais força, balançando minha cabeça para cima e para baixo. Em segundos, ele gozou pela minha garganta.

Ele me puxou para cima e bateu os lábios contra os meus.

— Adoro quando posso sentir o meu gosto na sua boca.

— E eu amo quando você fala assim. — Eu o conduzi até a cama.

— Fique nu, baby.

Eu não ia discutir e imediatamente comecei a trabalhar para tirar minha roupa e ele tirou a camisa que ainda estava usando.

Uma vez que ambos estávamos despidos, envolvi meus braços em seu pescoço e o beijei novamente. Não importava quantas vezes nos beijávamos, as faíscas eram tão intensas, se não mais, como o primeiro beijo em nosso apartamento compartilhado em Denver.

Conseguimos deitar na cama sem separar nossos lábios. Meu corpo cobria o dele e não havia um único centímetro de espaço entre nós, dos lábios aos dedos dos pés. Ficamos deitados assim por muito tempo, mas, eventualmente, a necessidade de estar dentro dele se tornou demais para ignorar.

Peguei o lubrificante da mesa de cabeceira, e Aron sorriu para mim quando ouviu o clique da tampa se abrir. Depois de lambuzar seu buraco com o lubrificante, agarrei suas panturrilhas e empurrei suas pernas para cima em direção ao peito, querendo ele desse jeito para que eu pudesse observar seu rosto enquanto fazíamos amor pela primeira vez como um casal casado.

Com mais controle do que eu pensava ser possível, lentamente guiei o meu pau até ele. Ambos soltamos um gemido quando eu estava completamente dentro de seu traseiro.

— Você é tão gostoso — falei, começando a mexer meus quadris.

Aron segurou a parte de trás da minha cabeça e me puxou para baixo para me dar outro beijo. Nossas línguas se moveram em sincronia com as minhas estocadas. O mundo poderia estar ardendo em chamas ao nosso redor e nós não teríamos notado, porque estávamos perdidos um no outro.

Ele enrolou suas pernas ao redor da minha cintura e levantou seus quadris para se movimentar comigo. Agarrando suas mãos, entrelacei nossos dedos juntos e elevei nossas mãos para o travesseiro acima de sua cabeça.

Olhando nos meus olhos, ele sussurrou:

— Eu te amo tanto, baby.

Engoli com força, esperando que minha voz não falhasse de emoção enquanto respondia:

— Eu também te amo.

Não demorou muito até que senti um formigamento na base da minha coluna, deixando-me saber que eu estava perto. Enrolei a mão em torno de seu eixo duro e comecei a acariciá-lo. Nossa respiração acelerou, e meus movimentos se tornaram frenéticos enquanto íamos atrás de nosso orgasmo.

Observei com fascínio como salpicos brancos de esperma molharam a minha mão e o seu estômago. Então, segundos depois, senti meu próprio corpo se libertar, entrando fundo em seu corpo.

EXPOSTO

Descansando a testa contra a dele, nós dois tentamos recuperar o nosso fôlego.

— Porra, isso foi incrível — suspirei.

Aron sorriu, e vi o brilho em seus olhos antes dele falar:

— Se eu soubesse que o sexo conjugal seria assim, teria feito o pedido após o nosso primeiro beijo.

Eu tinha a sensação de que as coisas só iriam melhorar.

EPÍLOGO

ARON

Dois anos depois...

Em meus trinta anos, eu tinha ouvido o termo "sempre uma dama de honra, nunca uma noiva" algumas vezes. Nunca pensei que pudesse ou não me relacionar com ele. Afinal, eu era casado — e não com uma mulher. Mas, todos os anos, a World Series parecia balançar diante dos meus olhos como uma cenoura para um burro e eu ficava me sentindo como um idiota.

— Pronto para ganhar tudo? — Rodgers perguntou, enquanto colocávamos nossas malas nos armários.

Era o jogo sete e estávamos jogando em casa. Ou faríamos a cidade irromper com aplausos quando ganhássemos ou todos pendurariam a cabeça quando perdêssemos, e eu voltaria a ser uma dama de honra comendo uma cenoura.

— Estou pronto há anos — respondi.

— Acho que este é o ano. — Ele colocou o celular na parte de cima do armário. — Playing with fire vai cantar o Hino Nacional.

— Sério?

— Sim, então eu diria que isso vai nos trazer sorte extra.

— É melhor.

Eu ainda teria que embebedar Rodgers o suficiente para ele me contar como ele e Vaughn se conheceram, mas, se ganhássemos a flâmula, eu o embebedaria e o faria me contar porque já éramos amigos há tempo suficiente.

Dando uma última olhada no meu celular, vi que não tinha uma mensagem de texto do meu marido. Estávamos esperando por notícias que mudariam nossas vidas. Era melhor assim, porque eu sabia que, se a notícia chegasse antes do jogo, eu ficaria destroçado sobre o que fazer.

Suspirando, coloquei o celular no armário.

— Está tudo bem? — Rodgers perguntou.

— Sim — menti, porque ainda não tínhamos contado a ninguém, exceto a nossos pais, o que estava acontecendo. — Só tentando acalmar meus nervos antes do jogo.

— Você, nervoso?

Eu sorri.

— Sim, eu posso ficar nervoso, sabe?

— Não Aron Parker. Ele é o jogador mais confiante que eu conheço.

Considerando que fui dez vezes ao All-Star e que tinha vencido o Home Run Derby várias vezes e tinha o maior número de *home runs* da temporada atual, suponho que todos assumiam que eu estava confiante. O que eu estava, mas apenas até certo ponto. Ainda havia dúvidas em minha mente de que perderíamos tudo porque eu tinha feito parte daquilo várias vezes. Queria acrescentar "campeão da World Series" à minha lista de realizações, mas sabia que era preciso mais do que apenas eu para conseguir.

— Eu sou, mas, você sabe, sempre uma dama de honra.

Rodgers me olhou fixamente por um momento e depois desatou a rir.

— Cara, você é maluco.

Levantei um ombro.

— Sim, mas eu já estive aqui várias vezes. Só quero ganhar.

— Nós vamos. Você precisa pensar positivo.

— Tudo bem. — Tomei um gole de água.

— Mas é engraçado você mencionar damas de honra.

Levantei uma sobrancelha.

Ele cavou em sua bolsa e puxou um envelope.

— Eu ia mandar isto pelo correio, porém melhor te entregar isso agora.

Eu o tirei dele e abri o envelope selado e endereçado a mim e ao Drew.

— Bem, já não era sem tempo.

— De acordo. — Rodgers e Vaughn iam se casar e, como o convite dizia, em um lugar em Beverly Hills. — E eu sei que vocês querem saber como Vaughn e eu nos conhecemos, e lhes direi na recepção.

— Para quê tanto segredo?

— Porque é apenas para convidados e você acabou de ser convidado, mais ou menos.

Eu não tinha a menor ideia do que suas palavras significavam e, antes que eu pudesse perguntar, era hora do jogo.

Parecia um *déjà vu*.

Estávamos perdendo por uma corrida no final da nona entrada. Ao contrário de minha temporada com os Rockies, os Giants estavam em casa e não havia chuva. Estava frio para caralho, o vento tornava ainda mais difícil acertar qualquer coisa nas arquibancadas ou em McCovey Cove, mas ainda estava no fundo da minha mente que perderíamos por um ponto, como da última vez que estive no jogo sete.

Drew e nossos pais estavam sentados na primeira fileira logo depois do *dugout*. Enquanto eu ia para o círculo, subi até a cerca.

— Você consegue — disse o meu marido.

Eu conseguia? Tivemos uma boa chance de empatar o jogo com esse alinhamento, mas será que poderíamos chegar à vitória e não ter que fazer entradas extras?

Meu pai se aproximou.

— O Green é conhecido por lançar um *strike* no primeiro lance.

Virei-me para o arremessador do Royals e o vi arremessar uma última vez antes que seu receptor jogasse a bola para o segunda base. Enquanto caminhava até a caixa do batedor com *Flower*, de Moby, tocando, decidi que iria rebater no primeiro arremesso — se fosse realmente um *strike* — e deixar os deuses do beisebol levarem a bola.

Green pegou seu sinal e esperei com meu braço de trás em riste e meus nós dos dedos alinhados no taco. Ele ficou em posição e soltou a bola. Rebati, enviando-a para cima da parede do campo direito.

Porra, sim.

Enquanto eu trotava pelas bases, os irrigadores explodiram no campo direito, indicando que eu tinha atingido um deles com uma pancada. Não foi uma má maneira de empatar o jogo.

A equipe me deu *high fives* enquanto eu voltava para o *dugout*. Collier era o próximo e, como meus companheiros de time e eu pendurávamos na cerca, nós o observamos conforme ele foi eliminado. Virei-me para pegar uma água apenas para ver Rodgers calçando suas luvas de rebatedor para ir para o círculo do campo.

— Ei — eu disse, indo até ele. — Se o primeiro arremesso estiver próximo. Rebata.

— Você tem certeza?

Encolhi os ombros.

— Funcionou para mim.

Hayes bateu uma bola voadora para a esquerda para uma eliminação, e a ansiedade foi alta enquanto todos nós víamos Rodgers subir para rebater. No pior dos casos, ele saía e nós jogávamos pelo menos mais uma entrada. Ainda não era o fim do mundo.

Meu olhar se moveu para a primeira fileira e vi Vaughn de pé ao lado de minha família. O estádio inteiro estava segurando a respiração, a multidão esperando pacientemente. Voltando minha cabeça para o monte, assisti ao sinal de Green para começar a sua jogada. Ele atirou a bola, Rodgers balançando no primeiro arremesso e a mandou para o centro. Segurando minha respiração, eu a vi voar para o *bullpen* dos Royals. Aplausos irromperam e, sem mais um pensamento, os caras e eu corremos para o campo e esperei que Rodgers pisasse no prato da casa. Uma vez que o fez, nós o envolvemos em abraços e pulamos de alegria.

Puxa vida, tínhamos conseguido.

Finalmente eu era campeão do World Series.

Após alguns momentos de comemoração com o meu time, corri para a primeira fila, onde estavam Drew e nossos pais. Drew me beijou através da cerca e depois disse:

— Haley está em trabalho de parto.

Era hora de voltarmos.

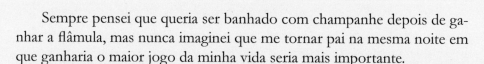

Sempre pensei que queria ser banhado com champanhe depois de ganhar a flâmula, mas nunca imaginei que me tornar pai na mesma noite em que ganharia o maior jogo da minha vida seria mais importante.

Quando troquei de roupa e me encontrei com a minha família no estacionamento dos jogadores, Haley já estava em trabalho de parto há três horas.

— Será que vamos conseguir? — perguntei, jogando minhas chaves para o meu pai. Eu não estava em condições de dirigir, porque estava ansioso para chegar ao hospital.

— As mulheres podem ficar em trabalho de parto por mais de vinte horas — Francine disse, entrando no banco de passageiros do meu Jaguar.

Fui atrás com Drew e disse:

— Espero que não seja o caso desta vez, mas quero que ela aguente até chegarmos lá.

Drew apertou meu joelho, seu rosto se contorcendo de excitação.

— Que noite.

— Não posso acreditar. A melhor noite da minha vida.

— Pensei que essa fosse a noite em que nos casamos? — Drew provocou.

— Você sabe o que quero dizer.

Quando o meu pai saiu do estacionamento, um pensamento me atingiu.

— E quanto as cadeirinhas do carro? — Disseram-nos que precisaríamos deles antes de podermos sair do hospital.

— Vamos pegar e trazer pela manhã — meu pai respondeu. — Nós temos tempo.

Os treze minutos de viagem até o hospital pareciam demorar uma eternidade. O meu pai deixou eu e Drew na porta e depois saiu para estacionar na garagem com Francine. Meu marido e eu corremos para dentro e fomos para a área de partos.

— Estamos aqui pela Haley Brit — Drew disse a uma enfermeira.

— Vocês dois devem ser os pais. Vamos lavar as mãos e levá-los para lá. Os bebês chegarão a qualquer minuto.

Bebês.

Antes de Drew, nunca pensei que seria pai por causa da dor que tinha suportado ao perder minha mãe, mas isso estava prestes a mudar, porque Haley estava tendo meninas gêmeas.

Nossas meninas gêmeas.

Encontramos Haley através de uma agência local de barriga de aluguel. Eles conseguiram tirar sêmen de mim e de Drew e inseminar Haley, que se ofereceu para ser nossa doadora de óvulos também. Eu realmente não entendia como tudo funcionava, mas, no final, funcionou, e Drew e eu estávamos prestes a nos tornar pais.

Depois de lavar as mãos, fomos para a sala onde Haley tinha os pés no ar e um médico entre suas pernas. Drew tomou um lado e eu o outro, enquanto segurávamos suas mãos. Ela empurrou por mais alguns minutos e então ouvimos o choro de nossa primeira garota.

Com Haley se recuperando do processo, a enfermeira me entregou minha filha.

EXPOSTO

— Vocês têm um nome?

Olhei para Drew e depois respondi:

— Reese.

Ela estava recebendo o nome da minha mãe e teria o sobrenome Parker-Rockland. Era surreal ter uma criança que era minha — uma que eu imaginava que nunca teria. Mas, ao olhar para o lindo bebê nos meus braços, pensei em como a vida tinha uma maneira de funcionar por si mesma. Sabia que Drew e eu seríamos os melhores pais e mal podia esperar para ensinar a Reese e sua irmã tudo o que eu sabia.

Drew segurou Reese por alguns minutos enquanto Haley começava a empurrar novamente e depois a passou de volta para mim quando nossa segunda filha nasceu.

— E o nome para esta pequena menina? — perguntou a enfermeira, depois de limpá-la.

Drew sorriu e respondeu:

— Jolene.

Era uma mistura do nome de meu pai e do nome de Francine.

A enfermeira entregou Jolene a Drew e disse:

— Parabéns, vocês dois. Sua vida está prestes a mudar.

Nossas vidas tinham mudado no momento em que Drew me atingiu com uma bola rápida nas costelas, mas eu não trocaria por nada.

AGRADECIMENTOS

Gostaríamos de agradecer a nossos maridos, Ben e Wayne, por se assegurarem de que nossos filhos fossem alimentados quando estávamos absorvidas em nossa escrita. Jennifer Hall, Leanne Tuley, Stacy Nickelson, Laura Hull e Cheryl Blackburn, obrigada pelo tempo que dedicaram para nos ajudar com esta história. Somos muito gratas a cada uma de vocês.

Para Give Me Books, o RP da Lady Amber, todos os blogueiros e autores que participaram de nossa revelação de capa, turnê de resenhas e nosso dia do lançamento: obrigada! Agradecemos por nos ajudarem a espalhar a palavra ao embarcarmos nesta nova jornada de co-escrita.

E a todos os nossos leitores: obrigada pelo apoio que vocês nos dão continuamente. Por causa de vocês, somos capazes de perseguir nossos sonhos de escrita.

SOBRE AS AUTORAS

Kimberly Knight é uma autora *best-seller* do USA Today e vive no Vale Central da Califórnia com seu amoroso marido, que é um grande assistente de pesquisa, e uma jovem menina, que a mantém sempre alerta. Kimberly escreve em vários gêneros, incluindo suspense romântico, romance contemporâneo, erótico e paranormal. Seus livros vão te fazer rir, chorar, desfalecer e se apaixonar antes que ela te jogue bolas curvas que você nunca verá chegando.

Quando Kimberly não está escrevendo, você pode encontrá-la assistindo seus *reality shows* favoritos, incluindo competições de culinária, documentários sobre crimes reais e indo aos jogos dos Giants de São Francisco. Ela também é uma sobrevivente de dois tumores, o que a tornou mais forte e uma inspiração para seus fãs.

Pela The Gift Box, Kimberly publicou a duologia *Perigosamente Interligados*, com *Use-me* e *Observe-me*, e os livros únicos *Burn Falls* e *Presa*, com muitos outros ainda por vir na editora.

www.authorkimberlyknight.com
www.facebook.com/AuthorKKnight
Siga-a no TikTok: autor_kimberlyknight
Siga-a na Instagram: authorkimberlyknight

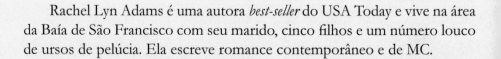

Rachel Lyn Adams é uma autora *best-seller* do USA Today e vive na área da Baía de São Francisco com seu marido, cinco filhos e um número louco de ursos de pelúcia. Ela escreve romance contemporâneo e de MC.

Ela adora viajar e passar tempo com sua família. Sempre que tem algum tempo livre, o que é raro, você a encontrará com um livro nas mãos ou assistindo a reprises de *Friends*.

www.rachellynadams.com

www.facebook.com/rachellynadams

Siga-a no TikTok: rachellynadamsauthor

Siga-a no Instagram: rachellynadams

A The Gift Box é uma editora brasileira, com publicações de autores nacionais e estrangeiros, que surgiu no mercado em janeiro de 2018. Nossos livros estão sempre entre os mais vendidos da Amazon e já receberam diversos destaques em blogs literários e na própria Amazon.

Somos uma empresa jovem, cheia de energia e paixão pela literatura de romance e queremos incentivar cada vez mais a leitura e o crescimento de nossos autores e parceiros.

Acompanhe a The Gift Box nas redes sociais para ficar por dentro de todas as novidades.

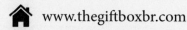
www.thegiftboxbr.com

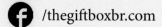
/thegiftboxbr.com

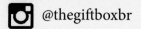
@thegiftboxbr

@GiftBoxEditora

Impressão e acabamento

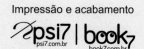